»Was immer du da draußen am Himmel siehst, den Mond oder eine Sternschnuppe, ist in Wirklichkeit schon wieder ein bisschen anders; es ist nicht möglich, die Gegenwart zu sehen; wohin du auch schaust, du siehst in die Vergangenheit, selbst wenn du auf meinem Schoß sitzt und mir in die Augen schaust; und was du auch hörst – es ist schon vorbei.« Was Jacques Brunold eines Tages zu seiner Tochter Kathrin sagt, könnte als Motto über Ruth Schweikerts Zeit- und Familienroman stehen. Die Gegenwart, das ist ein verschneiter Dezembermorgen im Jahr 2013, an dem der 87-jährige Jacques das Mittagessen für sich und seine Frau Friederike vorbereitet. Doch ausgehend von dieser Gegenwart ›zwischen den Jahren‹ eröffnet der Roman vielfältige zeitliche und geographische Räume; in wechselnden Perspektiven umkreist er die komplexen Geschichten zweier miteinander verbundener Familien. Es sind vergangene und zugleich gegenwärtige Geschichten mitten aus unserem ganz normalen, brüchigen Leben: von leidenschaftlicher Liebe, Trennung und Verrat, von abwesenden Vätern und der jahrelangen Sorge um die Kinder, bis sich irgendwann die Kinder um die Eltern sorgen. Es sind Geschichten von Krankheit und Tod; vom Unbehagen in der Mitte des Lebens; Geschichten aber auch von Aufbrüchen und vom lebendigen Eigensinn der Jugend. ›Wie wir älter werden‹ findet einen unverwechselbaren Ton für die Erfahrung, dass alles in jedem Augenblick »schon wieder ein bisschen anders« aussieht und es gültige Wahrheiten nicht gibt. Genau deshalb erzählen wir einander Geschichten.

Ruth Schweikert wurde 1964 in Lörrach geboren und ist in der Schweiz aufgewachsen. Heute lebt sie mit ihrer Familie in Zürich und ist als Schriftstellerin und Theaterautorin tätig. 1994 debütierte sie mit dem vielbeachteten Erzählungsband ›Erdnüsse. Totschlagen‹, es folgten die Romane ›Augen zu‹ (1998), ›Ohio‹ (2005) und ›Wie wir älter werden‹ (2015). Für ihre Arbeit wurde sie u.a. beim Ingeborg-Bachmann-Wettbewerb mit dem Bertelsmann-Stipendium (1994), mit dem Preis der Schweizerischen Schillerstiftung (1999), als Stadtschreiberin von Bergen-Enkheim (2015) und mit dem Solothurner Literaturpreis (2016) ausgezeichnet.

Weitere Informationen finden Sie auf www.fischerverlage.de

Ruth
Schweikert

Wie wir älter werden

ROMAN

FISCHER Taschenbuch

MIX
Papier aus verantwortungsvollen Quellen
FSC® C083411
www.fsc.org

Erschienen bei FISCHER Taschenbuch
Frankfurt am Main, Januar 2017

Satz: Katja v. Ruville, Frankfurt a. M.
Druck und Bindung: CPI books GmbH, Leck
Printed in Germany
ISBN 978-3-596-03205-1

Für Raphael, David, Ruben, Elia und Orell – und für C.,
die ich nicht gekannt habe.

Die Zeit verwandelt uns nicht. Sie entfaltet uns nur. Indem man es nicht verschweigt, sondern aufschreibt, bekennt man sich zu seinem Denken, das bestenfalls für den Augenblick und für den Standort stimmt, da es sich erzeugt. Man rechnet nicht mit der Hoffnung, daß man übermorgen, wenn man das Gegenteil denkt, klüger sei. […] Wir können nur, indem wir den Zickzack unserer jeweiligen Gedanken bezeugen und sichtbar machen, unser Wesen kennenlernen, seine Wirrnis oder seine heimliche Einheit, sein Unentrinnbares, seine Wahrheit, die wir unmittelbar nicht aussagen können, nicht von einem einzelnen Augenblick aus –

Max Frisch, Tagebuch 1946–1949

Je t' aime de tout mon corps, que tu as quitté,
de toute ma peau sans force, de tout mon cœur découragé,
de toute ma vie perdue.

Helena Seitz, am 29. Juni 2008 an Jacques Brunold

1

Friederike saß, wie fast immer in letzter Zeit, mit dem Rücken zum großen Wohnzimmerfenster, das auf den Balkon ging; ihre schmal gewordene Gestalt beinahe reglos, dabei erstaunlich aufrecht; die Beine hatte sie waagrecht ausgestreckt und die Füße, in dicke braune Wollsocken verpackt, auf einen zweiten Stuhl gebettet, so dass Ober- und Unterkörper einen rechten Winkel bildeten; wie die Zeiger einer Uhr, dachte Jacques einmal mehr, die stehengeblieben war auf Viertel nach zwölf. Das Bild hatte sich festgesetzt in seinem Kopf; ausgerechnet Kathrin hatte ihn darauf gebracht bei ihrem überraschenden Besuch in Saanau Ende November – eine knappe Stunde nur war sie da gewesen, auf der Durchreise von Zürich nach Genf, wo sie fürs Radio über irgendeine Ausstellungseröffnung berichtete; ihr strenges Gesicht blass und angespannt unter den aschblonden Locken, der dunkelblaue Satinstoff ihres Hosenanzugs zunehmend dichter gesprenkelt mit winzigen Hautfetzen, die sie sich ununterbrochen von den Fingern pulte; als hätte Friederike die ihr zugemessene Frist gleichsam unbemerkt überschritten, hatte Kathrin angefügt und ihre Mutter kaum aus den Augen gelassen, als könne sie die Wandlung nicht fassen, die allerdings, dachte Jacques, weniger Friederike vollzogen hatte als vielmehr Kathrin selbst, ihre rätselhafte Tochter, die seither jeden zweiten Tag anrief; einfach so, ohne besonderen Anlass, nur um nachzufragen, ob und wie sie zurechtkamen.

Es war der 30. Dezember 2013. Auf dem Couchtisch stand noch das grasgrüne Plastikbäumchen, das Jacques kurz entschlossen anstelle der Nordmanntanne besorgt hatte, für 25 Franken samt integrierter wechselfarbiger LED-Beleuchtung, die sie jeweils nach der Tagesschau für eine Viertelstunde anmachten. Jacques löschte die Deckenlampe, setzte sich neben Friederike auf das Sofa und stimmte eines der Weihnachtslieder an, die er halbwegs auswendig konnte; Es ist ein Ros entsprungen, O Tannenbaum oder O du fröhliche, laut und deutlich, damit sie es sicher hörte. Wenn sie einen guten Tag hatte, fiel Friederike ein, und sie sangen zweimal die erste Strophe, bevor sie sich auf den Weg machten ins Bad; Jacques hielt ihren rechten Arm, und mit der linken Hand stützte Friederike sich an der Zimmerwand ab, den Blick fest auf den Parkettboden gerichtet, damit ihr nicht schwindlig wurde.

Nur noch selten bat sie ihn, eine Bachkantate aufzulegen oder die große Messe in c-moll von Mozart, die sie zuletzt im Kirchenchor gesungen hatten, bevor sie beide austraten, weil es einfach keinen Sinn mehr machte; das war an Weihnachten vor drei Jahren gewesen. Friederike wollte nicht darauf warten, bis der Chorleiter ihr sagte, was sie genau wusste, dass ihr kräftiger, heller Sopran – sogar die Königin der Nacht hatte sie beherrscht – brüchig geworden war und die Töne ihr um Nuancen zu tief gerieten oder zu hoch. Jacques hielt sich selber für komplett unmusikalisch; er hatte nur Friederike zuliebe und, nach Absprache mit dem Chorleiter, nur die einfachsten Passagen mitgesungen, dankbar, dass es etwas gab, womit er ihr eine Freude machen konnte.

Zweiundzwanzig nach zehn; Jacques sprach halblaut vor sich hin und warf einen Blick auf das kompakte kleine Gerät auf der Küchenablage, das Johannes, der ältere der beiden Söhne, ihnen zu Weihnachten geschenkt hatte; ein Hochleistungsweltempfänger mit integriertem Wecker: 10:22, er hatte genau richtig geschätzt, er war im Plan. Wie jeden Montagmorgen hatte er sämtliche Vorräte überprüft; Lauch und Wirz mussten verwertet werden, ein Stück Appenzellerkäse war schimmlig geworden unter der Plastikfolie; er hatte Schimmel und Rinde entfernt und den Rest mit wenigen Bissen vertilgt, obwohl sie eben erst gefrühstückt hatten; was wegmusste, musste weg; essen konnte er immer, ein Reflex, der ihm geblieben war aus seinen Kindertagen.

Es war angenehm warm in der Wohnung; allzu warm, wie ihre längst erwachsenen Kinder befanden, unabhängig voneinander und in seltener Einmütigkeit; als hätten sie sich abgesprochen, zogen Kathrin, Johannes und Sebastian, kaum hatten sie die Wohnung betreten, nicht nur ihre Mäntel, Mützen und Winterschuhe aus, sondern auch ihre Socken, Woll- und Kaschmirpullover, bevor sie entnervt die Fenster aufrissen, damit wenigstens ein bisschen frische Luft hereinkam, während ihre eigenen Kinder sich je nach Alter in Unterhose und Leibchen auf die beiden Gymnastikbälle stürzten oder sich halbnackt im Büro um den Computer scharten.

Die meisten Weihnachtsbesuche lagen hinter ihnen; Johannes war am Stephanstag da gewesen mit seiner Familie, und vorgestern Sebastian, ohne Simona und die Mädchen, die alle krank waren; heute Nachmittag wollte Kathrin vorbeikommen, mit ihren beiden Jüngsten wahrscheinlich, Mara und Frédéric; ihr Mann Remo war geschäftlich unterwegs, und Kathrin hatte extra ein Auto organisiert, um endlich jene Sachen mitzunehmen, die Friederike vor Jahren schon für sie auf die Seite gelegt hatte; Schmuck, Bettwäsche und Tischtücher aus reinem Leinen, die noch aus der Aussteuer ihrer eigenen Mutter stammten; wer hätte gedacht, dass Kathrin sich je für so etwas interessierte.

Der Himmel war bedeckt; auf dem Rasen und auf den Dächern der umliegenden Häuser lag eine dünne Schicht Neuschnee. Die Stille davor, diese ganz besondere Stille, als hielte die Welt den Atem an, bevor der Schnee sich aus den Wolken löste, hatte Jacques erwachen lassen mitten in der Nacht. Vielleicht war auch der Husten daran schuld gewesen; zumindest hatte er, kaum erwacht, heftig gehustet, also war er aufgestanden und ins Wohnzimmer gegangen, um zu inhalieren, wie der Arzt es ihm nahegelegt hatte; mit einer Bronchitis sei nicht zu spaßen in seinem Alter. Jacques hatte abgewinkt; keine Sorge, Unkraut verdirbt nicht so schnell, und dabei wie aus Versehen auf das bleiche, behaarte Stück Bauch gestarrt, das zwischen zwei Knöpfen von Dr. Bezgiavs Hemd hervorquoll. Er war selten richtig krank –

eigentlich nie, sagte er sich; im Mai 1983, mit sechsundfünfzig, hatte ihn eine Knieoperation für eine gute Woche ins Spital gezwungen (und durch einen dummen Zufall – das Morphium hatte ihm die Kontrolle entzogen über das Geschehen am Krankenbett – alles ans Licht gezerrt, was er zwanzig Jahre lang mehr oder minder mit sich selbst ausgemacht hatte; seine ganze, akribisch austarierte Existenz zwischen Friederike und Helena, denen er sich gleichermaßen verpflichtet fühlte); davon abgesehen hatte er keinen einzigen Tag seines Erwachsenenlebens im Bett verbracht.

Sie haben recht, sagte Dr. Bezgiav, der seinem Blick gefolgt war, ich bin übergewichtig, BMI achtundzwanzigkommadrei, und hoffnungslos süchtig, jahrelanger Coca-Cola-Abusus, und schauen Sie nur, meine Zähne – er riss den Mund auf –, ungefähr doppelt so gelb wie Ihr Urin, wenn Sie zuviel Vitamin B einnehmen. Er lachte, hievte seinen massigen Körper mit erstaunlicher Eleganz aus dem Bürostuhl und rieb sich die fast dreieckigen, leuchtend hellblauen Augen, die Jacques jedes Mal an einen Schlittenhund denken ließen, der fremde Last über arktische Schneefelder zog; dann suchte er im Wandschrank die Medikamente heraus, die er Jacques gleich mitgab, ebenso seine Handynummer für den Notfall; er sei jederzeit zu erreichen, auch nachts und an den Feiertagen, die ihm wenig bedeuteten, auch wenn er froh war um die kleine Zäsur, das Innehalten zwischen den Jahren.

Timur Bezgiav war siebenunddreißig; ein großer, breitschultriger Mann mit hohen Wangenknochen und dichtem, dunklem Haar; er hatte sein Medizinstudium noch nicht abgeschlossen, als er im Frühsommer 2001 in Grozny auf offener Straße angeschossen wurde. Sein Vater, in Ostkasachstan in der Verbannung geboren wie alle Tschetschenen seiner Generation, hatte im Stadtzentrum ein kleines Elektrogeschäft geführt, bis er im September 1999, zu Beginn des zweiten Tschetschenienkriegs, eines Abends nicht mehr nach Hause zurückkehrte; Ruzlan, Timurs einziger Bruder, hatte sich wenig später den militanten Separatisten angeschlossen, die versteckt in den Bergen ihre Trainingscamps abhielten; von beiden gab es keinerlei Nachricht. Sobald er keine Krücken mehr brauchte, packte Timur Bezgiav seinen hellbraunen Rollkoffer und schrieb seiner Mutter, die im Nebenzimmer schlief, einen kurzen Brief, in dem er sie um Verzeihung bat für das, was er ihr antat und was ihm unvermeidlich schien. Er hatte die Hälfte ihrer Ersparnisse an sich genommen, die er ihr zehnfach zurückzahlen würde, wenn er erst fertig studiert und irgendwo eine feste Anstellung hätte. Morgens um drei schlich er sich aus dem Zimmer, legte Brief und Hausschlüssel auf den Küchentisch und verließ die Wohnung. Es war eine laue, fast tropisch warme Julinacht, so dass er schwitzte im viel zu engen, abgewetzten Ledermantel seines Vaters, in den er sich gezwängt hatte, einer plötzlichen Gefühlsaufwallung nachgebend, als er ihn in der dunklen Garderobe dahängen sah wie ein Stück Haut. Drei Tage später erreichte er den ländlichen Vorort im Südwesten von Moskau, wo Zeinep wohnte, eine entfernte Cousine väterlicherseits, deren Adresse und Telefonnummer er auf dem Weg zum Busbahnhof in der Manteltasche gefunden hatte.

Am späten Vormittag des 11. September landete er mit einer Maschine der Aeroflot in Zürich-Kloten; noch auf dem Flughafen ersuchte er um Asyl, den rechten Oberschenkel mit der schlecht verheilten Schusswunde entblößend, die russische Soldaten ihm zugefügt hätten; in ganz Russland, sagte er, würden Männer wie er, denen man die kaukasische Herkunft von weitem ansah und, sobald sie den Mund aufmachten, auch anhörte, als potentielle Terroristen verfolgt und gebrandmarkt. Wer gegen den Tschetschenienkrieg demonstrierte oder gegen Putins Politik, führte er aus, musste jederzeit damit rechnen, mit illegalen Substanzen erwischt zu werden, die übereifrige Polizisten einem zuvor in den Rucksack geschmuggelt hatten; nicht wenige Demonstranten waren wegen Drogenbesitzes zu mehrjährigen Haftstrafen verurteilt worden.

Dass es Timur Bezgiav in die Schweiz verschlug, war Zufall; er wollte nach Westeuropa, und die faktisch einzige Möglichkeit, das notwendige Visum dafür zu bekommen, bestand darin, eine organisierte Touristenreise zu buchen. Viel Geld war ihm nicht geblieben; Vaters Mantel hatte er Zeinep gelassen, die ihn küsste dafür, beinahe wie einen Geliebten; Zeinep war dreiundfünfzig Jahre alt, früh verwitwet, kinderlos, und lebte von dem, was ihr Garten hergab, nebst einer winzigen Rente; lange noch gingen ihm ihre Küsse nicht aus dem Sinn; ihr schmallippiger Mund, der nach feuchter Erde roch; und auch wenn es ihm später kaum jemand glaubte: Zürich war die einzige Destination, für die seine Mittel ausreichten; die Gruppenreise dorthin billiger als jene nach Paris, Berlin oder London, wohin er am liebsten emigriert wäre, nur schon der englischen Sprache wegen, die er sich wenigstens rudimentär angeeignet hatte.

Noch am selben Abend wurde er vom Flughafen ins nächstgelegene Aufnahmezentrum verbracht; sein Begleiter führte ihn in ein dunkles, mit Kajütenbetten vollgestelltes Zimmer, wies ihm mit einer Taschenlampe den Schlafplatz zu und wünschte ihm eine gute Nacht. Seine Zimmergenossen schliefen bereits (oder gaben es vor; sie versuchten zu schlafen, wie er später bemerkte, als auch er es versuchte und die von Ausdünstungen gesättigte Luft ihm den Atem verschlug). In der Gemeinschaftsküche brannte noch Licht; zwei kräftige dunkelhäutige Frauen schrubbten auf Knien den weißgekachelten Boden, und im Ess- und Aufenthaltsraum gleich nebenan lief tonlos der Fernseher, vor dem eine Handvoll Teenager saß. Fünf Mädchen, zählte Timur, und ein schlaksiger Junge, der die Fernbedienung in der Hand hielt, mit der er von einem Sender zum nächsten zappte. Alle Sender zeigten mehr oder minder dasselbe, Männer und Frauen, die mit ernsten Mienen über irgendetwas diskutierten, unterbrochen von immer denselben Einspielungen; New York, las Timur und wandte sich an ein pummeliges Mädchen, das ihn als Einzige bemerkt zu haben schien; what's happened, fragte er, can you please tell me what's happened; aber sie sah ihn nur unverwandt an und kaute weiter auf ihren strohigen Haaren herum; Twin Towers, sagte endlich der Junge, stand auf und gähnte. Als er kurz darauf den Raum verließ, folgten ihm die fünf Mädchen wie auf Kommando; auch die beiden Frauen waren verschwunden, als Timur es endlich schaffte, den Ton anzustellen, aber mehr als das, was er sah, verstand er auch jetzt nicht.

Auf dem Esstisch lagen die Carmina von Horaz. Jacques hatte nachts geblättert darin, als der Hustenreiz endlich nachließ, und wie so oft war er hängen geblieben an jenem Gedicht, das mit Integer vitae begann und von der Begegnung mit einem Wolf erzählte, der den Dichter nicht anfiel, obwohl (oder gerade weil?) er keine Waffen bei sich trug; seine einzige Waffe war das integere Leben, das der Erzähler offenbar führte, frei von Schuld und Frevel; darin stimmte Jacques mit Horaz überein; die Wölfe, die Bedrohungen und Gefährdungen, die Angriffe in seinem und auf sein Leben waren nie von außen gekommen, sondern hatten ihren Ursprung, die verborgene Höhle, in der sie heranwuchsen, stets in ihm selbst gehabt.

Er ging in die Küche, nahm das gelbe Mikrofasertuch, das über der Spüle hing, feuchtete es an und kehrte ins Wohnzimmer zurück, um Tisch und Stühle abzuwischen. Manchmal verspürte er beim Gehen, wie eben jetzt, winzige Nadelstiche, die von der linken Fußsohle bis in die Hüftknochen ausstrahlten; er hatte das Spülmittel vergessen, fiel ihm ein, auf dessen Verwendung Friederike normalerweise bestand, weil es sonst nicht hygienisch genug sei, aber heute spürte er kaum ihren Blick im Nacken. Seit einigen Tagen schon schien sie zu erschöpft, um sich über seine Sparsamkeit aufzuregen – die Frage, ob diese krankhaft war, wie Friederike meinte, ausgeprägt, typisch schweizerisch, oder womöglich gar kein Attribut brauchte, hatte nur selten zu ernsthaften Auseinandersetzungen geführt, sondern war eher ein willkommenes Spielfeld gewesen, auf dem sie ihre ehelichen Kräfteverhältnisse verhandelten –, oder Friederike hatte schlicht ihre Angst verloren vor den paar Milliarden Bakterien, die sich so oder so in der ganzen Wohnung tummelten und seiner eigenen Überzeugung nach sowieso nur die Abwehrkräfte stärkten.

Jacques war sich nicht sicher, ob Friederike seine Anwesenheit überhaupt wahrnahm; es kam vor, dass sie den Kopf hob und ihn ansah, als sei sie eben erst aus tiefem Schlaf erwacht, bevor sie erneut abtauchte in ihre innere Landschaft, die ihr je länger, je mehr zu genügen schien. Im Gegensatz zu ihm brauchte sie kaum noch Anregungen von außen, um ihren Geist zu beschäftigen; irgendwann im Sommer hatte sie aufgehört, die Zeitung zu lesen, und wenn sie sich an einem Sonntagmorgen gemeinsam vor den Fernseher setzten, um die Sternstunde Religion zu sehen, die Friederike viele Jahre mit gespannter Aufmerksamkeit verfolgt hatte, nickte sie sofort ein. Selbst die vielfältigen Wendungen im Leben der Kinder und Enkel nahm sie eher zur Kenntnis, als sich ernsthaft dafür zu interessieren, während sie früher wie ein Seismograph noch die minimalsten Erschütterungen, die verborgensten Signale, die die Kinder erfuhren und aussandten, registriert und zu deuten gewusst hatte, Fieber und Wachstumsschübe, Kathrins hysterische Anfälle und unerwartet schlechte Schulnoten voraussah oder es zumindest sofort merkte, wenn etwas nicht stimmte. Wie damals, als Johannes und Sebastian im Teenageralter eines Nachts mit ein paar Kumpels in den Kiosk der Badeanstalt eingebrochen waren – erwischt hatte sie niemand, aber Friederike war einer ihrer Ahnungen gefolgt und hatte im Gemüsekeller unter den Lagerkartoffeln mehrere Plastiktüten mit Zigaretten und Süßigkeiten entdeckt. Alle Ausflüchte verfingen nicht; Friederike insistierte so lange, bis die beiden Burschen endlich die Wahrheit gestanden, die gestohlenen Sachen unter ihrer Aufsicht zurückbrachten und sich beim Kioskbetreiber entschuldigten, der Johannes und Sebastian zwar gehörig die Leviten las, aber der verzweifelten Mutter zuliebe auf eine Anzeige verzichtete. Friederike hatte ihm die Geschichte erst später erzählt, als Johannes und Sebastian längst aus dem Haus waren.

Ich komme!, rief Jacques und blickte sich suchend um; wo war das Telefon, dessen Klingeltöne mit jeder Sequenz anschwollen; ich bin gleich da!, schrie er dem Crescendo entgegen und hastete durch die Küche in den Flur; wo steckte es bloß, im Schlafzimmer vielleicht, oder im Büro; tatsächlich, da lag es, auf seinem Arbeitstisch zwischen dem Computer und den beiden Briefstapeln, die immerhin halbwegs geordnet waren nach Rechnungen und Korrespondenz – zu spät, das Klingeln war schon verebbt, als er die grüne Taste drückte. Brunold, sagte er trotzdem und presste den Hörer ans Ohr, aus dem ihm nur noch der Summton entgegenkam, über den sich wie eine zweite

Stimme sein eigener, gehetzter Atem legte. Kathrin?, Johannes?, Sebastian?; Jacques ließ sich in den Bürostuhl fallen und ging in Gedanken die Liste möglicher Anrufer durch, während sein Atem sich langsam beruhigte; oder Moritz?, ein ehemaliger Kollege im Hochbauamt, wo sie beide als Verwaltungsjuristen gearbeitet hatten, und einer der wenigen Freunde, die ihm geblieben waren. Sabine fiel ihm ein, Helenas Tochter, die seit letztem Sommer mehrheitlich wieder in Albuquerque lebte und ihm womöglich ein gutes neues Jahr wünschen wollte; ein wenig vorzeitig, damit sie es sicher nicht verpasste, bei all den Aktivitäten, mit denen sie ihre Tage strukturierte, die niemandem gehörten außer ihr selbst, kinderlos, wie sie war, und finanziell abgesichert, sofern und solange Sabine es schaffte, von den Erträgen zu leben, die sie mit ihrem Erbe erzielte, den drei oder vier Millionen, die Helena ihren beiden Töchtern hinterlassen hatte. Was Sabine auch tat, es schien sie zu begeistern; mal lernte sie Tango tanzen, mal rannte sie wie eine Verrückte die Berge hoch, dann wieder konnte sie nicht genug kriegen von ihren Inlineskates oder einer bestimmten Yoga-Art; stets wirkte sie munter und gutgelaunt; ganz im Gegensatz zu Iris, ihrer älteren Schwester, die noch mit einundfünfzig jenen tiefsitzenden Groll in sich trug, den sie Jacques von Zeit zu Zeit vor die Füße spie wie eine Katze ihr Gewölle; ein krudes Sammelsurium unverdauter Gefühlsbrocken, die Iris Tage später kleinmütig wieder aufsammelte – alte Geschichten, schrieb sie ihm dann per Mail, ich nehme alles zurück, was ich gesagt habe –, nur um sie sich erneut einzuverleiben in ihren sehnigen, fast jungenhaften

Körper, der sich kaum verändert hatte in all den Jahren, seit sie erwachsen war, und dem man kein einziges der vier Kinder ansah, die er geformt, genährt und geboren hatte. Vor allem aber sah Iris ihrer Mutter ähnlich; eine Ähnlichkeit, die sich mit zunehmendem Alter noch verstärkte; so dass Jacques jedes Mal erschrak, wenn er die Bikini-Fotos betrachtete, die Iris regelmäßig von sich auf Facebook postete, wo sie seit 2007 Freunde waren, ihren zeitweiligen Anwürfen zum Trotz, und obwohl Jacques nie etwas mitteilte aus seinem Leben, wozu auch.

Helena Seitz hatte Jacques Brunold ein halbes Kilo Basler Läckerli ins Spital nach Saanau geschickt – sie kannte seinen chronischen Hunger, dem er nachgeben konnte, ohne je an Gewicht zuzulegen –, am Tag der Knieoperation und per Express, damit die Sendung ihn sicher erreichte, bevor er wieder nach Hause entlassen wurde; dazu ein Kärtchen mit Genesungswünschen. Die schwarzweiß lackierte Blechdose war bis in die Details einer echten Zunfttrommel nachgebildet, wie sie an der Basler Fasnacht zu Hunderten durch die Gassen dröhnten, und thronte samt hölzernen Schlägeln auf dem Nachttisch neben seinem Krankenbett, majestätisch und stumm, als warte sie mit allem, was sie war und in sich trug, auf Oskar Matzerath, der sie mit seinen Schlägen zum Sprechen erweckte. Stattdessen betrat Friederike das Krankenzimmer, wie immer mit Einkaufstüten beladen. Der Spitalbesuch war nur ein kurzer Zwischenstopp auf dem Weg nach Hause, wo sie Johannes und Sebastian mit einem munteren Hallo aus ihrer Nachmittagsträgheit scheuchen, die Fenster öffnen und dafür sorgen würde, dass sie wenigstens die Hausaufgaben erledigten, bevor sie sich bis zum Abendessen wieder in ihre Zimmer verkrochen, die Stöpsel ihrer Walkmen im Ohr. Kathrin war im letzten Winter überraschend ausgezogen, ohne jede Ankündigung und ohne groß etwas mitzunehmen. Die Bücherregale, das verstellbare Schülerpult, der antike Kleiderschrank, die meisten Bücher und Kleider, die Ausstellungs- und Filmplakate an den Wänden – Emma Kunz und Godards *Weekend*, *Blow up* und *Zabriskie Point* von Antonioni –: fast alles war noch da; einzig die fehlende Matratze bezeugte ihre entschiedene Abwesenheit; das schmale Mädchenbett stand links von der Zimmertür, ein hölzernes Gerippe, das den Blick freigab auf den hellgrauen Spannteppich darunter, der kaum merklich verstaubte. Kathrin wohnte außerhalb der Stadt, in einer ehemaligen Fabrik und mit anderen jungen Leuten zusammen; so viel immerhin hatte sie den Eltern verraten, und wenn sie einmal im Monat anrief, drang aus dem Hintergrund ein vielsprachiges Stimmengewirr in Jacques' Arbeitszimmer, wo der schwarze Telefonapparat stand, mitten auf seinem riesigen, mit Ordnern und Blättern übersäten Schreibtisch. Zwischen ihren immer gleichen Sätzen – es ging ihr gut, sie hatte gelernt, ein paar einfache Gerichte zu kochen, und aß regelmäßig, die Mitbewohner waren alle nett – ertönte Geschirrklappern und Gelächter, untermalt von orientalischen Klängen, als habe sich Kathrin nicht ein paar Kilometer, sondern um ganze Welten von den Eltern und Geschwistern entfernt. Die Kantonsschule hatte sie abgebrochen; was Kathrin den ganzen Tag machte und wovon sie lebte, darüber sann Friederike fast ununterbrochen nach, und manchmal glaubte sie, eine Verbindung zu ihrer Tochter zu spüren, sah Kathrin in einem winzigen Zimmer auf ihrer Matratze sitzen, den Rücken an die Wand gelehnt, ein Buch auf den Knien, wie früher als Kind, wenn nichts und niemand den Bann zu brechen vermochte, in den die Bilder und Buchstaben sie zogen.

Auf den ersten Blick schon wusste Friederike Bescheid – aber nein, das konnte nicht sein, sie musste sich irren; sie betrachtete Jacques, der entspannt auf dem Rücken lag und schlief; er war gestern am linken Knie operiert worden, eine Routinesache, die ihn mehr mitgenommen hatte als erwartet. Sie erinnerte sich nicht, ihren Mann je so wehrlos gesehen zu haben; die dunklen Haare zerzaust, die grauen Lippen schlaff und leicht geöffnet; sein Brustkorb hob sich und senkte sich; am rechten Handgelenk der Infusionsstecker, an dem die beiden Schläuche befestigt waren, die ihn mit Schmerzmitteln und Flüssigkeit versorgten, und im ganzen Zimmer hing ein säuerlicher Geruch, der von ihm aufstieg; nichts als ein alternder, beschädigter Körper, der sich keinen Deut darum scherte, wer ihn beseelte. Friederikes Blick ging erneut zum Nachttisch; sie kannte diese Läckerli-Trommel aus ihrer Basler Zeit, wo sie als Sekretärin bei Alfred Imboden gearbeitet hatte, ein beliebtes Mitbringsel schon damals, ein süßer, in dieser Verpackung gleichsam doppelter Gruß aus der alten Heimat, die Jacques nicht mit ihr teilte, sondern mit Helena. Statt aufzuschreien, hörte Friederike, wie ihre Papiertüten am

Boden aufschlugen, so wuchtig, dass ein paar Erdbeeren aus dem Körbchen sprangen und über den Boden kullerten; die ersten einheimischen in diesem Jahr, die unwiderruflich den Sommer ankündigten. Friederike stürzte zum Nachttisch, griff nach dem Kärtchen und las – entgegen ihrer Absicht und gegen ihre Grundsätze; nie zuvor in ihrem Leben hatte sie einen Brief geöffnet oder gelesen, der nicht an sie gerichtet war – Schatz, Helena, Deine, Küsse; die Wörter verschwammen zu Flecken, die vor ihren Augen tanzten; schwarze Vögel, dachte sie, die aus hohem Himmel auf sie herabstürzten. Sie klappte das Kärtchen zu; auf der Vorderseite war eine zartgelbe Rose abgebildet; mundgemalt, stand auf der Rückseite, und irgendein Frauenname; war die Frau ohne Hände geboren?, was war mit ihren Händen geschehen? Sie legte das Kärtchen zurück auf den Nachttisch, links von der Trommel, die Rose nach unten, die weiße Rückseite nach oben, genau so, wie sie es in der Erinnerung vorgefunden hatte. Sie sah sich im Zimmer um; das zweite Krankenbett war leer; niemand hatte sie beobachtet, nichts war geschehen. Jacques atmete ruhig vor sich hin, die Augen geschlossen; die Nachmittagssonne zeichnete ein helles Parallelogramm auf das dunkelgraue Linoleum, und Friederike löste in Gedanken ihre Ehe auf, rückwärts, vom 18. Mai 1983 bis zur Hochzeit am 8. Januar 1965, wie einen fehlerhaft gestrickten Pullover, dessen gekringelte Fäden man wieder zu Wollknäueln schnürte, um den Pullover noch einmal neu zu stricken, besser diesmal, ohne falsche Maschen. Wann hatten Helena und Jacques ihr Verhältnis wieder aufgenommen, wie hatte sie die Zeichen übersehen können?; aber es gab keine Zeichen, Jacques war wie immer zu ihr, vielbeschäftigt, ein wenig zerstreut, abends früh müde und am Morgen früh wach; und bevor er um Viertel vor sieben das Haus verließ, um mit dem Zug nach Zürich zur Arbeit zu fahren, küsste er sie in alter Vertrautheit auf den Mund.

Die Spülmaschine piepste. Jacques schreckte von seinem Bürostuhl hoch, hastete in die Küche und riss die Tür auf; er mochte den Moment, wo ihm der heiße Dampf entgegenschlug, der Geruch von Sauberkeit und Frische. Eigentlich lohnte es sich nicht, die Maschine anzustellen für die vier Teller und Tassen (je zwei vom Vorabend), die beiden Eierbecher, die Gläser, das wenige Besteck. Zum Glück war er darauf gekommen: Jeden Morgen ein weichgekochtes Ei, nahrhaft und leicht verdaulich; das hatte Friederike früher schon gern gegessen, und meistens konnte sie es auch bei sich behalten.

Vor gut sechs Jahren waren sie in die Neubausiedlung gezogen, zwei Reihen je fünf miteinander verbundener Mehrfamilienhäuser, die weder hübsch waren noch hässlich; charakterlose moderne Undinger, fand Jacques, mit denen ein paar mittelmäßige Architekten sich dumm und dämlich verdient hatten; zentral gelegen und dennoch ruhig, am Rande der Altstadt von Saanau, mit breiten, rollstuhlgängigen Verbindungswegen und großzügigen Rasenflächen zwischen den Häuserzeilen. Darunter erstreckte sich die Tiefgarage, die für jede einzelne Mietwohnung zwei dazugehörige Einstellplätze bereithielt, die

Jacques und Friederike nun beide nicht mehr brauchten, oder höchstens für Besucher.

Friederike war der Umzug leichter gefallen als ihm; sie hatte sich sofort wohlgefühlt in der Wohnung, die ihr ein Stück Autonomie zurückgab; endlich keine Treppen mehr, sagte sie, die sie nur mit Hilfe überwinden konnte. Sie verließ die Wohnung kaum noch; wenn sie zu Dr. Bezgiav musste oder ins Spital, bestellte Jacques ein Taxi; die Zeiten, als er mit allen Mitteln versucht hatte, sie zum Spazierengehen zu animieren, damit ihre Muskulatur nicht vollends verkümmerte, lagen definitiv hinter ihm, und den silbergrauen Renault Clio hatte er – nicht ohne das zwiespältige Empfinden eines endgültigen Abschieds; Wehmut, aber auch Erleichterung – Daniel zur Hochzeit geschenkt, Kathrins ältestem Sohn, der in Bern Medizin studierte und samt Frau und Schwiegermutter aufs Land gezogen war, ins ehemalige Stöckli eines abgelegenen Bauerhofs, der am Ende eines kilometerlangen, gewundenen Schottersträßchens plötzlich vor einem auftauchte wie aus dem Nichts.

Das war im vorletzten Winter gewesen, als Jacques fünfundachtzig wurde und Dr. Bezgiav ihn mit einigem Nachdruck auf die vielen Unfälle hinwies, die Fahrer in seinem Alter verursachten, selbst wenn sie so gesund und sportlich waren wie er. Sportlich, das war ein Witz mittlerweile; ein paar Knie- und Rumpfbeugen machte er morgens, und ab und zu setzte er sich für eine halbe Stunde auf den Hometrainer; die letzte Wanderung indessen lag acht Monate zurück. Am 28. April war er mit Sabine auf dem Großen Mythen gewesen; um fünf Uhr morgens hatte sie ihn mit dem

Auto abgeholt, um halb neun standen sie neben dem Gipfelkreuz; über ihnen der Himmel, unter ihnen das Nebelmeer, in das er sich hätte stürzen mögen, einen Augenblick lang nur – das war, seit er sich damit befasste, seine Vorstellung eines geglückten Endes: ein jäher Tod in den Bergen, und wohl mehr als ein Dutzend Mal hatte er ihn herausgefordert –, dann rief er Friederike an, um ihr zu sagen, dass er rechtzeitig zum Mittagessen zurück sein würde.

An der Wand hinter Dr. Bezgiavs Schreibtisch hing das Schwarzweiß-Foto eines Kajütenbetts, dessen untere Etage er mehr als sechs Jahre lang bewohnt hatte; er drehte sich vom Rücken auf den Bauch und wieder zurück; er hockte im Schneidersitz auf der Matratze und rollte sich zum Einschlafen auf die rechte Seite, die Beine angewinkelt, den Oberkörper zusammengekrümmt, die Hände an die Lippen gepresst wie einst als Fötus im Bauch seiner Mutter. Sie waren meistens zu acht im Zimmer und manchmal zu zehnt; das Asylbewerberheim lag beinahe idyllisch, am Stadtrand von Winterthur; ein ausrangiertes Industriegebäude, in dem rund hundertzwanzig Menschen vorübergehend in einer prekären Gemeinschaft lebten; Männer, Frauen und Kinder, halbierte, Zweidrittel-, Vierfünftel- und ein paar ganze Familien, die alle auf einen Entscheid warteten, die eigenen und die Ausdünstungen ihrer Bettnachbarn in der Nase, ihre Gesichter vor Augen, ihre Atemgeräusche in den Ohren, durchbrochen von dumpfen Gesprächsfetzen, die nahtlos in lautstarken Streit übergingen oder in kindliches Weinen, in Gelächter zuweilen. Nach dreizehn

Monaten kam der erste Brief, den einer der Betreuer für Timur Bezgiav öffnen musste, weil seine Hände nicht aufhörten zu zittern: abgewiesen, aber vorläufig aufgenommen, so der Entscheid; und Timur erinnerte sich, dass er einen Schrei ausstieß, der seine ganze Anspannung löste; und dann lachte er, als hätte er die Absurdität seiner Lage erst jetzt begriffen, dass sein weiteres Schicksal nicht in Gottes Allmacht lag, sondern in den Händen von Menschen, die ihm ebenso unbekannt waren wie er ihnen. Die vorläufige Aufnahme, eine unsagbare Erleichterung zunächst, verwandelte sich in ein perpetuiertes Provisorium, das sich über fünfeinhalb Jahre erstreckte, in denen Timur Bezgiav sich morgens wusch und abends seinen Eintopf aß, den er zuvor in der stets überfüllten Gemeinschaftsküche gekocht hatte, Reis mit Gemüse und ein wenig Fleisch. In den langen Stunden dazwischen las er sich durch die herumliegenden Gratiszeitungen, indem er sie Wort für Wort übersetzte, mit Hilfe eines deutsch-russischen Wörterbuchs, das er wie nebenbei praktisch auswendig lernte; er wusch seine Kleider und versorgte die wechselnden Wartesaalmitbewohner mit medizinischem Rat, und schließlich erreichte er sogar, dass er an der Uni Zürich sein Medizinstudium fortsetzen und abschließen konnte. Als er im Frühjahr 2008 fast wider Erwarten die ersehnte Aufenthaltsbewilligung B bekam, um die er sich mit allen Mitteln bemüht hatte, sprach er ein beinahe perfektes Deutsch, mit starkem Akzent zwar, aber korrekter Grammatik und verblüffend differenziertem Wortschatz. Kurz darauf trat er seine erste bezahlte Stelle an als Assistenzarzt im Kantonsspital Saanau, wo er Friederike schon bei der zweiten Einlieferung mit Namen begrüßte und der Oberärztin ihre Krankengeschichte auswendig präsentierte. Dreieinhalb Jahre später konnte er den frei gewordenen Platz in einer modernen Gruppenpraxis im Stadtzentrum übernehmen, und mittlerweile verdiente er genug, um die kleine Familie zu ernähren, die er sich ausmalte, wenn er an Donnerstagnachmittagen die Praxis etwas früher verließ und wie zufällig am nahen Primarschulhaus vorbeispazierte. Längst hatte er seiner Mutter, die noch immer allein in Grozny lebte, zehnfach zurückbezahlt, was er ihr in jener schwülheißen Julinacht entwendet hatte; mehr als das, er unterstützte sie regelmäßig, obwohl er wusste, dass sie das Geld nicht anrührte, sondern es, eingenäht in den Saum ihres besten Winterkleides, aufbewahrte für seine Rückkehr. Kaum hatte es geläutet, stießen die ersten Kinder die schwere Holztüre des klassizistischen Gebäudes auf und machten sich auf den Heimweg, zu zweit die meisten oder zu dritt, heftig diskutierend und gestikulierend, dass ihre bunten Tornister auf- und abhüpften. Der dickliche Junge kam erst, wenn der Pausenplatz sich geleert hatte; er nahm seine Brille ab, deren linkes Glas mit einem Stück Stoff abgedeckt war, und ging mit gesenktem Kopf auf eine große, elegant gekleidete Frau zu, die das Gesicht des Jungen kurz an ihr Kostüm drückte, bevor sie ihn am Arm fasste und ihn mit schnellen Schritten hinter sich herzog, bis sie bei einem blauschwarzen BMW angelangt waren, dessen getönte Scheiben an einen Leichenwagen erinnerten. Timur träumte öfter von diesem Jungen; er war sich sicher, auch und gerade ein solches Kind lieben zu können;

seine einzige Schwierigkeit war, dass es keine passende Frau für ihn gab; schon seiner Mutter zuliebe kam nur eine Tschetschenin in Frage, die sich in der Schweiz, so befürchtete er, völlig verloren fühlen würde. Von Zeit zu Zeit trafen sich an die hundert Tschetscheninnen und Tschetschenen, die aus den unterschiedlichsten Gründen in der Schweiz gelandet waren, in einem Gemeinschaftszentrum zu einem geselligen Beisammensein; aber die Vorstellung, sich dort als mögliches Objekt zu präsentieren oder selber gezielt Ausschau zu halten nach einer Frau, in die er sich verlieben könnte, schreckte ihn so grundlegend ab, dass er nach zwei halbherzigen Versuchen, genau das zu tun, nie mehr hinging. Und in sein Geburtsland zurückzukehren, das von einem hirnlosen Putin-Affen regiert wurde, wie er Jacques Brunold einmal darlegte, käme einer psychischen Selbsttötung gleich; ein Preis, den zu zahlen er noch weniger bereit war, als sich endgültig einzunisten in seiner Junggeselleneinsamkeit, in die zuweilen jäh die Hoffnung einschlug auf ein Wunder, das seine kategorischen Vorstellungen zu sprengen vermöchte.

Daniel und seine deutsche Braut – wie hieß sie noch mal, gleich fiel es ihm ein, Raissa, nach der Frau Gorbatschows – waren beide Anfang zwanzig, als sie im Entlebucherhaus in Schüpfheim heirateten, an einem eiskalten Februartag 2012; der Himmel war wolkenlos blau, und die schneebedeckten Tannen funkelten in der Sonne, als die Frischvermählten ins Freie traten, um sich von ihren Freunden und Verwandten ausgiebig bejubeln und fotografieren zu lassen; zu zweit, allein, mit Trauzeugen, Müttern und Halbgeschwistern – einzig die Väter fehlten –, aus nächster Nähe oder mit Distanz, von vorne und im Profil, auf Kommando küssend und händchenhaltend. Die ganze Veranstaltung wirkte seltsam überkandidelt auf Jacques; Daniel trug einen (gemieteten) Frack, mit weißer Weste und weißem Hemd, dazu eine silberne Taschenuhr, und Raissa sah hinreißend aus in ihrem eierschalenfarbenen Seidenkleid mit meterlanger Schleppe, die Frédéric und Mara, auch sie entsprechend gekleidet, andächtig an je einem Ende hielten, als seien sie alle zusammen einem Hollywoodstreifen aus den Dreißigerjahren entstiegen. Dabei hatten die jungen Brautleute kaum Geld; beide waren sie ohne Vater aufgewachsen und mit allzu jungen, schlecht ausgebildeten Müttern – Kathrin war mitten im Studium; Veronika jobbte als Kellnerin –, die ihre chronische Überlastung noch nicht einmal zu bemerken schienen, und ebenso wenig, dass sie ihre Kinder emotional überforderten, wenn sie sie da und dort deponierten, um sie Tage später mit einem Aufschrei wieder an sich zu drücken, Mama ist da, und alles wird gut. Raissa, eine ausnehmend hübsche, etwas dralle, selbstbewusste Blondine, war kurz nach dem Mauerfall in Westberlin geboren und als Vierzehnjährige mit ihrer Mutter in die Schweiz gezogen, nach Bern-Bümpliz, wo Veronika Thie in zwei verschiedenen Fitness- und Wellnesscentern Abend für Abend verspannte Rücken massierte; sie hatte mit zwanzig beschlossen, ihren Namen um das angehängte -mann zu kürzen, das sie als Ausdruck patriarchalischer Machtstrukturen empfand, wie sie ihren männlichen Klienten gerne erzählte. Raissa war praktisch sich selber überlassen, weil Veronika auch am Wochenende arbeitete, und dann meistens tagsüber. Mit einiger Mühe schaffte Raissa trotzdem die kaufmännische Berufsmatur, was ihre Mutter mit einigem Stolz erfüllte. Am Tag nach der Maturafeier spürte Veronika Thie eine Taubheit in den Händen und Füßen, die ihr wie abgetrennt schienen vom Rest ihres Körpers, seltsame Gegenstände, die zu nichts mehr zu gebrauchen waren. Ein MRI des Schädels ergab keine Auffälligkeiten, und nach fünf Wochen war der Spuk wieder vorbei, der sie, wie erwartet, ihre beiden Jobs kostete, was sie zunächst als Befreiung empfand, aber bald dazu zwang, sich einen neuen zu suchen. Seither arbeitete sie in der Mensa der Fachhochschule, die Raissa besuchte; meistens stand sie in der Küche, aber manchmal saß sie auch an der Kasse, was Raissa jedes Mal beschämte, wenn die Mutter vor allen Mitstudierenden darauf bestand, ihr das gewählte Menü umsonst zu geben; sie habe ein Anrecht darauf, sagte sie, von dem sie nur dann Gebrauch machte, wenn es ein veganes Gericht gab; viel lieber aß sie stattdessen ihr mitgebrachtes Gemüsesandwich.

Unter der Woche fuhren sie jeden Morgen zu dritt nach Bern und abends wieder zurück, für den Weg brauchten sie je eine gute Stunde. Raissa und Daniel wechselten sich ab am Steuer, während aus dem Kassettenrekorder Veronikas Lieblingshits aus den Achtzigerjahren dröhnten, Supertramp und Dire Straits; aber sobald sie den silbergrauen Renault vor dem verwitterten, spitzgiebligen Häuschen parkten und ausstiegen, fiel mit dem ersten Atemzug alle Anstrengung von ihnen ab; der Hof, ein Familienbetrieb mit ein paar Gästezimmern, lag einsam auf einer Hügelkuppe, umgeben von Wäldern, Wiesen und Feldern; wohin man auch blickte, nach Norden, Süden, Osten, Westen, man sah nichts als den Himmel, Berge und Täler; kein einziges Haus.

Das Besteck klirrte, als Jacques das Körbchen auf die Ablagefläche neben der Spüle stellte, die noch warmen Teller schlugen beim Herausnehmen gegeneinander; dann war es wieder still. Die Wände und Böden der Wohnung, das Haus, die ganze Siedlung war schallisoliert wie ein Tonstudio, kam es ihm vor, so dass man kaum etwas mitkriegte vom Tun und Lassen der Nachbarn, die durchaus angenehm schienen, auch wenn sie zu niemandem näheren Kontakt pflegten. Als sie frisch eingezogen waren, hatte eine freundliche junge Frau einen duftenden Apfelkuchen vorbeigebracht; es gab Familien und Paare ohne Kinder, darunter auch zwei im frühen Pensionsalter; im dritten Stock wohnte ein geschiedener Physiklehrer, der seine neunjährigen Zwillingsbuben jedes zweite Wochenende bei sich hatte; manchmal klingelte einer der beiden – unmöglich, sie auseinanderzuhalten – und erbat sich höflich den Ball zurück, der aus Versehen auf ihrem Balkon gelandet war.

Die Umgebung war ihnen vertraut; das Einfamilienhaus auf der anderen Seite des städtischen Friedhofs, das sie 1967 gekauft hatten, im April, kurz bevor Sebastian mit einem Not-Kaiserschnitt zur Welt kam, ein winziges, blau angelaufenes Etwas, lag kaum dreihundert Meter Luftlinie von der Siedlung entfernt. Das Haus hatten Sebastian und Simona übernommen, vorläufig zur Miete, und das würde wohl noch eine Weile so bleiben; Sebastian brachte es offensichtlich nicht fertig, die Scheidung von seiner ersten Frau durchzuboxen, die sich mit Händen und Füßen dagegen sträubte, obwohl sie doch die unbefristete Niederlassungsbewilligung längst in der Tasche hatte. Friederike und Jacques waren sich einig, dass sie klare Verhältnisse wollten; solange Sebastian und Simona nicht verheiratet waren, würden sie den beiden auch das Haus nicht verkaufen.

Sebastians Ehe mit Elvan war von Anfang an schwierig gewesen; Jacques hatte sich hinreißen lassen und seinen jüngeren Sohn davor gewarnt, eine Ferienliebe aus der Türkei in die Schweiz zu importieren – was Sebastian in seinem Entschluss natürlich nur bestärkte. Er hatte weiß Gott nichts gegen Elvan persönlich, im Gegenteil, sie hatte ein nettes Gesicht und war, soweit er das beurteilen konnte, durchaus begabt in dem, was sie tat; aber welche beruflichen Perspektiven hatte eine dreiundzwanzigjährige Textildesignerin aus Izmir, die kaum Deutsch sprach (und nur wenig Englisch), in diesem Land, dessen Kunsthochschulen Jahr für Jahr mehr Textildesignerinnen ausspuckten als effektiv gebraucht wurden?; schlicht keine, hatte Jacques seine Frage gleich selber beantwortet und damit leider recht behalten; als weit fataler noch erwies es sich, dass es für Elvan nicht die geringste Notwendigkeit gab, sich um irgendeinen Job zu bemühen und Geld zu verdienen. Sebastian war zehn Jahre älter und gehörte damals, mit dreiunddreißig, bereits zum mittleren Kader einer Telekommunikationsfirma; sein Lohn hätte ausgereicht, um eine vierköpfige Familie zu ernähren, und so saß Elvan den ganzen Tag allein in der ultramodernen Penthousewohnung und nähte aus grobem Wollstoff bodenlange Vorhänge, die sie anschließend aufwendig von Hand bestickte und mit denen sie nach und nach die riesige Fensterfront verdunkelte, die den Blick freigab auf den Fluss und die Altstadt – eigentümlich verfremdete Postkartenbilder aus der Türkei, das Meer hellrot statt türkisfarben, der Himmel eitergelb, die Häuser schwarz. Wenn sie wenigstens in Zürich gelebt hätten, sagte sich Jacques, oder in Basel; aber Sebastian war, im Gegensatz zu Kathrin und Johannes, immer in Saanau geblieben, auch als er in Zürich Betriebswirtschaft studierte und später dort arbeitete. Er fühlte sich dem Städtchen (und seinen Jugendkumpanen) auf eine Art und Weise verbunden, die man wohl sentimental nennen musste, und so ging es keine sechs Jahre – in denen Elvan zusehends unförmiger und trotzdem nicht schwanger wurde –, bis Sebastian sich eingestand, dass ihre Liebe sich in dumpfe Aggression verwandelt hatte, mit der sie sich allabendlich belauerten. Es war Elvan, die dem Zustand ein Ende setzte; weil er nicht in der Lage war, mit ihr zu schlafen, obwohl sie ihre fruchtbaren Tage hatte, prügelte sie wie eine Furie auf ihn ein – so viel ungefähr konnte Jacques sich zusammenreimen, als Sebastian in jener Nacht an ihrer Haustür klingelte, die ohnehin wulstige Unterlippe aufgeplatzt und mit sichtbaren Beulen am Hinterkopf unter den kurzgeschorenen Haaren, die an den Schläfen längst grau waren; er sei selber schuld, winselte er, Elvan im Recht. Selbstverständlich hatte er keine Anzeige erstattet – und das war auch besser so, sagte sich Jacques; Frauen konnten heutzutage alles behaupten; es reichte, wenn eine sagte, ihr Typ habe sie genötigt, schon wurde er auf offener Straße verhaftet, ohne irgendein weiteres Indiz, und musste danach mühsam seine Unschuld beweisen (falls es ihm überhaupt gelang) – obwohl die Geschichte doch sattsam bekannt war aus dem ersten Buch Mose, wo die Frau Potiphars, vom schönen Sklaven Josef zurückgewiesen, den Spieß einfach umdrehte und den Hebräer, wie sie ihn abschätzig nannte, der versuchten Vergewaltigung beschuldigte, natürlich mit Erfolg; Potiphar zog vor, seiner Frau zu glauben, und sorgte dafür, dass der unliebsame Konkurrent ins Gefängnis kam.

Sebastian, als hätte er nur auf einen Grund dafür gewartet, bezog noch in derselben Nacht wieder sein altes Kinderzimmer unter dem Dach; er blieb eine Woche zu Hause, bis nichts mehr zu sehen war von seinen Verletzungen, und gab wenig später – ohne seine Situation auch nur im Entferntesten geregelt zu haben – dem Drängen einer Arbeitskollegin nach, die schon lange ein Auge auf ihn geworfen hatte. Simona war Juristin, groß, schön und fruchtbar – und empfand es, wie sie Jacques bald einmal erklärte, als moralische Verpflichtung, dafür zu sorgen, dass sie glücklich war. Zehn Monate später kam ihr erstes Kind zur Welt, ein Mädchen, das sie tatsächlich Yasemin nannten, und wie im Vorfeld besprochen, überließen Friederike und Jacques der jungen Familie das Haus. Mittlerweile hatten sie drei kleine Töchter, sechs, vier und zwei Jahre alt, lauter großäugige, pausbackige Wesen, die so gutmütig in die

Welt staunten, dass Jacques den Verdacht hegte, sie seien nicht besonders intelligent. Elvan hockte noch immer in derselben, längst dreifach abgedunkelten Wohnung, die Sebastian brav weiter bezahlte, auch für alles andere kam er auf; angeblich hatte sie immerhin bald eine erste Ausstellung mit ihren Vorhängen in einer kleinen Galerie, deren Besitzerin bereits von internationalen Kunstmessen sprach, auf der sie Elvan und ihr einzigartiges Werk präsentieren wollte. Seit er im letzten Winter in die Geschäftsleitung eines Versicherungskonzerns gewechselt hatte, verdiente Sebastian fast doppelt so viel wie zuvor, und Simona war nicht nur eine leidenschaftliche Köchin, Hausfrau und Mutter, sie arbeitete darüber hinaus dreieinhalb Tage pro Woche als Juristin, und abends, wenn alle schliefen, büffelte sie Business-Englisch und plante den nächsten Karriereschritt. Wenn Simona außer Haus war, kümmerte sich eine ältere Polin um Haushalt und Kinder, auch sie ein absoluter Glücksgriff offenbar, wie Simona nicht müde wurde zu betonen; Ewelina war eine Frohnatur; sie liebte die Kinder, ohne sich allzu sehr an sie zu hängen, sie war flexibel, belastbar und diskret.

Jacques machte den Geschirrschrank zu; er gab der Besteckschublade einen sanften Stoß und schloss die Spülmaschinentür; ein Schwarm Fruchtfliegen flog auf und formierte sich sogleich neu an der Wand über dem Esstisch, ein schwarzer, zur Decke hin leicht zugespitzter Teppich, der ihn an eine Militärmaschine gemahnte; unglaublich, wie schnell diese winzigen Tierchen sich vermehrten, obwohl er die Fruchtschale fast täglich nach schimmligen oder faulenden Orangen und Mandarinen absuchte; aber letztlich taten sie niemandem etwas zuleide, auch wenn Kathrin anderer Meinung sein mochte; Friederike jedenfalls beklagte sich nicht.

Der Radiowecker zeigte 10:58; für einmal hatte Jacques es versäumt, sein Zeitempfinden zu testen, aber wenigstens sein Gedächtnis konnte er überprüfen; in Wolgograd, im Süden Russlands, war heute Morgen zum zweiten Mal innerhalb von vierundzwanzig Stunden eine Bombe explodiert; mindestens zehn Tote; gestern, am Sonntag, dem 29. Dezember 2013, hatte eine Selbstmordattentäterin in der Nähe des Bahnhofs bereits fünfzehn Menschen mit in den Tod gerissen, wenn er sich richtig erinnerte. Wie leicht gingen ein paar Tote vergessen oder verloren unterwegs, vom Sender zu den mehr oder minder zufälligen Empfängern einer Botschaft, die nicht an sie persönlich gerichtet war, oder die Toten kamen schlicht zu spät, um noch Eingang zu finden in jene News, die weltweit verbreitet wurden; manche der Opfer lagen vielleicht erst ein paar Tage schwerverletzt im Spital von Wolgograd, bevor sie starben und Mütter, Väter, Kinder, Ehemänner, Geschwister, Geliebte und Freunde zurückließen – und jene inneren Gebilde, die in den Hinterbliebenen wuchsen, obwohl sie weder im Ultraschall noch auf Röntgenbildern zu sehen waren; Verzweiflung, Trauer, Hass, Wut und Verbitterung, Resignation oder lähmende Gleichgültigkeit – die quälenden Fragen, auf die es nie eine Antwort gab, oder wenn, eine falsche; warum gerade er, warum gerade sie, die sonst immer den früheren Bus zur Arbeit nahm oder einen späteren, wie meistens am Montag, wenn sie zuerst die beiden älteren Kinder zur Schule brachte. Warum der einzige Sohn, Tarik, acht Jahre alt, der sich vor kurzem erst nach einer spät diagnostizierten Lungenentzündung ins Leben zurückgekämpft hatte – wie Friederike damals im Sommer 1940, als zehnjähriges Mädchen, kurz nachdem ihr Vater, ein Maschineningenieur aus Stuttgart, in die Landwehr eingetreten war und mit der 7. Armee am Westfeldzug teilnahm. Höchstwahrscheinlich freiwillig, in seinem Alter, mit fünfunddreißig, wie Friederike sich Jahrzehnte später eingestand, als Kathrin sie massiv bedrängte und alles wissen wollte über ihre Großeltern, was sie im Krieg gemacht hätten, ob sie Nazis gewesen seien – was Friederike vehement verneinte, bis Kathrin ihr fast triumphierend die Ergebnisse ihrer Nachforschungen präsentierte; da war sie gerade vierzehn geworden, ein flachbrüstiges, hoch aufgeschossenes Geschöpf mit überlangen, knochendünnen Armen, das von einem übermächtigen Zorn beseelt schien auf alles und jeden, nicht zuletzt auf sich selbst.

Seit sie sich jeden zweiten Tag nach ihrem Befinden erkundigte, rief Kathrin von den unmöglichsten Orten aus an und zu den unpassendsten Zeiten, abends nach elf, aus dem Ausstiegsgedränge im Flugzeug, das eben mit großer Verspätung in Zürich gelandet war; sie stand mitten auf dem Pausenplatz oder saß frühmorgens im TGV nach Paris, wo sie eine fünfundzwanzigjährige Autorin interviewen sollte, die mit tausend verschiedenen Männern Sex gehabt und darüber einen tausendseitigen Roman geschrieben hatte; wie geht's!, rief sie, kaum hatte Jacques abgenommen, ohne Begrüßung, so dass er fast jedes Mal nachfragen musste, ob sie es war, Kathrin, weil im Hintergrund ein Dutzend Kinder kreischte oder eine Lautsprecherdurchsage ertönte; ich bin's, ja, aber wie geht es euch!, rief sie erneut, und Jacques sagte, wir trinken Kaffee und schauen gelassen dem Wettstreit der Kräfte zu; der Tod ist schnell, sagt das Sprichwort, und langsam schreitet die Genesung voran. Simona und die Mädchen sind da, erzählte er, oder Friederike schläft schon; ich mache nachher den Wocheneinkauf, und – schön!, rief Kathrin, und dann hörte er, wie ihre Stimme sich entfernte, Frédéric, jetzt zieh dir endlich die Schuhe an; kann ich mit Euro bezahlen?; hast du an die Geige gedacht, Olga?, bevor sie sich entschuldigte – Frédérics Socken waren nass; sie musste vom Flughafen direkt ins Radiostudio; Remo war in Hamburg auf einer Messe mit seinen Rollstühlen, und sie schmiss den Laden zu Hause mal wieder alleine; Mara und Olga hatten es streng in der Schule –, aber wenn etwas ist, wenn ihr mich braucht, rufst du mich an, jederzeit, versprochen!, auch in der Nacht, im Notfall bin ich in einer Stunde bei euch!, und Jacques blieb nichts anderes übrig, als ihr genau das zu sagen, was sie hören wollte; sicher, das werde ich tun, du kannst dich darauf verlassen. Gut!, sagte Kathrin, bis bald, ich melde mich, und legte auf.

Jacques erinnerte sich nicht, wann er Kathrin zuletzt um etwas gebeten oder gar etwas verlangt hätte von ihr; sie musste wissen, dass er log, dass er es nicht über sich bringen würde, sie anzurufen, wenn Friederike und er eines

Tages tatsächlich in Not gerieten und Hilfe brauchten. Ausgerechnet Kathrin, die schon als Mädchen, mit vier oder fünf Jahren, diesen agilen, stets gespannten Körper besaß; ein blondgelockter Irrwisch, an dem jeder Erziehungsversuch abprallte, jeder wohlformulierte Appell, den Teller leerzuessen, damit sie nachher ein leckeres Eis bekam, oder wenigstens halbwegs freundlich zu sein zu den netten Nachbarn, die ihr dieses wunderschöne Springseil geschenkt hatten, das sie doch so sehr liebte: Kathrin war von Anfang an nicht beizukommen, weder mit Zuwendung noch mit demonstrativer Nichtbeachtung; sie konnte stundenlang unansprechbar im Wohnzimmer in einer Ecke sitzen und auf den Boden starren, um plötzlich aufzuspringen und sich auf Johannes und Sebastian zu stürzen, die ausnahmsweise einträchtig mit ihren Autos spielten. Einmal – wie viele Jahre hatte er nicht mehr daran gedacht – war sie in heller Aufregung in sein Büro geplatzt, wohin Jacques sich verzogen hatte, um in Ruhe ein paar Akten zu studieren; und während sie sein Gesicht mit ihren kindlichen Küssen bedeckte, schlug sie ihm gleichzeitig den Schädel ein, mit ihren überraschend kraftvollen Kleinmädchenhänden, die sie zu Fäusten ballte; und zwischen den Küssen zischte sie ihm etwas zu, das er erst nach einer Weile verstand, als es ihm gelungen war, ihre Unterarme zu packen. Endlich sah Kathrin ihn an; ich dachte, du bist tot, stieß sie kaum hörbar hervor, ich war mir sicher, du bist tot.

Seit einem halben Jahr schon war Kathrin ihrer Mutter buchstäblich über den Kopf gewachsen, und sie ließ kaum eine Gelegenheit aus, Friederike das auch deutlich spüren zu lassen. Es war an einem regnerischen Sonntagnachmittag im Frühherbst 1978, Jacques hatte den Wirtschaftsteil der NZZ aufgeschlagen, und sie saßen alle noch um den großen Esstisch. Tee und Kuchen war eines der wenigen familiären Rituale, die ihren Zweck damals noch erfüllten und für kurze Zeit so etwas wie ein Gemeinschaftsgefühl herstellten; die Teller waren bereits zum Abräumen gestapelt; in der Kanne war ein Rest Hagebuttentee, und auch vom selbstgebackenen Marmorkuchen war ein kleines Stück übrig. Spielen wir Stadt und Land, sagte Johannes, alle zusammen, wie früher. Sebastian, der keine Lust hatte zu verlieren, schlug stattdessen Monopoly vor, was wiederum Johannes nicht passte; ein geradezu wohltuend normales Geplänkel unter Brüdern, das selbst Friederike erlaubte, sich zu entspannen, ein wenig tiefer in den Stuhl zu sinken und für kurze Zeit die Augen zu schließen, erschöpft von all den sonntäglichen Hausfrauenpflichten, der unablässigen Sorge um die halbwüchsigen Kinder, die längst bis in ihre Träume reichte. Kathrin, als hätte sie nur auf diesen Moment gewartet, erhob sich und steuerte an Johannes vorbei auf das Klavier zu, auf dessen Ablage sich die eben noch anderswo untergebrachten Gegenstände stets wie von Zauberhand erneut ansammelten; Bücher und Zeitschriften, Kartonschachteln mit abgebrochenen Farbstiften, und zwei staubige, von den Kindern vor Jahren mit Gips und Kieselsteinen verzierte Einmachgläser, an die meistens keiner dachte, wenn sie alle nach einer Vase suchten, damit sie die Blumen einstellen konnten, die einer der seltenen Gäste mitgebracht hatte. Ohne zu zögern, griff Kathrin nach einem Stapel Bücher; vier oder fünf dicke Bildbände, die sie zu diesem Zweck dort deponiert haben musste; und knallte das Paket über Jacques' Kopf hinweg auf den Esstisch, direkt vor Friederike hin. Hier, sagte sie, da steht es drin, die habe ich alle gelesen, und hob an zu einem Vortrag über die komplizierten Rekrutierungsverhältnisse zu Beginn des 2. Weltkriegs; sie erklärte, dass Friederikes Vater sowohl zu jung wie zu alt gewesen war, um sofort eingezogen zu werden. Alfons Hauser, 1905 geboren, gehörte zu einer Untergruppe der weißen Jahrgänge, die 1939 noch keine militärische Grundausbildung hatten, was bedeutete, dass er sich, wie Kathrin endete, mit an Sicherheit grenzender Wahrscheinlichkeit freiwillig gemeldet hat, und das hättest du schon vor Jahrzehnten herausfinden können, wenn du es nur gewollt hättest!

Friederike war benommen aufgeschreckt, und als sie endlich begriff, wovon Kathrin sprach, zuckte sie hilflos mit den Schultern; Hitler gewählt hätten ihre Eltern jedenfalls nicht, dafür lege sie die Hand ins Feuer; es könne schon sein, dass ihr Vater sich nicht drücken wollte, als es losging, aber nie habe die Mutter etwas davon gesagt, dass er freiwillig in den Krieg gezogen sei, und danach hatten sie weiß Gott andere Sorgen. Aber irgendetwas muss es doch geben, beharrte Kathrin, Briefe, Dokumente; du kannst doch nicht so tun, als ginge dich das alles nichts an, nur weil du mit neunzehn abgehauen bist in die Schweiz!

Dokumente; Friederike schüttelte den Kopf und versuchte ein Lachen, das meiste Zeug habe sie weggeworfen, als sie Ende September 1972, vor genau sechs Jahren, in Stuttgart die Wohnung der Mutter räumen musste; ein furchtbares Durcheinander, das kannst du dir nicht vorstellen; innerhalb weniger Tage, weil zu Hause drei kleine Kinder auf sie warteten und sie im Zug nur das mitnehmen konnte, was irgendwie in die zwei mitgebrachten Koffer passte. Autofahren konnte sie nun einmal nicht; als junge Frau hatte sie kein Geld dafür gehabt, später keine Zeit, und jetzt, mit achtundvierzig, war sie definitiv zu alt, um es noch zu lernen.

Kathrin hatte die ganze Zeit über neben ihrer Mutter gestanden. Du arme Sau, sagte sie jetzt; leise, aber unüberhörbar scharf, wandte sich ab und schritt Richtung Tür, wo sie sich noch einmal umdrehte und alle der Reihe nach musterte – Jacques, Friederike, Johannes, Sebastian, wie sie dasaßen in ihren gepolsterten Stühlen; eine strenge Lehrerin, fassungslos ob der Dummheit und Unfähigkeit ihrer Schüler –, bevor sie aus dem Zimmer ging und die Tür beinahe geräuschlos hinter sich zuzog.

Du tust mir leid!, Kathrins Stimme zerlegte den Raum und die Stille, in der sie alle verharrten; hast du mich gehört, du tust mir leid!

Meine liebste Rieke!, schrieb Friederikes Vater in seinem letzten Brief vom 25. Juni 1940 aus dem Kriegslazarett Colmar; Dein liebes Bild trage ich immer bei mir, Tag und Nacht, und denke fest an Dich! Mein Mädchen wird doch keine Dummheiten machen und schön im Bett bleiben, damit die böse Lungenentzündung bald wieder fortgeht und Du wieder ganz gesund wirst! Und wenn auch Du ganz fest an mich denkst, an Deinen Papa, der Dich so liebhat, mehr als alles sonst in der Welt, dann bin auch ich bald wieder auf den Beinen. Versprichst Du mir das? Wir beide denken ganz fest aneinander, ich an Dich und Du an mich, so wollen wir es halten. Du willst doch nicht, dass sie mir das Bein abnehmen müssen, oder noch etwas Schlimmeres! Ich weiß, wir können es beide schaffen, wenn wir es nur wollen und tapfer unsere Schmerzen ertragen! Es wird wohl eine Weile dauern, bis ich Dir wieder schreiben kann. Vieles ist ungewiss hier, und vielleicht bin ich bald wieder im Dienst, jeder Mann wird gebraucht! Ich bete zu Gott und küsse Dich auf Deine kluge Stirn. Ich habe Dich im Herzen für ewig und immer, Dein Papa.

Die kleine Rieke lag wochenlang hustend und fiebernd, Vaters kaum noch leserlichen Brief unter dem Kopfkissen – und wie sie an ihn dachte!, wenn er sie nur sehen könnte, aber ganz bestimmt spürte er es, wie auch sie seine Anwesenheit spürte, die Augen fest auf sein Antlitz gerichtet; sein Foto stand auf der Kommode rechts von ihrem Bett, der schmale Holzrahmen mit Blattgold verziert. Die hohe, glatte Stirn, die sanften Augen, der klar gezeichnete, schmale Mund: genau so würde er ihr eines Tages gegenübertreten und sie in die Arme schließen, meine liebste Rieke, wie groß du geworden bist und wie hübsch dein Haar sich plötzlich lockt, beinahe hätte ich dich nicht wiedererkannt! Anfang August konnte sie zum ersten Mal aufstehen, und Ende September, als sie wieder in die Schule durfte – und der Vater noch immer keine Antwort geschickt hatte auf all ihre Briefe –, sagte ihr die Mutter, dass der Vater im Himmel war, dass er bereits im Himmel gewesen war, als sein Brief sie erreichte, den nicht er geschrieben hatte, sondern eine Krankenschwester, weil er bereits zu schwach war, um den Stift selber zu halten.

Mehr noch als um ihn zu trauern, fühlte Friederike sich verraten, von der Mutter ebenso sehr wie vom Vater. Nie wieder durfte die Mutter sie Rieke nennen, das war mit diesem Tag vorbei wie ihre Kindheit und galt auch für alle anderen, die Schulfreundinnen damals und später für Jacques, für die ganze lange zweite Hälfte ihres Lebens.

Und als sie begann, die Geschichte anders zu lesen – dass sie ohne die Hoffnung, den Vater wiederzusehen, ohne das Band, das sein letzter Brief zwischen ihnen knüpfte, ihre Krankheit wohl kaum überstanden hätte, und die Eltern sie genau deshalb in einer falschen Gewissheit beließen; als es ihr immer wahrscheinlicher schien, dass sie ihr Überleben damals einzig den Eltern und ihrer Umsicht verdankte – und jeder einzelne Tag seither, jede müßig verbrachte Stunde in all den Jahren, jede Freude und jeder Kummer ein Geschenk, das sie blind entgegengenommen hatte aus ihrer Hand –, war sie beinahe fünfzig Jahre alt und ein Gespräch, das ihr vielleicht die Beweggründe der Eltern erhellt hätte, nicht mehr möglich; auch die Mutter, der sie den Verrat nie ganz hatte verzeihen können, war in der Zwischenzeit gestorben, am 26. August 1972, am Tag der feierlichen Eröffnung der 20. Olympischen Sommerspiele.

Hundertdreiundfünfzig Dosen Katzenfutter zählte Friederike, als sie Ende September, fünf Wochen nach ihrem Tod, in Stuttgart die Wohnung der Mutter räumte, in zwei Geschmacksrichtungen, Leber und Thunfisch; alle Dosen waren in Schränken untergebracht und gleichmäßig verteilt auf die drei Zimmer, Küche und Bad.

Von einer Katze weiß ich nichts, sagte Frau Seiffert, die Nachbarin, eine etwas blasse junge Frau mit blondem Pferdeschwanz, die ein rosafarbenes Hängerkleidchen trug und zufällig dabei gewesen war, als Sophia Hauser starb. So einen Tod müsste man haben; Frau Seiffert schüttelte den Kopf, als könne sie es noch immer nicht fassen. Verzeihung, aber das hab ich auch meinem Jungen gesagt, dem Thomas, der sich natürlich mächtig erschrocken hat. Das tut mir leid, sagte Friederike lahm; keine Ursache, sagte Frau Seiffert, er ist ein starker Junge und reif für sein Alter. Sie setzte sich auf einen der Küchenstühle, schlug die Beine übereinander und zündete sich die nächste Zigarette an. Sie hatte an der Wohnungstür geklingelt und gefragt, ob sie beim Räumen behilflich sein könne; und vielleicht war Frau Brunold ja froh, wenn sie nicht alles mitnehmen, den teuren Transport organisieren musste in die Schweiz. Den schönen alten Sekretär zum Beispiel würde sie gern ihrem Mann schenken zur Beförderung bei Mercedes, er sei verrückt nach Antiquitäten. Sie verdiente eigenes Geld, wie sie stolz erzählte, half zwei- bis dreimal pro Woche im Geschäft der Schwiegereltern aus, damit ihr zu Hause nicht die Decke auf den Kopf fiel. Friederike war sofort einverstanden; sie fühlte sich wehrlos, war müde und hatte Kopfweh von der Räumerei, von all den Dingen, die es zu erledigen und zu entscheiden galt. Sie hatte keine Ahnung, aber Jacques wusste bestimmt, welchen Wert der Sekretär hatte; und von den Möbeln wollte sie einzig den großen Wäscheschrank aus Nussbaumholz, in dem sie sich als Kind oft versteckt hatte, wenn die Mutter zum Essen rief und es wie immer nur Kartoffeln gab.

Thomas, unser achtjähriger Sohn, fuhr die Nachbarin munter fort, wollte doch unbedingt die Eröffnungsfeier sehen, im ZDF, die haben das direkt übertragen aus dem brandneuen Olympiastadion in München. Bitte nicht, dachte Friederike; genau viermal hatte sie die Geschichte schon gehört, und viermal mit praktisch demselben Wortlaut; einmal am Telefon; Frau Seiffert hatte sie sofort angerufen am 26. August; zum zweiten Mal am Tag darauf, als Friederike eben angekommen war in Stuttgart, um ihre Mutter ein letztes Mal zu sehen und sich um alles Notwendige zu kümmern; zum dritten Mal am Vorabend der Beerdigung, und schließlich am Tag der Beerdigung selbst, am 4. September, beim Traueressen, wo die Nachbarin mit ihrer Erzählung den ganzen Tisch unterhielt, als müsste sie sich immer wieder versichern, dass alles sich genau so zugetragen (und sie alles richtig gemacht) hatte. Gut zwanzig Leute waren der Einladung gefolgt; die Hausnachbarn und zwei ehemalige Arbeitskolleginnen aus der Büglerei; an Verwandtschaft gab es außer Friederike und ihrer Familie nur einen älteren Bruder. Na ja, und dann, ausgerechnet am Freitagabend ging unser Fernseher kaputt. So schnell war kein Ersatz zu beschaffen, mein Mann war ja immer noch auf Dienstreise. Der arme Junge weinte und tobte, und da hab ich eben Sophia gefragt, wir wohnen ja auf dem gleichen Stock; wir bauen, hab ich das schon erzählt, im nächsten Sommer ziehen wir in unser eigenes Haus, raus ins Grüne, und Sophia hat sich sogar gefreut, klar, kommt einfach rüber zu mir.

Seit sie einen Farbfernseher besaß, war ihre Mutter wie verwandelt. Kathrin war noch im Juli bei ihrer Oma zu Besuch gewesen; Friederike brachte sie mit dem Zug hin und holte sie eine Woche später wieder ab; und beide Male empfing die Mutter sie in schicken neuen Kleidern, die Haare in sanfte Dauerwellen gelegt und blau getönt. In den drei Jahrzehnten nach dem frühen Tod ihres Mannes hatte Sophia Hauser kaum noch Wert gelegt auf ihr Äußeres und jeden Angriff weit im Voraus abgewehrt, den der eine oder andere Bekannte auf ihre Witwenschaft hätte planen können. Gott in seiner unerforschlichen Weisheit hatte es gefallen, ihren Alfons zu sich zu holen, und damit war dieser Teil ihres Lebens abgeschlossen. Jetzt allerdings machte sie sich sorgfältig zurecht, bevor sie sich nachmittags vor den Fernseher setzte und eine Sendung nach der anderen schaute, die Tagesschau, das Sandmännchen, Serien und Spielfilme; statt Jacken und Pullovern strickte sie nur noch meterlange Schals, weil das gut nebenher ging und die Hände beschäftigte; pünktlich um halb sieben aß sie die belegten Brote, die sie schon am Mittag zubereitet hatte, und bügelte danach ihre neuen Kleider, ebenfalls im Wohnzimmer, das sie bereits umgetauft hatte in Fernsehzimmer. Und eines Abends hörte Kathrin, wie ihre Oma den Fernseher bei seinem Namen nannte; Hans, sagte Sophia, und redete mit ihm wie mit einem Menschen, rief ihm dies zu und das, bevor sie schwerfällig aufstand und sich vor das Gerät kniete, es umfasste mit ihren schwabbligen Armen und ihm einen Kuss auf den Bildschirm drückte. Gute Nacht, Hans!, rief sie ihm zu, legte sich neben Kathrin auf das Sofa und schlief vor dem laufenden Fernseher ein; erst als um Mitternacht herum das Testbild erschien und ein heller Ton das Ende der Sendezeit verkündete, wachte sie auf und knipste den Fernseher aus, der sich sogleich zurückverwandelte in jenes stumme, blicklose Möbel, das er damals in den Sendepausen noch war.

Am 26. August, pünktlich um 15 Uhr, saßen sie zu dritt in Sophias Fernsehzimmer auf dem Sofa; Frau Seiffert, Thomas und Sophia, alle drei kerngesund. Die Übertragung fing an, Luftaufnahme des Olympiastadions; zweiundsechzigtausend Zuschauer, Einzug der Athleten, Tänze, Musik, dreieinhalbtausend Münchner Schulkinder mit Blumensträußen, wirklich alles sehr beeindruckend, erzählte Frau Seiffert, und dann kamen die Ansprachen; Avery Brundage, ein alter Amerikaner, der sprach sogar deutsch, weil er so beeindruckt ist von unserem Land, sagte sie, als Friederike zum ersten Mal den Impuls verspürte, aufzustehen und die zierliche Frau an den Schultern zu packen, die mit ihrer Gegenwart die ganze Küche ausfüllte; der penetrante Geruch ihres Deodorants, der sich mit dem Achselschweiß vermischte, wenn sie mit den Armen gestikulierte, als gehörte ihr alles, nicht nur diese Geschichte; die rauchgeschwängerte Luft (die sie nicht im mindesten zu stören schien), die Stockflecken an den Wänden, Sophias schäbige, abgenutzte Küchenstühle, der Blick aus dem Fenster auf die Häuser der gegenüberliegenden Straßenseite, der Himmel über den Dächern; die Jugend und ihre sonnige Zukunft im eigenen Häuschen, draußen im Grünen. Immer noch alles bestens mit Sophia, plapperte Frau Seiffert, kein Anzeichen, nichts, und schließlich die offizielle Eröffnung durch unseren Bundespräsidenten –, Gustav Heinemann!, warf Friederike ein; genau, wohl nicht grad Sophias Fall, meiner übrigens auch nicht; die Nachbarin lachte kurz auf; Sophia habe jedenfalls etwas von Umschalten gesagt; ob sie nicht umschalten könnten auf einen anderen Sender; und dann hat sie zweimal tief Luft geholt, hhh, hhhh, und schon war sie tot.

Die Nachbarin seufzte, zündete sich eine neue Zigarette an und lehnte sich zurück; das werde sie ihr Leben lang nicht vergessen, so zu sterben in aller Ruhe vor dem Fernseher, während der Eröffnungsfeier der Olympiade; und plötzlich hatte Friederike die Fernsehbilder der Geiselnahme vor Augen; die vermummten, schwerbewaffneten Männer, die am frühen Morgen des 5. September, vierzehn Stunden nach Sophia Hausers Beerdigung, unbehelligt ins israelische Wohndorf eingedrungen waren und elf Israelis in ihre Gewalt brachten, die sie später alle ermordeten. Zwei Männer direkt bei der Geiselnahme, die anderen neun bei der katastrophal missglückten Befreiungsaktion auf dem Flugplatz Fürstenfeldbruck. Natürlich gab es absolut keinen Zusammenhang zwischen dem Attentat und dem unerwarteten, friedlichen Tod ihrer Mutter, und so war es nur folgerichtig, dass sich an der eingeschliffenen Erzählung der Nachbarin seit dem 26. August kaum ein Wort geändert hatte; aber warum nur überlagerten sich in ihrem Kopf die beiden Ereignisse, als gäbe es dennoch eine Verbindung? Friederike starrte Frau Seiffert an in ihrem hübschen, kecken Sommerkleidchen, das eigentlich viel zu kühl war für den unfreundlichen Herbsttag; wo war der Riss, der in den Tagen nach dem Attentat durch die Bundesrepublik ging und das Land bis auf die Knochen freilegte, die ungeheuren Fett- und Muskelschichten im Rückblick erst sichtbar machte, die das Land und seine Bewohner sich zugelegt hatten seit dem Ende des 2. Weltkriegs. Wie alt mochte die junge Frau sein? Um die dreißig, schätzte Friederike, zwölf Jahre jünger vielleicht als sie selbst, also 1942 geboren, mitten im Krieg, als die Juden in fast ganz Europa systematisch enteignet, verfolgt und ermordet wurden, unter ihnen bestimmt auch Freunde und Verwandte der israelischen Olympiateilnehmer, die trotzdem nach München reisten, siebenundzwanzig Jahre nach dem von den Siegermächten erzwungenen Ende des Terrors, um teilzunehmen an den 20. Sommerspielen, wo der individuelle Überlebenskampf, das Ringen von Staaten, Gruppierungen, Nationen um Vorherrschaft, Macht und Einfluss auf einer symbolischen Ebene ausgetragen wurde, als Mannschaftsfechten, Hochsprung, Gewichtheben, Staffellauf und Marathon; wo Fremdenangst und Hassgefühle, Neid und Anerkennungswünsche, Zerstörungswut und Größenwahn sich ummünzten in sportlichen Ehrgeiz, in Triumphe, Siege, Niederlagen; in der Summe ein gigantisches, weltumspannendes Sportfest, das zugleich ein Fest des neu erstandenen Deutschlands wäre – Friederike war aufgestanden; sie taumelte, und das war der Moment, wo etwas in ihr riss. Der Verstand, aber auch jede Kontrolle setzte aus, jede Wahrnehmung von sich selbst, die Erinnerung erst ermöglichte; auch später erinnerte Friederike sich nicht, was genau sie getan hatte; nur das Bild der jungen Frau blieb in ihrem Gedächtnis, wie sie in ihrem rosa Hängerkleid am Küchenboden lag und wimmerte, ihr bleiches Gesicht mit der fein gezeichneten Nase, aus der helles Blut sickerte. Noch Tage später, als Anita Seiffert sich längst aufgerappelt hatte, verharrte das Bild ihres schmalen, fast kindlichen Körpers an derselben Stelle auf dem braungrauen Linoleumboden, und etwas in Friederike wusste, dass auch sie selber dort verharrte; dass Anita Seiffert in jenem Moment, als Friederike sie vom Stuhl gestoßen und geschlagen hatte, nur ein Abbild gewesen war von ihr selbst.

Sie taten alles, um die Sache so schnell wie möglich zu bereinigen. Anita – das Du war plötzlich da gewesen, fraglos – bekam den Sekretär, der Friederikes Vater gehört hatte, selbstverständlich umsonst, als kleine Geste der Wiedergutmachung; das Nasenbluten war bald verebbt; Anita wusch sich das Gesicht mit kaltem Wasser und bat um Verzeihung, dass sie so unsensibel gewesen war zu Friederike, die den plötzlichen Tod ihrer Mutter bestimmt noch nicht verdaut hatte; den Zwischenfall, von dem niemand je zu erfahren brauchte, hatte sie beinahe schon vergessen.

Friederike füllte ihre beiden Koffer, dass sie sie gerade noch tragen konnte, wartete, bis es abends dunkel wurde, und schlich sich aus dem Haus. Sie ging die knapp zweihundert Meter bis zur nächsten Haltestelle, setzte sich in die maisgelben Wagen der Straßenbahn und fuhr kreuz und quer durch Stadt, in der sie einmal ein Kind gewesen war. Wann immer sie einen geeigneten Ort erspähte, eine Wiese, ein kleiner Park, eine Häuserzeile, wo nur vereinzelt noch Licht schimmerte hinter den Fenstern, stieg sie aus, suchte einen Mülleimer, öffnete einen der Koffer und warf ein paar Dosen Katzenfutter hinein. Wenn die Koffer leer waren, holte sie Nachschub, stieg in die nächste Straßenbahn und deponierte ein paar weitere Dosen, bis sie sich nach und nach auf die ganze Stadt verteilten. Hundertdreiundfünfzig Rätsel, die ihr die Mutter hinterlassen hatte – wahrscheinlich hatte sie einfach eine hungrige Katze aus der Nachbarschaft gefüttert – und die am nächsten oder übernächsten Tag von den städtischen Müllmännern eingesammelt würden, die vielleicht den Kopf schüttelten über den seltsamen Fund, die unbegreifliche Verschwendung; achtundsiebzig völlig intakte Blechdosen, die Bestandteile von Lebern enthielten, die zuvor in den Körpern nicht näher bezeichneter Tiere – Hühner wahrscheinlich – den Stoffwechsel gesteuert hatten, und fünfundsiebzig weitere Blechdosen, gefüllt mit je 54 Gramm eines Thunfischs, der einmal durch die Meere geschwommen war, stets auf der Jagd nach der nächsten Beute.

2

Es ist nicht möglich, das eigene Leben von seinem Ende her zu denken, solange man mitten drin steht, und es ist nicht möglich, das Leben eines Toten nicht a u c h von seinem Ende her zu denken; sein Tod als Punkt im Koordinatensystem von Raum und Zeit, den die Überlebenden ins Visier nehmen, um auf sein Leben zurückzuschauen, es nachträglich in Besitz zu nehmen, als hätte es ihnen schon immer gehört, von Anfang an.

Iris hatte in Miriams Notizbuch geblättert, das vor ihr auf dem Küchentisch lag, und ihr Blick war hängengeblieben an diesem Satz wie zuvor am Gesicht des Attentäters. Sein Foto war auf der Titelseite einer Sonntagszeitung abgebildet; ungefähr sechs mal acht Zentimeter, ein schwarz gerahmter Kasten, eingelassen in ein zweites, größeres Bild; eine Luftaufnahme, die drei Viertel der Zeitungsseite ausfüllte, tiefblaues Wasser, das glatt im Sonnenlicht glitzerte; rechts von der Bildmitte war eine kleine Insel zu sehen; sattgrüne Bäume, etwas hellere Grasflächen und eine Handvoll Häuser mit braunroten Satteldächern. Menschen waren keine zu erkennen, obwohl zum Zeitpunkt der Aufnahme mehr als sechshundert Menschen auf der Insel anwesend waren, Tote und Überlebende, die meisten von ihnen jung oder sehr jung, noch keine achtzehn Jahre alt, dazu Leute von irgendeiner Spezialeinheit wahrscheinlich der Polizei, und auch jener Mann, der den kaum fassbaren Gewaltakt zu verantworten hatte, den dieses Bild in sich barg und verbarg; das Foto war vorgestern aufgenommen worden, am Tag des Attentats, wie die Bildlegende besagte, Utøya, Freitag, 22. Juli 2011.

Iris hatte die Zeitung am Vormittag wie aus Versehen mitgenommen aus der letzten verbliebenen Osteria im Dorf, *il Palazign*, wo sie auf der Terrasse gesessen und ein Mineralwasser getrunken hatte und später ein Glas Weißwein; und drei oder vier Zigaretten hatte sie auch geraucht – ganz gegen ihre Gewohnheit, sagte sie sich; der fast zahnlose alte Mann hatte sie ihr angeboten, ja geradezu aufgezwungen, nehmen Sie, per favore, mit einer Dringlichkeit in der Stimme, als ginge es um etwas Persönliches, das sie von ihm annehmen sollte, La prego, ich bitte Sie.

Die Glocken des nahen Kirchturms schlugen viermal, so ohrenbetäubend laut, dass Iris am Anfang befürchtet hatte, sie würden nachts jede Stunde erwachen; das Küchenfenster stand offen, und noch bevor der letzte Ton verklungen war, zerrissen zwei weitere Schläge die Sonntagsstille, die seit dem frühen Morgen über dem Onsernonetal lag wie ein Tuch.

Der Blick aus dem Fenster beruhigte sie wie jedes Mal, seit sie hier waren; das satte Silbergrau der schweren Granitplatten, die die engstehenden Häuser bedeckten – die Ferienwohnung lag leicht erhöht über dem Dorfkern, so dass man auf eine ganze Dächerlandschaft blickte; der schmale Kirchturm mit dem langgezogenen Spitzkegel vor den sanft gezeichneten Flanken der Berge, die sich talauswärts in heller werdenden Schichten aneinanderreihten und so den Himmel in Schach hielten; ihn eingrenzten, dachte Iris, auf ein menschliches Maß. Die Dörfer, die sich an der gewundenen Straße entlangzogen, klebten alle wie Vogelnester an den mit Kastanienwäldern überwachsenen Hängen, hoch über dem Talgrund, in dem unsichtbar der Isorno rauschte, ein Einschnitt eher als erkennbar ein Fluss, der sich nur denjenigen zeigte, die einem der schmalen Wanderwege folgten, die zu ihm hinabführten.

Am Mittwochnachmittag erst waren Iris und Brennan mit dem Postauto in Comologno angekommen, aber tatsächlich hatten sie sich beide sehr schnell an die wuchtigen Glockenschläge gewöhnt; auch Brennan wachte nachts nicht mehr auf, genau wie der Verwalter der Ferienwohnung *Sotto il Sasso* es ihnen bei der Schlüsselübergabe am Busbahnhof von Locarno vorausgesagt hatte; ein gedrungener Mann Anfang vierzig, der hauptberuflich in der Nähe der Piazza Grande eine Pizzeria führte; *un fracasso infernale!*, rief er und presste sich zur Verdeutlichung die Hände an die Ohren; diese Kirchglocken veranstalten einen Höllenlärm, der Sie nach ein paar Tagen so sicher in den Schlaf wiegt wie eine Mutter ihr Kind. Er zerrte ein zerknittertes A4-Blatt aus der hinteren Hosentasche, eine Skizze eher als ein Ortsplan von Comologno, auf der das ehemalige Mädchenschulhaus mit einem Kreuz markiert war, und erklärte ihnen, wo genau sich der Wohnungseingang befand, auf der Rückseite des Hauses; es gibt eine große Küche, sagte er, ein Schlafzimmer und ein Wohnzimmer mit Bettsofa – falls Sie das brauchen, fügte er hinzu, während sein Blick zwischen Iris und Brennan hin- und herschnellte; etwas unverhohlen Schmieriges lag darin, so dass Iris glaubte, seine Gedanken buchstäblich von seinen Augen ablesen zu können. Waren sie wirklich Mutter und Sohn oder doch eines dieser grotesken Paare, wo eine Endvierzigerin wundersam aufblühte in den Armen eines schlaksigen zwanzigjährigen Jungen, der sich eben daran berauschte, an der verblüffenden Wandlung, die sich an seiner Geliebten vollzog, weil er sie begehrte; an der Macht, die er vermeintlich über sie besaß – ohne zu bedenken, dass sie ihn zu diesem Zweck verführt hatte und ihre leuchtenden Augen womöglich weniger ihm galten und seiner unverbrauchten Leidenschaft als vielmehr ihrem eigenen, deutlich verjüngten Spiegelbild, der rosigen, gut durchbluteten Haut, den volleren Lippen, den gestrafften Körperkonturen; oder war es ganz anders, umgekehrt?; sah dieser Mann sie, Iris Sullivan, geborene Seitz, eine Frau von neunundvierzig Jahren, als bedauernswertes Geschöpf, das sich mit letzter Kraft an einen jungen Geliebten klammerte, der sich einen Spaß daraus machte, den Zeitpunkt der Trennung so lange wie möglich hinauszuzögern, bevor er mit doppeltem Elan in sein eigenes Leben zurückkehrte, das draußen vor der Tür stand und auf ihn wartete. Also dann, schöne Ferien, sagte der Verwalter – er trug einen breiten Ehering, wie Iris erst jetzt auffiel, der ihm schmerzhaft ins Fleisch schnitt –, wenn etwas ist, rufen Sie mich an, ansonsten treffen wir uns am 30. Juli um dreizehn Uhr wieder hier in Locarno zur Schlüsselübergabe.

Das war der Moment, wo Brennan überraschend seinen Arm um sie legte, Iris an sich drückte und sie mehrmals auf die linke Wange küsste, den Mund leicht geöffnet, so dass sie das Wassermelonenaroma seines Kaugummis roch; eine Salve kleiner, schneller, emphatischer Küsse, als wären sie wahrhaftig ein Liebespaar; doch damit nicht genug; okay, sweetie, sagte Brennan munter, let's hurry, our bus is leaving; er schulterte seinen schweren Rucksack, wuchtete den kleineren, orangefarbenen von Iris obendrauf und marschierte los, nicht ohne dem Verwalter zuzuzwinkern, der ihm forza! zurief, als seien sie Verbündete in einem abgekarteten Spiel; und Iris spürte, wie ihr Gesicht in Flammen aufging, wie alles in ihr brannte, wie sich der Boden öffnete unter ihren Füßen und ihre ganze Person darin verschwand, im frischen, öligen, tiefschwarzen Asphalt, der in der Mittagshitze unter ihren Wanderschuhen dampfte, als sie endlich den Bahnhofsvorplatz überquerte und Brennan folgte, ihrem großgewachsenen Sohn, der mit seiner gelben Regenjacke unübersehbar in der Eingangstüre des Postautos stand und ihre Fahrkarten schwenkte.

Bei strömendem Regen und knapp fünfzehn Grad waren sie an jenem Morgen in Schwyz in den Schnellzug nach Bellinzona gestiegen. Joyceline, ihre jüngste Tochter, aber auch Liam und seine Frau Cathy schliefen noch, als Iris und Brennan ihre Rucksäcke packten und die Wohnung verließen, wie am Vorabend beschlossen und angekündigt; ein wenig überstürzt vielleicht und ohne zu wissen, ob sie im Tessin so kurzfristig etwas finden würden, das ihnen beiden zusagte. Es war Hochsaison, Brennan mochte keine Hotels, und die meisten Ferienwohnungen waren nur wochenweise zu mieten, von Samstag bis Samstag. Wer ist dir lieber, Hermann Hesse oder Alfred Andersch und Max Frisch, sagte Brennan, als sie im Tourismusbüro in Bellinzona vor der Wahl standen zwischen Montagnola, oberhalb von Lugano, und Comologno, dem zweithintersten Dorf des Onsernonetals; in Montagnola gibt es ein Hesse-Museum, fügte er an, und im Onsernonetal, wo auch Andersch gelebt hat, in diesem Sommer eine Ausstellung zum hundertsten Geburtstag von Max Frisch; und einmal mehr war Iris verblüfft, was Brennan mit seinen einundzwanzig Jahren alles wusste, wie viele Dinge in seinem schmalen, langgezogenen Schädel gespeichert waren, dessen Konturen sich so deutlich abzeichneten unter der gespannten Haut und den millimeterkurzen schwarzen Haaren – und wie wenig er davon preisgab. Iris hatte keine Ahnung, ob Brennan überhaupt deutschsprachige Texte las, und wenn ja, ob auch literarische Werke, und was diese ihm allenfalls bedeuteten, im Unterschied oder in Ergänzung zum fachspezifischen Wissen, das er sich im Studium aneignete, und zu all den Informationen, die – so empfand sie es – nicht nur überall und jederzeit verfügbar waren, sondern ihrerseits über die menschliche Wahrnehmung und Aufmerksamkeit verfügten, indem sie sie permanent besetzten. Und zugleich fühlte sie sich beschämt; als hätte Brennan sie dabei ertappt, wie wenig sie ihm noch immer zutraute, wie wenig sie ihn gewappnet glaubte für die Herausforderungen, vor die das Leben ihn eines Tages stellen mochte, aller Intelligenz zum Trotz und obwohl er doch vor zwei Jahren mutterseelenallein nach London gezogen war, um dort Informatik zu studieren; viel weniger als Liam, ihren älteren Sohn, der ihr schon mit sieben erwachsener vorgekommen war als sie sich selbst zu jener Zeit; in den langen, düsteren Wintermonaten nach Orans Tod. Frisch oder Hesse, egal, sagte sie, tot sind sie beide; entscheide du; Hauptsache, die Sonne scheint, es ist warm, und man kann irgendwo in der Nähe baden. Dann empfehle ich Montagnola, warf die Angestellte des Tourismusbüros ein; Comologno!, rief Brennan, als hätte er die Sache längst entschieden, da sind wir ab vom Schuss, und billiger ist die Wohnung auch.

Wie du meinst, sagte Iris, aber auf ein paar hundert Franken kommt es nicht an, das weißt du doch.

Für mich aber, sagte Brennan mit unerwarteter Schärfe, für mich kommt es darauf an.

Du bist eingeladen, sagte Iris verwundert, das ist ja wohl klar –

Niemals!, Brennan hatte den Stuhl zurückgeschoben und war aufgestanden; er sah Iris an, von oben herab, seine Pupillen klein und rund wie Stecknadelköpfe; ich lasse nicht zu, dass du mich einlädst; es stinkt, das Geld, das du von deiner Mutter geerbt hast, es stinkt zum Himmel, sagte er, und Iris begriff, dass Brennan etwas mit sich herumtrug; dass er nicht einfach so mitgekommen war auf diese Reise; dass es einen Grund dafür gab oder mehrere Gründe;

dass Brennan, im Gegensatz zu Iris, ein bestimmtes Ziel vor Augen hatte und auch eine Vorstellung davon, wann und wie er es erreichte.

Nichts davon war in den drei Tagen seit ihrer Ankunft zu spüren gewesen; Brennan saß die meiste Zeit im Wohnzimmer über seinen Fachbüchern, während Iris die Küche besetzte; mittags kochte sie etwas Einfaches; die strenge Diät, der sie sich in Schwyz alle unterzogen hatten – viel Eiweiß, reichlich Gemüse, kaum Fett und wenig Kohlenhydrate –, war ihnen beiden ein bisschen verleidet, und so aßen sie Penne all'Arrabiata mit viel Parmesan, Kichererbsen mit Speck und Zucchini oder mit Bergkäse überbackene Polenta; alles, was sie zum Kochen brauchte, bekam Iris in Spruga, im nächsten Dorf, wo es einen kleinen, bis unter die Decke vollgestopften Laden gab, der von einem bedächtigen Mann in ihrem Alter geführt wurde; seine Eltern waren mit ihren drei kleinen Kindern vor über vierzig Jahren aus der Deutschschweiz ins Onsernonetal gekommen, als sogenannte Aussteiger, wie der Mann erzählte, begeistert von der Schönheit der Landschaft, in die sie sich auf den ersten Blick verliebten, und hatten mit ein paar Freunden zusammen zwei leerstehende Häuser gekauft, die samt riesigem Umschwung kaum etwas kosteten. Die Einheimischen nannten sie *I Cappelloni*, die Langhaarigen, und bezweifelten offen, dass die Zuwanderer mehr als ein paar Monate durchhielten. Das Wasser holten sie zunächst mit Bidons aus dem Bach; später bauten sie eine Zuleitung; die Männer reparierten das Notwendigste, die Frauen legten einen großen Gemüsegarten an und kümmerten sich um die Hühner und Schafe, während die Kinder täglich das Brennholz sammelten, das sie zum Heizen und Kochen brauchten. Im ersten Winter bereits gaben die eine oder der andere auf; die Eltern des Mannes aber waren bis heute geblieben, und er war ihnen dankbar dafür; hier oben konnte er mit seiner Frau und den beiden halbwüchsigen Kindern sein Leben aus eigener Kraft bestehen, dem fehlenden Lehrabschluss und seiner Langsamkeit zum Trotz, die ihn andernorts wohl in die Maschinerie der Sozialhilfe getrieben hätte, die gar manche zwischen ihren Rädern zermalmte. Iris erzählte ihm nicht, dass Oran und sie versucht hatten, auf ganz ähnliche Weise zu leben, und ebenso wenig, dass sie selber, gäbe es das Erbe ihrer Mutter nicht, ihre Existenz wohl kaum aus eigener Kraft bestreiten könnte; stattdessen schwärmte sie ihrerseits von diesem abgeschiedenen Tal, in das auch Iris sich sofort verliebt hatte, nicht nur in die hübschen Dörfer und die Landschaft, sondern fast mehr noch in die Worte, die sie bezeichneten, Isorno, Onsernone, Comologno; in den dunklen Gleichklang der vier Silben, die sie zuweilen mit kindlicher Freude vor sich hinmurmelte wie ein Gebet.

Es war, bei aller sonstigen Anspannung, eine eigentümlich ruhige Verliebtheit, die sie erfasst hatte, ohne jene haltlose Sehnsucht, die Iris im Hochgebirge zuweilen befiel, in den Berner oder Walliser Alpen mit ihren erhabenen Gipfeln aus Fels und ewigem Eis; die Schönheit des Onsernonetals hatte nichts Herausforderndes an sich; es drängte sie nicht, sich mit ihr zu messen, die Berge hochzukraxeln und sich dabei zu verausgaben bis zur Erschöpfung. Nach dem Mittagessen spazierten Iris und Brennan jeweils durchs Dorf und erkundeten die nähere Umgebung; einmal waren sie über Spruga zu den Bagni di Craveggia gewandert, ein in den Hang gebautes, ehemaliges Kurbad, das bereits zu Italien gehörte. Die bescheidene Anlage war 1951 durch eine Lawine fast vollständig zerstört und erst vor ein paar Jahren notdürftig wieder instandgesetzt worden; eins der ursprünglichen Becken, kaum größer als drei Badewannen, war seither wieder mit warmem Quellwasser gefüllt, und man konnte hineinsteigen, was sie auch taten, das tiefliegende Gewölbe direkt über ihren Köpfen, so dass es Iris eher an eine Gruft gemahnte als an einen Jungbrunnen. Zweimal hatten sie abends im *Palazign* gegessen, und Brennan versuchte ihr zu erklären, womit er sich beschäftigte, wenn er für eine Telekommunikationsfirma programmierte, um sein Studium zu finanzieren; er erzählte von London, von seinen Spaziergängen durch den Regents Park und einer Kommilitonin, die nebenher in einem veganen Restaurant arbeitete; er konnte stundenlang reden, ohne dabei irgendetwas Persönliches preiszugeben. Eine einzige Ausnahme hatte es gegeben; im Sommer vor drei Jahren, als Brennan achtzehn war und noch in der Schule, erzählte er Iris, dass er sich zu zehn-, elf-, zwölfjährigen Mädchen hingezogen fühle. Es war brütend heiß, und sie saßen am Strand irgendwo an der Algarveküste; Joyceline und ihr Vater Samuel standen bis zu den Schultern im Meer und spielten mit einem rot-weißen Wasserball; nicht unbedingt sexuell, fügte Brennan hinzu, sondern eher so, dass er sich danach sehne, in ihre gerade noch kindliche Haut zu schlüpfen; dass er davon träume, teilzuhaben an ihren Gedanken und Empfindungen, dass er für Joyceline und ihre Freundinnen, wenn sie auf dem Pausenplatz ihre verschworenen Gemeinschaften bildeten, kein männlicher Fremdkörper wäre, sondern ein Seelenverwandter; dass er sich manchmal wünsche, noch einmal geboren zu werden als Mensch, der sich weder als weiblich identifizieren ließe noch als männlich. Iris war weniger entsetzt gewesen als sprachlos; Brennan hatte ein Begehren formuliert, das Räume der Imagination entwarf, an die die Wirklichkeit einer gelebten Liebe niemals heranreichen konnte. Glaubst du, ich bin krank, sagte Brennan endlich; und glaubst du, ich kann damit leben, ohne jemanden allzu sehr zu beschädigen, auch nicht mich selbst?

Aber natürlich kannst du das, sagte Iris, und außerdem: solche Dinge können sich ändern; noch ist dein Charakter, ist deine Sexualität nicht ausgereift, jetzt beruhig dich erst einmal.

Aber ich bin ruhig, sagte Brennan, siehst du das denn nicht; ich bin vollkommen ruhig. Dann ist ja gut!, rief Iris und winkte Joyceline, die nach ihnen Ausschau hielt; hier sind wir!, rief sie ihr zu, und damit war das Gespräch beendet. Ein knappes Jahr später zog Brennan nach London; er war noch immer schlaksig und feingliedrig, aber seine wallende Lockenmähne war einer Kurzhaarfrisur gewichen, und mit seinem Dreitagebart wirkte er so entschieden männlich, dass Iris beschloss, die Sache habe sich erledigt.

Auch zu Hause in Schwyz schien alles soweit in Ordnung. Liam und Cathy meldeten sich nicht; und Joey, wie sie sich meistens nannte, seit Samuel ihr das Lied von Bob Dylan vorgespielt hatte, war mit ihren vierzehneinhalb Jahren schon beinahe irritierend selbständig. Sie hatte Iris zwei SMS geschickt; die erste am Freitagabend: ich geh jetzt pizza essen mit özlem; die zweite grad eben, um 14.45 Uhr: hi mam, hab geschlafen bis um zwölf, liam und cathy noch im Bett; und beide waren sozusagen deckungsgleich mit Joycelines Facebookeinträgen, die Iris dank des Internetsticks, den sie an ihren Laptop anschloss, auch zuhinterst im Onsernonetal jederzeit einsehen konnte; die Verbindung war zwar sehr langsam, aber sie funktionierte. Joyceline hatte ihr vor ungefähr zwei Jahren, als sie einen eigenen Facebookaccount eröffnete, sogleich eine Freundschaftsanfrage geschickt (und mit drei älteren Geschwistern musste sie wissen, was das bedeutete); dennoch kam es Iris manchmal vor, als dringe sie in eine Sphäre ein, die zu betreten sie kein Recht hatte und die sie als Mutter auch nichts anging. Was sie am meisten irritierte, war die Art und Weise, wie Joyceline sich auf Facebook gab – offen, aber nicht so hemmungslos exaltiert wie ihre Freundinnen, die sich an einem Tag ewige Treue schworen und einander am nächsten des Hochverrats bezichtigten, weil eine der beiden mit einer Dritten gesichtet worden war, wie sie Arm in Arm am Busbahnhof rumhingen; noch nie hatte Iris auf Facebook etwas von Joyceline gesehen oder gelesen, das komplett neu gewesen wäre für sie, so dass ihre jüngste Tochter ihr seltsamerweise nicht vertrauter, sondern zunehmend rätselhafter wurde, gerade weil sie offenbar nichts zu verbergen hatte. Im Gegensatz zu fast allen Teenagern, die Iris kannte, sich selber damals eingeschlossen und ihre beiden ungleichen Schwestern, Miriam und Sabine, schien Joyceline kein Doppelleben zu führen, sondern bloß ein gleichsam verdoppeltes.

Joyceline hatte drei Monate Schulferien, und so waren sie Mitte Juni nach Schwyz gekommen, um dort mit Liam und seiner Frau Cathy den Sommer zu verbringen. Liam und Cathy lebten in South Carolina, steckten aber seit ihrem Weihnachtsbesuch in der Innerschweiz fest, nachdem sich Liam beim Snowboarden einen komplizierten Beinbruch zugezogen hatte, der eine längere Behandlung notwendig machte. Iris und Joyceline waren am 8. Januar über London wieder nach Hause geflogen, und Iris hatte Liam die Dachwohnung bis auf weiteres zur freien Verfügung überlassen, nach Absprache mit Sabine, ihrer um zwei Jahre jüngeren Schwester, der die Wohnung zur Hälfte gehörte. Seit dem Tod ihrer Mutter, Helena Seitz, im Sommer 2009 stand die Wohnung meistens leer, die Sabine und Iris sich in den gut fünf Krankheitsjahren geteilt hatten, in denen sie sich abwechselnd um Mams kümmerten, die bis zuletzt allein in ihrem Bungalow direkt am Vierwaldstättersee wohnte; selbst dann noch, als sie rund um die Uhr auf Betreuung angewiesen war und Iris und Sabine zusätzlich zwei Krankenpflegerinnen einstellten, die sie dabei unterstützten. In den ersten vier Jahren pendelte Sabine noch zwischen Albuquerque, wo sie mit ihrem Mann lebte, und Schwyz hin und her, während Iris ihren Lebensmittelpunkt bereits im Sommer 2006 nach Schwyz verlagerte, was für Joyceline bedeutete, dass sie in den drei Jahren, bis ihre Gromi starb, auch dort zur Schule ging. Brennan war damals sechzehn und entschied sich, auf der Haley Farm zu bleiben, die Iris und Oran kurz nach seiner Geburt gekauft hatten und die noch immer so hieß, obwohl man das ewig unfertige Wohnhaus und die beiden Bretterverschläge, in denen sie ein paar Schafe und Hühner hielten, beim besten Willen nicht als Farm bezeichnen konnte. Ganz allein war Brennan nicht, Samuel wohnte weiterhin auf dem Gelände, während Liam bereits in den USA studierte und Jenny soeben die Zulassungsprüfung für das Studium an der ETH bestanden hatte. Sie bezog ein WG-Zimmer in Zürich und verbrachte die Wochenenden öfter bei ihrer Großmutter, die sie stets Helena nannte, in ihrem Bungalow, wo ihr ein eigenes Zimmer zur Verfügung stand, in dem sie ungestört lernen konnte. Nachdem ihre Mutter gestorben war, verkauften Iris und Sabine den Bungalow und auch die meisten Antiquitäten, die Mams gesammelt hatte. Iris und Joyceline kehrten auf die Haley Farm zurück; Sabine hingegen entschied sich, vorläufig in der Schweiz zu bleiben; ihre Ehe hatte der Belastung nicht standgehalten, und so investierte sie einen Teil ihres Erbes in ein modernes Loft hoch über dem Vierwaldstättersee, mit einer großzügigen Terrasse, die den Blick freigab auf die gegenüberliegenden Berge. Die Wohnung in Schwyz nutzte sie nur, wenn sie Gäste hatte, die sie nicht bei sich einquartieren wollte, und Iris brauchte sie als Pied-à-terre, wenn sie und Joyceline zweimal pro Jahr in der Schweiz Ferien machten; meistens um Weihnachten herum und für ein paar Wochen im Sommer.

Brennan war Anfang Juli überraschend zu ihnen gestoßen, auf der Durchreise von London nach Sardinien, wie er sagte, wo ein paar Freunde für den ganzen August ein Haus gemietet hatten; an der Ostküste der Insel, direkt am Strand. Was für Freunde, hatte Iris ihn gefragt, und Brennan hatte wie fast immer ausweichend geantwortet: Freunde halt, vom Studium, solche mit reichen Eltern, wie ich, nur dass bei mir der Vater fehlt. Du meinst, dein Vater fehlt dir, sagte Iris und dachte einen Moment lang, er würde ihr etwas darüber erzählen, wie es für ihn gewesen war, ohne Vater aufzuwachsen, aber Brennan winkte ab; nein, Oran fehlt nicht mir, er fehlt einfach.

Alles lief etwas anders als geplant; während am Horn von Afrika eine Dürre wütete, die das Leben von Millionen Menschen bedrohte, verstärkt durch das Seilziehen verschiedener politischer Gruppierungen, die um die Vorherrschaft in der Region kämpften und internationale Hilfslieferungen behinderten, war es in fast ganz Mitteleuropa unsommerlich kühl; in der Schweiz war es nördlich der Alpen seit Mitte Juni kaum je über achtzehn, neunzehn Grad warm gewesen, dazu hatte es häufig geregnet. Ganze Tage hatten sich aufgelöst im Gleichklang der Regentropfen, die auf die vier großen Dachfenster trommelten, unter denen sie tagsüber alle saßen, Iris, Liam, Cathy, Brennan und Joyceline, verteilt auf die beiden breiten Ledersofas, die Rücken an Rücken zueinander standen; Brennan las, die anderen hatten alle den Laptop auf den Knien, die Kopfhörer über die Ohren gestülpt. Liam und Cathy hatten sich in der Zwischenzeit in der Wohnung breitgemacht und sie ganz in Beschlag genommen; ihre Sachen standen überall herum, und natürlich besetzten sie das größte der drei Schlafzimmer. Als Brennan dazukam, zog Joyceline zu Iris ins mittlere Zimmer und Brennan quartierte sich im kleinsten ein; so ging es einigermaßen. Außer Brennan war Liam der Einzige, der nicht nur DVDs schaute, Musik hörte, sich kurz über das Weltgeschehen informierte, mailte oder die neusten Beziehungsstatusänderungen der jeweiligen Freunde kommentierte. Er arbeitete als Personal Coach; bis zu acht Stunden pro Tag stellte er Sport- und Ernährungsprogramme zusammen für seine Klientinnen und Klienten in South Carolina, wo er im letzten September den Master in Sportpsychologie gemacht hatte und wohin die junge Familie zurückkehren würde, sobald das Baby auf der Welt war, das Cathy in ihrem Bauch mit sich herumtrug; bis dahin war hoffentlich auch Liam gesundheitlich wieder ganz auf der Höhe. Die Schwangerschaft war, wie sie sagten, ein Unfall gewesen, wahrscheinlich die Folge einer heftigen Magen-Darm-Grippe, die vorübergehend die Wirksamkeit der Pille beeinträchtigte; Cathy war erst zweiundzwanzig und studierte noch, ebenfalls Sportpsychologie, und sie hatte am Anfang nächtelang geheult, weil sie sich überfordert fühlte mit der Situation; aber mittlerweile war sie im fünften Monat und komplett eingenommen vom wundersamen Geschehen, das sich in ihrem Körper vollzog; sie hatte sich in den Kopf gesetzt, das Baby hier in der Schweiz zu bekommen, obwohl sie kaum Deutsch sprach und zu praktisch niemandem in der Umgebung näheren Kontakt pflegte; aber es kam nicht in Frage, ihre kostbare

Fracht auch nur dem geringsten Risiko auszusetzen, das ein Interkontinentalflug möglicherweise bedeutete. Iris hatte sich bereiterklärt, die Kosten zu übernehmen; was blieb ihr auch anderes übrig.

Dass Liam die meisten Leute, die er coachte, noch nie leibhaftig gesehen hatte, schien keine große Rolle zu spielen; seine Klientinnen und Klienten schickten ihm ihre Gewichtstabellen, ihre Ernährungs- und Bewegungsprotokolle zusammen mit den wöchentlich aktualisierten Fotos ihrer Bäuche, Pobacken und Oberschenkel, und Liam lobte, ermutigte und hakte nach, wenn er sich ausbleibende Erfolge nicht erklären konnte. Er besaß einen fabelhaften Instinkt für alle Selbsttäuschungsmanöver; niemand wusste, wie er es anstellte, innerhalb kürzester Zeit zuverlässig die schwarzen Schafe zu identifizieren, die ihn nur bezahlten, damit sie sich weiterhin mit Cola und Junkfood vergiften konnten. Liam liebte seine Arbeit über alles; was konnte es Schöneres geben, sagte er, als die Tatsache, dass er Menschen glücklich machte, indem er ihnen aufzeigte, dass dieses Glück weder ein Zustand war noch das Ergebnis eines permanenten Bemühens, sondern in eben diesem Bemühen selbst lag.

Schon im Studium hatte er ein paar Klienten gehabt, und eines seiner ersten Versuchsobjekte, wie er sie damals nannte, war ausgerechnet Cathy gewesen; mit neunzehn hatte sie hundertzehn Kilo gewogen, und jetzt noch kämpfte sie, weniger mit ihrem Gewicht, sondern vor allem mit den hässlichen Dellen an ihren Oberschenkeln, die sie dank rigoroser Ernährungspläne und täglicher Trainingseinheiten wenigstens halbwegs in Schach zu halten vermochte, während Liam sich seit vielen Jahren ganz dem Bodybuilding verschrieben hatte – was Iris zunächst befremdet, dann aber zunehmend fasziniert hatte; die Leidenschaft vor allem, die Liam dabei entwickelte und die ein Stück weit auf sie übergesprungen war, so dass auch Iris wieder angefangen hatte, regelmäßig Sport zu treiben. Zu Hause über ihrem Bett hing das Foto, das Liam ihr letztes Jahr geschickt hatte; eine sechzigjährige Bodybuilderin, die sich braungebrannt und mit straffem Körper im Bikini präsentierte, darunter der Satz: *don't ever use age as an excuse;* und auch wenn etwas in ihr dagegen rebellierte, gegen das Diktat der ewigen Jugend, so gehorchte sie ihm dennoch, und nie war sie körperlich in besserer Verfassung gewesen, nie hatte sie sich physisch jünger gefühlt als genau jetzt, in diesem verregneten Sommer; dass sie im April neunundvierzig Jahre alt geworden war, war das Ergebnis einer simplen Rechenaufgabe, die nichts weiter über sie aussagte. Halleluja, dachte Iris manchmal, wenn sie sich im Badezimmerspiegel betrachtete oder sich in einem ärmellosen Top und knappen Shorts neben Cathy stellte; aber es war keine Hymne auf das Leben, die ihr trainierter Körper sang; kein *victory march* und auch kein Gotteslob; viel eher gemahnte es an jene Passage aus dem weltbekannten Song, *it's a cold and it's a broken Halleluja,* den Leonard Cohen im letzten September auch in Basel angestimmt hatte, im zweiten Teil seines Konzerts, das er mit dem Versprechen eröffnete, *I give you my word that we will give you the best we have,* und genau das taten sie auch, der Musiker und seine Band, mit jedem Ton, jeder Geste, jedem Blick gaben sie, jede und jeder für sich und alle gemeinsam, das Beste, das sie zu geben hatten, dreieinhalb Stunden lang, bis der großartige alte Mann das dankbare Publikum mit einem Augenzwinkern in die Nacht entließ, *God bless you, sincerely Leonard Cohen.*

Umso härter traf es Liam, dass er sich selber nicht helfen konnte. Ende März hatte es angefangen, als Cathy den positiven Schwangerschaftstest in der Hand hielt und Liam sein rechtes Bein endlich wieder voll belasten konnte – was dazu führte, dass er wie ein Verrückter trainierte. Er wusste selber, dass er es übertrieb, aber es war wie ein Rausch, der ihn erfasste, wenn er seinem aus dem Lot geratenen Körper alles abverlangte und sich die Grenzen seiner Leistungsfähigkeit von Tag zu Tag weiter verschoben in Richtung dessen, was er kurz zuvor noch als unerreichbar erachtet hatte, als jenseits des Menschenmöglichen; bis er eines Morgens mit Herzrasen erwachte, das ihn seither im Griff hielt, wechselweise mit allzu langen Pausen zwischen zwei Herzschlägen, die keinem Rhythmus mehr folgten, sondern wie voneinander abgekoppelt schienen, jeder einzelne nur auf sich selber bedacht. Zwei verschiedene Medikamente schlugen nicht an, und der behandelnde Arzt hatte vorgeschlagen, den Herzmuskel mit Elektroschocks zur Räson zu bringen, die Liam unter Vollnarkose im Krankenhaus verabreicht würden. Er hatte sich mäßig besorgt gezeigt, obwohl persistierende Herzrhythmusstörungen ohne eindeutig erkennbare Ursache bei einem Sechsundzwanzigjährigen natürlich ein Alarmzeichen waren. Nach kurzer Bedenkzeit erklärte Liam sich einverstanden, und so kam es, dass sie seit dem 12. Juli alle gemeinsam auf den 2. August warteten, auf die Stunde der Wahrheit, wie Liam scherzhaft sagte, in der es sich zeigte, ob das Ganze nur ein vorübergehender Spuk gewesen war oder nicht doch der Auftakt zu einer langwierigen Krankengeschichte, in der jede Fußnote auf den frühen Herztod seines Vaters verwies. Lust auf Ausflüge oder Museumsbesuche hatte niemand, und Liam schleppte seinen noch immer muskelbepackten Körper durch die Tage, als handle es sich um ein rohes Ei, dessen Schale jederzeit Risse bekommen und auseinanderbrechen konnte. Am späteren Vormittag hatten sie alle gemeinsam ein leichtes Training absolviert – sechzig Minuten Laufen oder Radfahren, von Schwyz nach Brunnen, und von dort aus den See entlang in Richtung Vitznau –, und abends hatte Iris für alle gekocht nach Liams Anweisungen, die sie längst verinnerlicht hatte, Huhn oder Fisch, dazu Salat an einer leichten Sauce und gedämpftes Gemüse; jeden zweiten Tag ergänzt um ein paar Salzkartoffeln oder wenig Vollreis.

Nein, abgesehen vom trüben Wetter hatte es keinen Anlass gegeben für Iris' und Brennans plötzliche Abreise. Dass Cathy im Gegensatz zu Liam keinen Rappen Geld verdiente oder vielmehr keinen Cent, dass sie seit Weihnachten einfach nur hier herumsaß, hatte Iris zwar gedacht, aber nicht gesagt, und dafür konnte sie weiß Gott nicht belangt werden – auch wenn sie Liam zutraute, dass er genau wusste, was sie dachte. Im Gegenteil, sagte sie sich; sie hatte sich die ganze Zeit über bemüht, ihrer Schwiegertochter gegenüber fair zu bleiben, schon aus Gründen der Selbstachtung; sie hatte es nicht nötig, eine zweiundzwanzigjährige amerikanische Göre fertigzumachen; Cathy war ein bedauernswertes Geschöpf, lethargisch und abhängig von der Zuwendung anderer – vor allem von der Zuwendung, die sie von Liam bekam; und wie; im Übermaß; Iris hatte es gesehen und mehr noch gehört, jede zweite Nacht, seit Anfang Juni; jede zweite Nacht das Glucksen und die Seufzer von Verliebten in ihren Ohren; meilenweit entfernt von jenem mechanischen Sex, den Iris und Samuel zuweilen hatten, wenn sie beide betrunken genug waren, um für einen Moment die spätere Enttäuschung auszublenden, der schale Geschmack im Mund, kaum war die Ekstase vorbei.

Im Tessin ist es sonnig und warm, hatte Iris am Dienstagabend so beiläufig wie möglich gesagt, nach einem Zwischenfall mit Cathy, an den sie sich nur ungenau erinnerte; und deshalb fahre ich morgen früh für zehn Tage da hin; hat vielleicht jemand Lust mitzukommen. Brennan war sofort aufgesprungen, als hätte er schon länger auf einen solchen Vorschlag gewartet; ich bin dabei, sagte er; und einmal mehr schien es Iris überdeutlich, wie fremd Brennan sich fühlte unter den beiden Geschwistern; einzig Jenny stand ihm nahe, die zwar noch in Zürich wohnte, wo sie bald den Doktor machte in Biochemie; zur Zeit aber weilte sie mit ihrem australischen Freund in Melbourne, um dessen Eltern und Geschwister kennenzulernen. Sonst wollte niemand mitkommen; auch Joyceline hatte nur kurz vom Bildschirm ihres Laptops aufgeblickt und mit der trägen Anmut ihrer vierzehneinhalb Jahre tschüss Mam gesagt, bis irgendwann. Ich fahre erst morgen früh, sagte Iris, worauf Joyceline sie anlächelte, auch gut, aber dann schlafe ich bestimmt noch.

Die Schönheit ihrer jüngsten Tochter hatte etwas beinahe Unglaubwürdiges an sich; die dichten, schwarzglänzenden Haare, die ihr in sanften Wellen über die Schultern fielen, der große geschwungene Mund, die gerade Nase, die dunklen Augen, die samtweiche Haut, die nicht an Milchkaffee erinnerte, sondern an geöltes Holz, Nussbaum oder Birne; ihre ganze kompakte, harmonische Gestalt – da war kein Riss zu sehen; nichts mühsam Zusammengehaltenes. Ihre eigenen und Samuels Gene hatten sich zu einer Doppelhelix formiert, ohne sich um das schwierige geschichtliche Erbe zu kümmern, das sie Joyceline mitgaben; Samuels Mutter war eine schwarze Südafrikanerin vom Stamm der Xhosa, sein Vater ein Maori aus Neuseeland; kennengelernt hatten sich die beiden Ende der Fünfzigerjahre in London; die Verbindung hielt nicht einmal bis zu Samuels Geburt. Joyceline war Samuels fünftes Kind; er hatte vier erwachsene Söhne, lebte von Sozialhilfe und hauste in einem alten Opel Combo, den er vor über sechzehn Jahren auf Iris' Grundstück abgestellt hatte; vorübergehend, wie sie damals beide dachten; aber dann verliebten sie sich doch ineinander, und Joyceline kam zur Welt, von Anfang an ein zufriedenes, ja fröhliches Kind, in dessen Leib und Seele, in dessen ganzem Wesen Iris nicht das geringste Echo fand auf die vom Alkohol gezeichneten Züge ihres Vaters, auf die furchtbaren Kämpfe, die erbitterten Auseinandersetzungen, die Iris und Samuel damals führten; und so blieb es auch; während Iris und Samuel sich weiter ineinander verkeilten, es weder schafften sich voneinander zu lösen noch miteinander zu leben, wuchs Joyceline heran, wie von einer Schutzschicht umhüllt, an der jeder Schlammspritzer abperlte.

Wie Cathy sie angesehen hatte am – wann war das gewesen – Dienstagmorgen, voll Misstrauen und, ja, Verachtung, als Iris sie dabei erwischte, wie sie in der Küche den Cola-Zero-Vorrat plünderte; nicht dass Iris es ihr verboten hatte, aber gleich drei Eineinhalbliter-Flaschen auf einmal in ihr Zimmer zu nehmen, die Iris herangekarrt und selbstverständlich auch bezahlt hatte, war doch etwas dreist. Als hätte sie, Iris, sich etwas zuschulden kommen lassen, so hatte Cathy sie angeschaut, und Liam hatte ihr später gar vorgeworfen, sie wolle Cathy und ihn so schnell wie möglich wieder loswerden; vor allem Cathy, und vor allem jetzt, hatte er gesagt – als hätte Iris irgendein Interesse daran, ihrem eigenen Sohn und seiner schwangeren Frau das Leben noch schwerer zu machen, als es ohnehin schon war für die beiden. Allein der Gedanke war bösartig und absurd, und sie sagte sich erneut, dass sie nicht geflohen war vor Liam, den sie immer geliebt hatte, und auch nicht vor Cathy, deren sanft gerundeter Bauch sich unter dem pinkfarbenen *Jesus loves me*-T-Shirt abzeichnete, als hätte Jesus persönlich ihr ein Kind gemacht – sie musste mindestens drei identische T-Shirts haben, damit sie stets ein frisches griffbereit hatte; nie trug Cathy verschwitzte oder gar schmuddelige Kleider, sie schwor auf Sauberkeit und Hygiene, besonders in ihrem Zustand; dass so etwas ganz und gar unmöglich war, auch wenn sie sich dumpf an einen hässlichen, lautstarken Streit erinnerte, bei dem die Dinge vollends aus dem Ruder gelaufen waren; aber dass die beiden keine Miete bezahlten, war eine Tatsache, die zu erwähnen ihr niemand vorwerfen konnte; sie hatte niemanden verletzen wollen damit, dachte sie, schon gar nicht Liam, ihren starken, muskulösen, breitschultrigen Sohn, dem sie noch immer alles zutraute, auch wenn er zur Zeit etwas angeschlagen war; Liam konnte in ihr lesen, er durchschaute sie, er war derjenige Mensch, der ihr unter den Lebenden am nächsten war.

Schon als kleiner Junge hatte er das vermocht; als er acht oder neun war; oh, wie genau sie sich an jene Szene erinnerte, als er sich vor ihr aufgepflanzt und sie fixiert hatte mit seinen listigen, bernsteinfarbenen Augen.

Liam Darling, what's the matter?, hatte sie ihn gefragt.

Du schämst dich. Ich kann es riechen.

Wofür, Darling, sollte ich mich schämen?, sie hatte ein Lachen versucht, und dabei war ihr eingefallen, dass sie vergessen hatte, die Zähne zu putzen; dass jeden Morgen und jeden Abend die Zähne zu putzen genau das war, was ihre Kraft überstieg.

Weil Daddy tot ist und wir kein eigenes Geld haben, weil alles Gromi und Gropi in der Schweiz bezahlen.

Das stimmte natürlich. Mams und Paps unterstützten sie; sie bezahlten den Strom und die Krankenkasse und auch ein paar andere Dinge, den Wein und das Essen, die Kleider für Liam, Brennan und Jenny.

Aber ich kann Geld verdienen, sagte Liam, schau her,

und zeigte ihr stolz zwei 50-Pfund-Scheine, die er aus dem Hosensack hervorgeholt hatte, während er mit seiner linken Hand flink den Knopf und den Reißverschluss seiner Jeans öffnete, seine Unterhose nach unten schob und ihr seinen Penis präsentierte wie ein Geschenk, klein und weiß.

Was hast du getan!, sie hatte ihn angeschrien, und Liam hatte nur gelacht, damit könne man Geld verdienen, der alte Kenneth stecke ihm jedes Mal einen Schein zu, das mache ihm Spaß.

Oran war vierundfünfzig Jahre alt, als er an einem Sonntagmorgen tot in seinem Schaukelstuhl saß. Liam und Jenny hatten ihn gefunden, als sie heimlich den Fernseher anmachen wollten, um ihre Trickfilme zu sehen, aber der Fernseher lief bereits, wenn auch ohne Ton. Als Iris ins Wohnzimmer trat, Brennan auf dem Arm, sah sie als Erstes Charlie Chaplin, der seinen brandheißen Schuh aus dem Kochtopf fischte und ihn auf einem Teller drapierte, um ihn sich und seinem Kumpel zu Thanksgiving zu servieren. Dann sah sie Orans Turnschuhe, die rechts neben dem Schaukelstuhl standen, und seinen geliebten Norwegerpullover, der achtlos auf dem Teppich lag. Liam und Jenny saßen vor dem großen Fenster, das auch der Sommerausgang war zum Gelände; im nächsten Frühling wollten sie den Hang aufschütten und dort einen Sitzplatz errichten. Liam sah aus dem Fenster und hielt Jenny umklammert, die verkehrt herum auf ihm saß, das Gesicht an seine Brust gedrückt; seine Hände bedeckten ihre Augen, und er wiederholte unablässig, don't look, honey, please, don't look at him. Brennan begann zu quengeln, und Iris stellte ihn ab, worauf er Liam und Jenny beinahe überrannte, und nach einem kurzen Seitenblick zu Oran gesellte sich auch Iris zu den Kindern. Liam starrte sie an, und Iris nickte. Ein Fuchs, sagte Liam, da draußen ist ein Fuchs, und Jenny hob ihr tränenverschmiertes Gesicht und wandte sich um, um aus dem Fenster zu sehen. Aber da war kein Fuchs. Dichter, schwerer Nebel hing über dem Gras, und Iris stellte sich vor, dass es für immer so bliebe und der Nebel sie einhüllte, das Haus und das weitläufige, abschüssige Gelände mit Orans Grab, das sie neben der alten Eibe ausheben würde; dass sie alle für immer unsichtbar blieben und niemand je von Orans Tod erführe.

Herzversagen, notierte die Ärztin, nachdem sie Orans Leiche untersucht und Iris befragt hatte; ihr Mann ist, nach allem, was ich feststellen kann, einfach im Schlaf gestorben, sagte sie und nahm Iris' Hand; Sie dürfen sich keine Vorwürfe machen. Never, sagte Iris und zog ihre Hand weg; ganz bestimmt mache ich mir keine Vorwürfe deswegen, sagte sie und hörte, wie schroff ihre Stimme klang, schroffer als beabsichtigt, und damit womöglich verdächtig in den Ohren der erfahrenen Ärztin, eine kräftige, sommersprossige, etwas dickliche Frau um die fünfzig, die noch einmal beteuerte, wie leid es ihr tat; wie furchtbar es war, dass Iris ihren geliebten Mann so jung verloren hatte und die armen Kinder ihren geliebten Vater. Bereits am Nachmittag kam sie wieder; unangekündigt stand sie plötzlich in der Küche, ein Schatten in der Dämmerung, breitbeinig und entschlossen, so lange dort stehen zu bleiben, wie sie es für richtig erachtete. Iris stand im Wohnzimmer vor dem Bügelbrett und rührte sich nicht von der Stelle; die Grenze zwischen Küche und Wohnzimmer war durch zwei große farbige Tücher markiert, die an einer Wäscheleine hingen, so dass nur ihre Füße zu sehen waren. Es roch nach verbrannter Milch – sie war übergekocht, der Topf stand noch auf dem Herd –, und ein paar Bauklötze lagen am Boden herum, aber wenigstens war es ruhig im Haus, abgesehen vom Auf und Ab des Schaukelstuhls. Jenny war zu Besuch bei einer Nachbarin, einer ungefähr siebzigjährigen Frau, die mit ihrem Bruder im nächsten Dorf lebte und zu der sie nur deswegen Kontakt hatten, weil Jenny ihren Golden Retriever über alles liebte, ein uraltes, von Gicht und Arthrose geplagtes Weibchen, das Auntie Claire hieß, und weil Mrs. Norway im Gegenzug einen Narren gefressen hatte an der stillen, ernsten Jenny; den Rest der Familie Sullivan hielt sie für komplett übergeschnappt, wie sie Iris und Oran unverfroren ins Gesicht sagte; aber als sie am Mittag angerufen hatte, um Jenny zu Tee und Gebäck einzuladen, damit sie mit dem reizenden Töchterlein ihres Sohnes spielen konnte, war Iris geradezu froh gewesen, ihre etwas zu hohe Stimme zu hören und ihre routinierte Klage über das feuchtkühle Wetter, in die sie sogleich einfiel; wenig später packte sie Jenny ins Auto und lieferte sie bei Mrs. Norway ab, ohne ihr mitzuteilen, dass Oran gestorben war und Jenny womöglich unter Schock stand. Brennan hatte als Einziger nicht verstanden, was mit seinem Vater geschehen war, und schlief oben in seinem Bettchen wie jeden Nachmittag. Liam saß seit mehr als einer Stunde in Orans Schaukelstuhl und schaukelte; Iris hatte vergeblich versucht, ihm ein paar Worte zu entlocken; Liam schaukelte und schwieg, während sie Orans Jeans mit einer Bürste bearbeitete, bis sie wieder einigermaßen sauber waren, wie in den ersten Wochen nach ihrer Ankunft hier, als sie noch keine Waschmaschine besaßen und Oran abwechselnd die hellblaue und die dunkelblaue Jeans anzog.

Es dauerte vier oder fünf Minuten, bis die Ärztin zu sprechen anfing. Ihr Mann ist tot, hob sie an, und jetzt erklären Sie mir bitte, wie Sie allein zurechtkommen wollen, mit drei kleinen Kindern, und das hier, an diesem – sie hielt kurz inne, nur um ihre nächsten Worte umso vernichtender zu platzieren – inhospitable place. Einen unwirtlichen Ort, so nannte die Ärztin ihr Haus, in das Iris und Oran seit achtzehn Monaten ihre ganze Arbeitskraft, ihre Liebe und Hoffnung investierten, und Iris erschrak; sie wusste, sie durfte jetzt keinen Fehler machen; Sie haben recht, begann sie, es sieht Scheiße aus im Moment, aber – mehr brachte sie nicht heraus; gleich würde sie zu weinen anfangen, und dann war alles verloren; die Ärztin würde die Behörden einschalten, die ihr als Erstes die Kinder wegnahmen, dachte sie, als plötzlich Liam zu sprechen anhob; die Renovierung ist in vollem Gang, sagte er laut, stand auf und ging auf die Ärztin zu; ein paar Wochen noch, dann ist es perfekt. Meine Großmutter ist bereits unterwegs; meine Großeltern leben in der Schweiz, und mein Großvater muss erst eine Stellvertretung organisieren für seine Apotheke, dann kommt auch er und hilft uns. Sie sind reich genug, um noch drei oder vier Häuser hier auf diesem Gelände zu errichten. Mom, sagte er, zu Iris gewandt, die ihm mit angehaltenem Atem zugehört hatte, kannst du Wasser aufsetzen bitte, bestimmt möchte die Frau Doktor einen Tee mit uns trinken. Sehr gerne, sagte die Ärztin, und Iris löste sich aus ihrer Starre, suchte im Geschirrschrank nach drei intakten Teetassen, klaubte die Zuckerdose unter den Papptellern hervor, die sie meistens benutzten, und stellte eine Schachtel Butterkekse auf den Tisch, die zwar das Verfallsdatum um ein paar Monate überschritten hatten, aber tadellos schmeckten.

Eine halbe Stunde später war die Ärztin gegangen, des Lobes voll über das kluge, hilfsbereite Kind, das allem Anschein nach und den widrigen Umständen zum Trotz verantwortungsvolle Eltern besaß und eine wunderbare Erziehung genoss; auf dem Küchentisch lag das Rezept für ein leichtes Antidepressivum, das gleichzeitig schlaffördernd wirkte, wie die Ärztin sagte, etwas, das Iris in dieser Situation bestimmt gut gebrauchen konnte.

Iris war neunundzwanzig, Liam fast sieben und Jenny fünf. Brennan war neunzehn Monate alt und hatte seit seiner Geburt noch keine einzige Nacht durchgeschlafen; also zerdrückte Iris Abend für Abend eine ihrer Tabletten, mischte das weiße Pulver unter Brennans Milchbrei und fütterte ihn damit, bis der Teller leer war; oft schlief er noch während des Abendessens ein, dann hob Iris den warmen, schlaffen Körper aus seinem Kinderstühlchen, das Oran aus Abfallholz gezimmert und auf Liams Wunsch feuerrot angemalt hatte, trug Brennan in den oberen Stock – zwei Zimmer waren wenigstens halbwegs fertig geworden – und legte ihn bäuchlings in sein Bettchen, ohne ihm die ewig verdreckten Latzhosen auszuziehen oder ihn gar frisch zu wickeln. Brennan schlief dreizehn Stunden am Stück durch, manchmal sogar noch länger, während Iris im Nebenzimmer wachlag und seinen Atemzügen lauschte, die sich mit denen von Jenny und Liam vermischten. Liam schlief rechts von ihr, Jenny auf der linken Seite des großen Ehebetts, das Oran genau nach ihren Vorstellungen gebaut hatte, mit hohen hölzernen Seitenwänden, in die je zwei Fenster eingelassen waren, so dass es an ein richtiges kleines Haus gemahnte. Ein paarmal war sie zu erschlagen, um von ihrem Stuhl aufzustehen; dann schlief Brennan im Kinderstuhl, und Iris sah ihm dabei zu, sein schwerer Babykopf auf den Brustkasten gepresst oder an die Seitenlehne des Stühlchens gedrückt, die sich auf seiner Backe abzeichnete, wenn er leise wimmernd auf die andere Seite kippte. Pünktlich um acht machten Liam und Jenny im Wohnzimmer den Fernseher aus und stürzten in die Küche, um sich mit einer Tasse heißer Honigmilch aufzuwärmen, bevor sie unter die feuchtkalte Bettdecke schlüpften. Liam sah sofort, was zu tun war; sorgsam und mit ein paar beruhigenden Worten hievte er seinen kleinen Bruder aus dem Stühlchen und brachte ihn ins Bett, während Jenny stumm an Iris zerrte, so lange, bis sie es schaffte, aufzustehen und mit ihrer Tochter nach oben zu gehen.

Oran starb 1991, am ersten Oktobersonntag; Herbst und Winter im Südwesten der Insel waren zwar relativ mild, aber regenreich, und das halbverfallene Haus, das sie in den letzten eineinhalb Jahren Schritt für Schritt wiederaufgebaut hatten – am Anfang war nur das Erdgeschoss bewohnbar gewesen –, war kaum isoliert, das kaputte Küchenfenster noch immer notdürftig durch eine Plastikplane ersetzt, so dass es an allen Ecken und Enden zog. Natürlich hatten Mams und Paps ihr sofort Hilfe angeboten – die Iris nach kurzem Zögern auch annahm, genau in dem Maße, dass sie nicht hungern mussten. Sie hatte keine Ahnung, ob sie Anspruch gehabt hätte auf eine staatliche Unterstüzung, und sie hatte nicht die geringste Lust, es herauszufinden. Weder Oran noch Iris waren einer geregelten Arbeit nachgegangen; Oran hatte ein bisschen Geld gespart und war in den Sechzigerjahren in die USA ausgewandert; als Iris ihn kennenlernte, betrieb er mit anderen Aussteigern eine 24-Stunden-Bar in San Francisco, wohin sie im Sommer 1982 mit einer Schulfreundin gereist war, direkt nach der Matur und ohne jede Vorstellung, was sie mit ihrem Leben anfangen sollte. Oran hielt ihren Kopf, als sie in der ersten Nacht fast ununterbrochen kotzte, und flößte ihr dazwischen löffelweise bitteren Tee ein, bis sie in der Morgendämmerung endlich einschlief. Iris und ihre Freundin hatten in der Bar ein Bier getrunken und sich bei der Bedienung nach einem günstigen Hotel erkundigt. Die freundliche junge Frau lud sie ein, in ihrer WG direkt oberhalb der Bar zu übernachten; wenn sie wollten, konnten sie gegen Küchenmithilfe auch länger bleiben, eins der sechs Zimmer war gerade frei. Oran hatte sie stöhnend und würgend über der Kloschüssel gefunden; er hatte sie in sein Zimmer gebracht, und als Iris am Nachmittag erwachte, sah sie als Erstes in seine Augen; tiefe, dunkle, warme Augen, die in einem seltsam schiefen Gesicht saßen, über das sich eine lange Narbe zog. Oran hatte mit einundvierzig einen schweren Autounfall gehabt, der ihn auf einen Schlag von vielem abschnitt, das ihm zuvor etwas bedeutet hatte, von der Liebe zu seiner Freundin, seiner Leidenschaft für das Tanzen und Segeln; geblieben waren ihm das Kochen, das Essen und Lesen; seine innere Welt war bevölkert von Romanfiguren und ihren Erfindern, von Einzelgängern und Sonderlingen; er war erst fünfundvierzig, aber von seinem äußeren Leben erwartete er nur noch wenig. Er freute sich, wenn er seine Mitbewohner abends mit seiner phantastischen Kochkunst beglückte, während er selber tagsüber wahllos alles in sich hineinstopfte, das irgendwo herumlag – was dazu geführt hatte, dass er eine ziemliche Wampe vor sich hertrug, die mit jeder der folgenden Wochen ein Stück dahinschmolz, bis Iris und Oran an einem winterhellen Morgen zum ersten Mal Liebe machten. Sie standen am Fenster und schauten auf die Tankstelle vis-à-vis; die Schulfreundin war Ende September nach Fallern zurückgekehrt; ein paar Leute gingen nichtsahnend über die Straße, und Iris spürte, wie Oran sie einnahm, wie er ihren Körper bewohnte; anders als Fränkie, der mit jedem von Orans Stößen ein Stück weiter in die Ferne rückte, als schaute sie durch ein umgedrehtes Teleskop; es war Winter, aber es lag kein Schnee auf der Straße; es schneite kaum je in San Francisco; und es schien ihr, als vermöchte sie ihr doch noch zu entkommen, der Erinnerung an Fränkies Liebe und an ihr abruptes Ende, das nicht zu trennen war von Miriams Tod.

Die Kinder waren alle in San Francisco geboren, alle zu Hause, in Orans Zimmer, das sie nun gemeinsam bewohnten, und keines der Kinder war offiziell registriert. Als sie sich, kurz bevor Brennan auf die Welt kam, entschieden, in Orans frühere Heimat zurückzukehren und sich um seinen sterbenden Vater zu kümmern, schaffte Oran es irgendwie, die Kinder in seinen alten Pass eintragen zu lassen, so dass sie wenigstens aus- und einreisen konnten. Das abgelegene Gelände der Haley Farm, die sie mit Hilfe von Orans Vater – der es vorzog, in seiner Wohnung zu bleiben, wo er bald darauf starb – zu einem Spottpreis erwarben, war groß genug, um ein paar Schafe und Hühner zu halten; Oran war gelernter Zimmermann und half aus, wo immer es ein paar Stühle zu flicken galt oder einen Tisch; Mams und Paps schickten ab und zu ein Paket mit hübschen Markenkleidern für die Kinder; und zum Einzug hatten sie Iris einen fabrikneuen Range Rover geschenkt, den sie sogleich verkauften und durch einen gebrauchten ersetzten; mehr als das und einander, so sagten sie sich, brauchten sie nicht.

Als Mams damals kurz vor Weihnachten anreiste, obwohl Iris es ihr verboten hatte, passte Iris sie am kleinen Regionalflughafen ab und zwang sie dazu, in den nächsten Flieger zu steigen, der sie nach London und später zurück nach Zürich brachte. Sie hatte ihrer Mutter tatsächlich mit Selbsttötung gedroht; wenn du nur einen Fuß auf unser verwahrlostes Grundstück setzt, sagte sie, erschieße ich mich; hier, das ist Orans Pistole, sie ist geladen, und ich werde nicht zögern, von ihr Gebrauch zu machen.

Wie sie diesen Winter überstanden hatten, wusste Iris nicht mehr; sie erinnerte sich, wie sie eines Morgens erwachte und Liam ihr ein kleines, in Geschenkpapier eingewickeltes Paket in die Hand drückte; für Brennan, sagte er, er hat heute Geburtstag, er wird zwei Jahre alt, willst du es ihm nicht selber überreichen; ich muss los, in die Schule. An diesem Abend warf Iris die restlichen Tabletten in den Müll, und Brennan schlief trotzdem durch – und fortan fast immer, außer er war krank. Brennan wuchs und entwickelte sich; er saß oft in sich versunken in einer Ecke und zeichnete; keine Menschen, sondern Stromkreise, wie er seine Gebilde nannte, Kraftwerke und Maschinen, als er mit dreieinhalb Jahren endlich zu sprechen anfing, zuerst Schweizerdeutsch und später auch Englisch, als er in die Schule kam. Ein Einzelgänger, sagte die Lehrerin, der wenig mit seinen Klassenkameraden spielte, aber mit Zahlen jonglierte wie andere Jungen mit Fußbällen; Iris hingegen war bis heute davon überzeugt, sie hätte Brennan mit den Tabletten einen irreparablen Schaden zugefügt, der sich eines Tages plötzlich offenbarte; und das Schlimmste war, dass Brennan es nicht wusste, dass sie nicht den Mut gefunden hatte, es ihm zu erzählen, Brennan also keine Ahnung davon hatte, dass in seinem Körper womöglich eine Zeitbombe tickte.

In aller Herrgottsfrühe war Brennan heute Morgen losmarschiert; noch bevor die ersten Sonnenstrahlen den alten Holzboden des Wohnzimmers erreichten, wo Brennan sich auf dem Sofabett einquartiert hatte. Als Iris um halb sieben aufstand, um Kaffee zu kochen, war er bereits fertig angezogen; unter den kurzen schwarzen Sporthosen lugten seine eigentümlich bleichen, dünnen Beine hervor, dazu trug er weiße Socken und die grellbunten Asics-Turnschuhe, die er sich von Liam ausgeliehen haben musste. Eingepackt hatte er nur das Allernotwendigste, zwei Kraftriegel, einen Apfel, ein Käsesandwich und eine Flasche Wasser; das reicht mir, sagte er, Wasser finde ich sicher unterwegs, Geld und Handy habe ich dabei, sogar ein paar Euro, wenn ich aus Versehen in Italien lande. Brennan war mitnichten ein geübter Wanderer, und Iris hatte sich anerboten, ihn trotz ihrer Unlust und dem vor Jahren angerissenen Meniskus zu begleiten, der sich auf längeren Strecken zuweilen schmerzhaft bemerkbar machte; keine Sorge, Mom, sagte er, außerdem *möchte* ich alleine gehen. Auch da hatte Iris nicht gestutzt, obwohl Brennan es selten so deutlich formulierte, wenn er sich etwas wünschte. Die Wanderung, die er sich vorgenommen hatte, war anspruchsvoll, schien aber durchaus machbar für einen gesunden Einundzwanzigjährigen: über den Pizzo Ruscada hinunter ins Centovalli, wo er je nach Lust und Verfassung entweder den Zug nahm oder zu Fuß nach Intragna gelangte; von dort aus fuhr alle zwei Stunden ein Postauto zurück nach Comologno, das letzte um 19.23 Uhr.

Also dann mach's gut, ich winke dir, hatte Iris gesagt und die Balkontüre geöffnet; sie war noch im Pyjama; aber weit und breit war kein Mensch zu sehen, als Brennan unter dem winzigen Balkon auftauchte; mit schnellen, noch etwas ungelenken Schritten überquerte er die abschüssige Wiese; sein Rucksack hüpfte im Takt, und erst als er schon etwas weiter weg war, drehte er den Kopf, lachte Iris zu und hob seine rechte Hand; seine weißen Socken und die Turnschuhe leuchteten ein letztes Mal auf, bevor er zwischen den Häusern verschwand. Iris blieb eine Weile so stehen; die Luft war noch frisch, aber der Himmel wolkenlos klar, es würde ein heißer, wunderschöner Sommertag werden; alles war vollkommen still, und Iris spürte erneut, wie in ihr die Anspannung wuchs, die sich in ihrem Körper festgesetzt hatte, seit sie die Wohnung in Schwyz verlassen und den Zug nach Bellinzona genommen hatten; als hätte sich ein zweiter, unbekannter Körper in ihr eingenistet – kein weiteres Kind, sagte sie sich, dafür war sie zu alt, und das letzte Mal, als sie mit Samuel geschlafen hatte, war Ende Mai gewesen, und sie hatte zweimal geblutet seither. Das allerletzte Mal, hatte sie sich an jenem Morgen geschworen, während sie unter der Dusche stand und stehen blieb, bis nur noch kaltes Wasser kam, und dabei an all ihre haltlosen Vorsätze gedacht; ein sich ausdehnender Körper, dessen Wachstum sie weder verlangsamen noch beschleunigen konnte und von dem sie nicht wusste, ob er aus lauter Angst bestand oder aus jener unbestimmten Hoffnung, die sie manchmal erfasste, oder aus einem Konglomerat der beiden; ob das, was sie nachts aus dem Schlaf schreckte – abartige, aber auch seltsam helle, heitere Träume, die sie nie jemandem würde erzählen können –, nur das letzte Aufbäumen war einer alten, müde gewordenen, beinahe schon vergessenen Schuld oder im Gegenteil die Vorboten eines Geschehens, das eben erst seinen Anfang nahm.

Sie machte die Balkontüre zu, drehte sich um und ging zum Couchtisch, wo sie ihren Milchkaffee abgestellt hatte, der jetzt allerhöchstens noch lauwarm war. In diesem Moment sah sie das Buch. Der blaue Leineneinband war fleckig, die Ecken waren etwas nach innen gebogen, und das schwarze Lesebändchen, das ungefähr in der Mitte des Buches steckte, war ausgefranster, als sie es in Erinnerung hatte. Trotzdem zweifelte sie keine Sekunde; Miriams Notizbuch war das einzige Buch auf der Welt, das sie jederzeit und überall wiedererkannt hätte, auch wenn es schon eine Weile her war, dass sie es zuletzt in der Hand gehabt hatte. Sie hatte keine konkrete Erinnerung daran; das Einzige, was sie sicher wusste, war, dass es zu Hause auf der Haley Farm im alten Wäscheschrank lag, in dem sie diejenigen Kleider aufbewahrte, die den Kindern zu klein geworden waren und die sie dennoch nicht weggeben mochte; sei es, weil sie niemanden kannte, dem sie sie gerne vermacht hätte, oder weil es kostbare Erinnerungsstücke waren; der grüne Plüschpullover, den Brennan so sehr geliebt hatte, dass er ihn nicht mal zum Waschen ausziehen wollte, und dessen Bündchen ganz zerkaut waren; oder das pastellfarbene, gestreifte Seidenkleidchen, das Jenny getragen hatte, als sie auf der Sitzbank neben der alten Eibe jene Serie von Fotos machten, von denen sie noch nicht wussten, dass es die letzten waren, die sie als ganze Familie zeigten; Oran, Iris, Liam, Jenny und Brennan; in jenem Sommer, bevor Oran starb. Der Wäscheschrank stand in ihrem Schlafzimmer, mehr als tausend Kilometer von Comologno entfernt. Aber das Buch lag hier, Miriams Notizbuch, auf dem

Sofa, das Brennan jeden Abend zum Bett umfunktionierte; er musste es absichtlich und in letzter Sekunde dorthin gelegt haben, als Iris schon auf dem Balkon stand, um ihm zu winken.

Sie hatte keine Ahnung, wie es in Brennans Hände gelangt war; er kam selten nach Hause, zuletzt über Ostern für ein paar Tage; aber natürlich gab es eine einfache Erklärung dafür; Brennan hatte im alten Wäscheschrank nach irgendetwas gesucht, stattdessen das Buch gefunden und es an sich genommen; der Schrank war nicht abgeschlossen.

Vorsichtig, als müsste es sonst explodieren, nahm Iris das Buch in die Hand. Es kam ihr erstaunlich leicht vor, obwohl es ungefähr die Dimensionen eines durchschnittlichen Romans und bestimmt dreihundert Seiten hatte, die indessen nicht alle gefüllt waren; Miriam hatte ihre Einträge scheinbar willkürlich über das ganze Buch verteilt; Gedichte, einzelne Sätze, Zeitungsmeldungen; die meisten waren nicht länger als eine halbe Seite, und kein einziger Eintrag war mit einem Datum versehen, so dass man nicht wusste, welches das erste und welches das letzte Wort war, das Miriam geschrieben hatte, bevor sie am 13. Februar 1979 zwischen drei und vier Uhr morgens in Fallern über die Schwelle ihres Elternhauses trat und die Türe hinter sich zuzog, leise und mit Bedacht, um niemanden aufzuwecken.

Iris schlug die Doppelseite auf, die Brennan mit dem Lesebändchen markiert hatte.

Die rechte Seite war leer; aber auf der linken Seite, im untersten Drittel, sprang ihr sogleich Miriams vertraute

Schrift entgegen; schwarze Tinte, die kleinen Buchstaben gestochen scharf und die Zeilen so gerade, als hätte sie zuvor mit Bleistift eine Linie gezogen, die sie anschließend wieder ausradierte; aber nichts ließ auf eine solche Aktion schließen, das griffige Papier zeigte keinerlei Druckspuren.

Wenn man jederzeit auf unserer Stirne lesen könnte, wo unsere Gedanken sind – kein Mensch möchte mit uns die Gegenwart teilen.

Wer war dieses »uns«, und wer war »man«? – und vor welchen Gedanken hatte Miriam sich so sehr gefürchtet, dass sie sie für nicht mitteilbar hielt?

Und wovor fürchtete sich Brennan; noch immer vor dem Begehren, das vorpubertäre Mädchen in ihm auslösten? Iris legte Miriams Notizbuch auf den Couchtisch und nahm einen Schluck Kaffee. Er schmeckte, wie erwartet, scheußlich; lauwarm und bitter.

Aber bezog sich dieser Satz nicht viel eher auf die Erleichterung darüber, dass Menschen einander eben nicht auf diese Weise ausgeliefert waren? Die totale Transparenz als Schreckensvision, die sich schon beinahe verwirklicht hatte im Zeitalter der Suchmaschinen, die zwar nicht die Gedanken direkt zu lesen vermochten, aber jedes Wort und jeden Mausklick registrierten und auswerteten, die aus den Gedanken der *User* erwuchsen, während sie sich allein wähnten und unbeobachtet vor dem Bildschirm, der ihnen blitzschnell den Zugang eröffnete zu allem und jedem, der im World Wide Web verfügbar war. Was für ein Gegensatz zu Büchners Danton, der seine Julie geradezu anblaffte: *Einander kennen? Wir müssten uns die Schädeldecken aufbre-*

chen und die Gedanken einander aus den Hirnfasern zerren. Mit diesen Worten hatten Fränkie und Iris sich ineinander verliebt, im Oktober 1978, vor bald dreiunddreißig Jahren, als sie im Schultheater *Dantons Tod* einstudierten; Fränkie spielte Danton, und Iris spielte Julie; und einander die Schädeldecken aufzubrechen, einander stets die Wahrheit zu sagen, immer alles auszusprechen, auch wenn es den anderen verletzen mochte: das war die Maxime, der sie damals unerbittlich folgten in ihrem jugendlichen Übermut.

Der Kaffee war endgültig kalt geworden, und Iris ging in die Küche, um sich einen frischen zu machen. Es war immer noch früh, fünf nach halb acht. Sie hatte sich von der ersten Minute an wohlgefühlt in der Wohnung; selbst dass es im Bad nach Schimmel roch, störte sie kaum, und im Schlafzimmer war der Verputz an manchen Stellen abgebröckelt; am liebsten aber war ihr die große Küche mit dem alten Steinboden, dem lindgrün gestrichenen, überdimensionierten Buffet und dem Kochherd aus den Vierzigerjahren, den man noch mit Holz heizen konnte, aber auch mit Strom. Dazu gab es eine hölzerne Eckbank, die Platz bot für eine ganze Familie, und einen klobigen, riesigen Esstisch.

Iris schraubte die kleine Espressomaschine auf, klopfte das Sieb aus, füllte es bis zum Rand mit ihrem Lieblingskaffee, Lavazza Rossa, und goss frisches Wasser in die Kanne. Sie stellte die Herdplatte an, und dreieinhalb Minuten später setzte sie die Milch auf, so dass beides gleichzeitig fertig war, die heiße, mit dem Schneebesen geschäumte Milch und der blubbernde, duftende Kaffee. Diesmal war er perfekt, und sie setzte sich an den Tisch, vor sich die große Asterix-Tasse; Asterix und Obelix auf der einen, eine Horde brüllender, bärtiger Männer auf der anderen Seite.

Später ging sie auf einem schmalen Weg ein Stück talauswärts in Richtung Crana und kehrte über die Hauptstraße zurück nach Comologno; die Sonne brannte bereits, und es war so heiß geworden, dass sie den leichten Pullover unterwegs ausgezogen und ihn um die Hüften gebunden hatte; selbst das türkisfarbene Sport-Top und die knielangen Wanderhosen waren verschwitzt, als Iris um kurz vor elf die Terrasse des *Palazign* betrat, um ein Mineralwasser zu trinken. Die Stimmen waren schon von weitem zu hören gewesen, und so war Iris nicht allzu überrascht vom Anblick, der sich ihr bot; die Terrasse war überfüllt; die Sonnenschirme waren aufgespannt und die beiden großen Steintische von Gästen umringt; dreißig oder gar vierzig Männer und Frauen, die einander offensichtlich alle kannten; fast alle waren um einiges älter als Iris; zwischen sechzig und weit über achtzig, schätzte sie, als die Leute wie selbstverständlich zusammenrückten, um ihr Platz zu machen; benvenuto!, riefen gar einige Männer und hoben ihre Weißweingläser, um Iris zuzuprosten, bevor sie sich wieder in ihre Gespräche vertieften. Am Sonntagmorgen schienen sämtliche Dorfbewohner die kühl gehaltenen Innenräume ihrer Häuser zu verlassen, um im *Palazign* bei einem Glas Weißwein zusammenzusitzen, wie sie früher wohl auf den Holzbänken der Chiesa Parrochiale gesessen hatten, als dort noch regelmäßig Gottesdienste abgehalten wurden; heute, so hatte ihr der Mann aus dem Dorfladen in Spruga gesagt, war ein einziger Pfarrer für das ganze Onsernonetal zuständig, und die schlichte, schöne Kirche von Comologno, ein sorgfältig restaurierter Bau aus dem späten 17. Jahrhundert, wurde nur noch für Abdankungen gebraucht und für ein, zwei Konzerte pro Jahr. Trotzdem war sie mit ihrem weithin sichtbaren Glockenturm das Zentrum des Dorfes geblieben, das seit Jahrzehnten kontinuierlich unter der Abwanderung litt wie auch die anderen Dörfer des Tals; die wenigen Kinder mussten schon mit zwölf nach Locarno in die Schule, und kaum eines kehrte nach der Ausbildung an den Ort seiner Herkunft zurück.

Manche der Gesichter hatte sie in den dreieinhalb Tagen, seit sie in Comologno waren, schon einmal gesehen; hier, in der Osteria; unten, an der Bushaltestelle, oder auf einem der Abendspaziergänge, die Brennan und Iris unternommen hatten durch das Dorf, wo sie den alten Leuten zunickten, die auf Klappstühlen vor ihren Häusern saßen oder aus den geöffneten Fenstern ihrer Wohnungen auf die Straße hinuntersahen.

Die einzigen jungen Leute am Tisch waren zwei stämmige Männer Anfang zwanzig, die beide dasselbe verwaschene T-Shirt trugen mit dem Logo einer Tessiner Baufirma und sich mit Fernando unterhielten, einem nur wenig älteren, feingliedrigen Mann mit fuchsroten Haaren, der ebenso gut Deutsch wie Italienisch sprach und den Laden schon gestern Abend praktisch allein geschmissen hatte, während der Besitzer der Osteria die ganze Zeit entspannt hinter der Bar stand. Fernando hatte sich buchstäblich um alles gekümmert, war gutgelaunt zwischen Küche, Gaststube und Terrasse hin- und hergeeilt und schien sich dabei so wohlzufühlen in seiner mit Sommersprossen übersäten Haut, er wirkte so einverstanden mit allem, was er tat, dass es sogar Brennan auffiel; obwohl er gutgelaunte Menschen für grundsätzlich beschränkt halte, sagte er zu Fernando, sei es eine Freude, ihm bei seiner Arbeit zuzusehen. Fernando lachte nur und meinte, Brennan habe ja noch Zeit, um zu kapieren, dass gute Laune keine zwingende Begleiterscheinung sei von mangelnder Intelligenz; eine gewisse Intelligenz hingegen hilfreich, um sich selber bei Laune zu halten. Das Menü, das er den rund zwanzig Gästen servierte – butterzarter Coniglio, dazu eine sämige Polenta und frisches Sommergemüse –, hatte Fernando am Nachmittag selber gekocht; er sei das Mädchen für alles hier, hatte er Brennan und Iris schon beim Aperitif erklärt, den sie auf der Terrasse einnahmen, während Fernando sorgsam die bunten Putzlappen zusammenlegte, die jemand zum Trocknen über das Treppengeländer gehängt hatte; als wäre es eine Ausstellung, sagte er, una mostra, und lachte, niemand könne hier Ordnung halten, auch die Frauen nicht; alles ein furchtbares Durcheinander, sagte er und wies auf den Flur, der zu den Toiletten führte, vor deren Türen sich Wein- und Bierkisten stapelten, die eigentlich in den Keller gehörten.

Wo ist Ihr Sohn, fragte Fernando jetzt, kaum hatte Iris ihr Wasser bestellt, und sie erzählte ihm, dass Brennan frühmorgens losgezogen war und wohl erst am späteren Abend zurück sein würde. Ganz allein, fragte Fernando, tutto solo, bestätigte Iris, und Fernando zeigte in den Himmel; haben Sie die Helikopter nicht gehört, die seit gestern Abend über dem Tal kreisen? Sie suchen zwei junge Männer aus dem Tal, die sich in den Wäldern verirrt haben; einer der beiden hat sich wohl den Knöchel gebrochen, aber man konnte sie trotz Handy nicht orten bislang, und jetzt ist offenbar der Akku leer; sie haben schon eine Nacht draußen verbracht, eine zweite werden sie kaum überstehen; die Nächte sind kalt hier, und sie haben nichts Warmes zum Anziehen dabei; ich hoffe nur, sie werden rechtzeitig gefunden.

Es war still geworden am Tisch, alle hatten Fernando zugehört und ebenfalls in den Himmel geschaut, der strahlend blau über ihnen lag; die Helikopter waren weder zu sehen noch zu hören; das hoffen wir alle, sagte Iris, und Brennan wird schon aufpassen, und die blonde Frau neben ihr nickte und sagte, statistisch gesehen sei es höchst unwahrscheinlich, dass sich innerhalb so kurzer Zeit gleich zwei Unfälle ereigneten. Der Nachbar zur Linken legte Iris tröstend die Hand auf den Arm, und ein fast zahnloser Alter mit breitkrempigem Strohhut bestellte ihr ein Glas Weißwein. Er zündete sich eine Zigarette an und fragte Iris, ob sie auch rauche, und als sie mit der Antwort zögerte, hielt er ihr schon eine Marlboro vor die Nase, per favore, bitte nehmen Sie, La prego!, so dass Iris, ehe sie sich versah, Teil der Dorfgemeinschaft geworden war. Sie hatte nie vor den Kindern geraucht, oder doch beinahe nie, und außerdem hatte sie eigentlich vor Jahren schon damit aufgehört, sich Atemzug um Atemzug selber kaputt zu machen, wie Joyceline es kommentierte, wenn ihre Schulfreundinnen rauchten auf

Partys, fassungslos und mit der ganzen Kraft ihrer vierzehneinhalb Jahre überzeugt, sie selber werde nie im Leben etwas so Abartiges, Hässliches, Idiotisches tun.

Später stellte sich heraus, dass die Leute genau wussten, wo Iris und Brennan untergebracht waren, im ehemaligen Mädchenschulhaus; es gab nur wenige Ferienwohnungen im Dorf, und die meisten Touristen blieben nicht lange; sie logierten für eine Nacht oder zwei in einem der fünf Zimmer des Palazzo Gamboni, der erst vor wenigen Jahren zu einem kleinen Hotel umgebaut worden war, zu dem auch die Osteria gehörte.

Dem herrschaftlichen Haus aus dem 18. Jahrhundert mit dem eleganten Türmchen eignete tatsächlich etwas Palastartiges, das man in diesem abgelegenen Tal nicht unbedingt erwartet hätte; und es war längst nicht der einzige Bau, der vom Reichtum erzählte, den manche Talbewohner draußen in der Welt erwirtschaftet hatten. Im 18. Jahrhundert schon waren die meisten Männer in die Fremde gezogen; und ein gewisser Herr Gamboni hatte seine Fortune nach Comologno zurückgebracht, aus Heimweh vielleicht, und um seinen Reichtum zu demonstrieren, den er als Händler in Frankreich erworben hatte; ihn zu teilen mit den plötzlich alt gewordenen Eltern, der ledig gebliebenen Schwester, mit seiner Frau und seinen fast erwachsenen Kindern, die unmerklich aufgehört hatten, auf ihn zu warten, während sie sich Abend für Abend um das Kaminfeuer des zugigen Steinhauses scharten und ihre Körbe flochten, aus Abertausenden von Strohhalmen, die sie im Sommer auf den langen, schmalen Balkonen getrocknet hatten;

auch Hüte und Taschen machten sie daraus, ja sogar ganze Decken, die sie in die Lombardei und bis nach Frankreich verkauften.

Ortsfremde, so erzählte man ihr, die in Comologno ihre Ferien verbrachten, waren die Ausnahme; die meisten Sommergäste besaßen im Dorf ein Haus, in dem sie selber, ein Eltern- oder ein Großelternteil aufgewachsen waren und wohin sie zwischen Juni und September für ein paar Tage oder Wochen zurückkehrten, während es den Rest des Jahres über leer stand; die verwitterten, grün oder braun gestrichenen Fensterläden geschlossen, der weiße Verputz von feinsten Rissen durchzogen, die sich Millimeter für Millimeter ihren Weg bahnten durch die Zeit.

Iris schreckte auf; sie musste eingenickt sein; sie saß noch immer am Küchentisch, ihr Kopf lag schwer auf den verschränkten Armen, die eingeschlafen waren, weshalb sie sie gegen die Tischplatte schlug, bis sie zu kribbeln anfingen und Iris sie wieder spürte. Draußen war es heller Nachmittag, und Iris setzte sich auf; mit dem Zeigfinger strich sie über das Mousepad des Laptops, der auf der rechten Seite des Küchentischs stand; es war 17:34. Auf der linken Seite lag Miriams Notizbuch, und in der Mitte die aufgeschlagene Sonntagszeitung mit einer Nahaufnahme des Attentäters, die nur sein Gesicht zeigte, ungefähr in Lebensgröße; stechend blaue Augen; blondes, sonnenhelles, halblanges Haar, der Ansatz schon deutlich zurückgesetzt, so dass die hohe Stirn ins Auge sprang, schwungvoll und klar gezeichnete Lippen, die Unterlippe eindeutig voller, ausgeprägtes Philtrum (die doppelte Nahtstelle zwischen Nase und Mund, die davon zeugte, dass das menschliche Mittel- und Untergesicht nicht aus Ausdifferenzierungsbewegungen entstand, sondern indem fünf Gesichtswülste miteinander verschmolzen gegen Ende der vierten Woche der Embryonalentwicklung); der Mann, wie man lesen konnte, offenbar großgewachsen und schlank, man durfte wohl sagen: gutaussehend – und Mams, ihre arme, vorlaute Mutter, der das Alter und die Krankheit jegliche Selbstbeherrschung geraubt hatten, hätte bestimmt von ihm geschwärmt, dachte Iris, wenn sie noch leben würde, und als sie noch sprechen konnte, ohne dass ihr die Worte im Mund zu Brei zerfielen; was für ein gutaussehender junger Mann! – wenn auch, so der Blick im Nachhinein auf die weltweit verbreiteten Fotos seines Gesichts, vielleicht eine gewisse Kälte ausstrahlend, eine forcierte Entschlossenheit, die nichts mit Willenskraft zu tun hatte, sondern mit einer Verengung des Blickfelds.

Paps; natürlich, der Mann hatte eine stupende Ähnlichkeit mit Emil Seitz, wie er als junger Mann ausgesehen hatte, auf den Fotos von Miriams Taufe, an die sich Iris wohl deshalb so genau erinnerte, weil sie ihr als Kind schon rätselhaft waren und sie sich stundenlang angesehen hatte im Familienalbum; es musste ein heißer Tag gewesen sein in jenem Frühsommer 1959, als Miriam, erst wenige Wochen alt, in Basel feierlich aufgenommen wurde in die Glaubensgemeinschaft der katholischen Kirche, drei Jahre bevor Iris zur Welt kam; die Anstrengung, der schweißtreibenden Hitze angesichts des bedeutungsvollen Akts keine

Beachtung zu schenken, war der ganzen Verwandtschaft anzusehen, die in wechselnden Formationen posierte; Helena, ihre drei älteren Schwestern und ihre Eltern, Lisa und Anton Brand, ihre Tanten und Onkel; von Emils Seite war nur ein Bruder gekommen, dessen Frau Gabi Miriams Patin war, und auch der Pate war auf mehreren Fotos zu sehen, Jacques Brunold, den Paps neun Jahre später durch Götti Peter ersetzte, den einzigen verlässlichen Freund, den er damals hatte. Was Iris als Kind so beschäftigt hatte, dass sie es über vierzig Jahre lang nicht vergaß: Auf keinem einzigen Bild schaute Paps die kleine Miriam an, seine erstgeborene Tochter, deren winziges Gesichtchen kaum hervorlugte unter dem breitkrempigen Sonnenhütchen.

Stattdessen schaute er auf allen Bildern streng geradeaus, durch den Fotografen hindurch, entschlossen und kampfbereit (und neben der physischen Ähnlichkeit war es eben dieser Blick, der ihr aus den Augen von Anders Behring Breivik entgegenkam), als hätte er den inneren Auftrag, seine Tochter, die er wie ein Paket in den Armen hielt, irgendwo in der Ferne abzuliefern, hinter dem Horizont, über schier unüberwindliche Hindernisse hinweg; während Jacques Brunold ganz versunken schien in den Anblick seines Patenkinds, die kleine Miriam anlächelte, dem Augenblick hingegeben, selig und selbstvergessen wie ein stolzer Vater, der ergriffen ist von der Vollkommenheit seines Geschöpfs.

Dieser Eindruck indessen täuschte; es mochte sein, dass Jacques in Miriams wehrlosen Zügen seine begehrte Helena wiederfand, die ihn so schmerzhaft abserviert hatte;

tatsächlich aber war Miriam als einziges der drei Mädchen Emils leibliche Tochter – wie Iris allerdings erst seit fünfzehn Jahren mit einiger Sicherheit wusste, als Kathrin und Remo sie im Sommer 1996 mit Daniel und Baby Olga überraschend auf der Haley Farm besuchten und Kathrin keinen Zweifel daran ließ, dass sie denselben Vater hatten, Jacques Brunold, der damals immerhin seit gut einem Jahr mit Helena zusammenlebte, und dass auch Sabine seine Tochter war; Sabine war im Sommer 1964 geboren, Ende Juni, und Kathrin keine drei Wochen später; als Kathrin Hauser – Friederike und Jacques waren noch nicht verheiratet – am 14. Juli zur Welt kam, war Sabine Seitz genau siebzehn Tage alt, und Jacques war mehr denn je dazu bereit, Helena zu heiraten, sollte sie Emil doch verlassen oder gar von ihm verstoßen werden; aber daran dachten sie beide nicht; Emil und Helena hatten am Stadtrand von Fallern ein Haus gebaut, und Emil führte in der Altstadt eine Apotheke; stattdessen beschlossen sie, für immer zu schweigen.

Es gab ein Foto von Miriams Taufe, das Helena und Jacques zu zweit zeigte; sie standen nebeneinander, ohne sich zu berühren, aber vielleicht hatte Iris es schon als Kind gesehen, dass die beiden auf andere Weise zusammengehörten als Helena und Emil, als Mams und Paps, wie alle drei Schwestern sie nannten, Miriam, Iris und Sabine.

Wie seltsam stolz war Paps gewesen, wenn sie sonntags vor dem Kirchgang in Fallern den Vita Parcours absolvierten und sie ihn zwischen den einzelnen Posten abhängten, alle drei, sogar Sabinchen, die Jüngste, das zarte, blonde Federgewicht, und Paps hinter ihnen herkeuchte, fahl im Gesicht und lächelnd, als mache ihn nichts glücklicher, als den Kampf zu verlieren gegen seine drei Töchter. Iris hatte sich furchtbar geschämt für ihn damals, für seinen langen, dünnen, seltsam schwächlichen Körper, der die verbrauchte Atemluft sichtbar ausstieß wie eine Dampfwalze den Dampf. Seine offensichtliche, ja demonstrative Schwäche, die er ihnen zumutete, war ihr mehr als unangenehm gewesen; später erst hatte sie zu verstehen geglaubt, dass Paps seine Töchter nicht triumphieren ließ, weil es ihm wirklich Spaß machte; im Gegenteil, es kostete ihn etwas, und das ermöglichte ihm, stets ein wenig Demut zu üben, ein wenig Buße zu tun für das, was er als sein größtes Versäumnis empfand: dass er es nicht fertigbrachte, Sabine und Iris zu lieben; weshalb er beharrlich versuchte, seinem Gott viele kleine Opfer zu bringen; in der Hoffnung, verschont zu bleiben vor dem einen, großen, unbekannten Opfer, das der Allmächtige, wie er manchmal sagte, von ihm fordern mochte.

Es hatte ihn nicht davor bewahrt.

Mittlerweile war Paps vierundachtzig und entspannter als je zuvor; zwar klebten die schütteren, gelbweißen Haare wie Putzfäden an seinem langgezogenen Schädel, und der schmallipige Mund zog eine konkave Linie durch sein Gesicht, das nichts Fleischiges mehr an sich hatte, bloß noch fahle Haut war, die sich über die Knochen spannte. Auch seine Schultern waren eingefallen, sein ganzer Körper hatte an Spannkraft verloren – und doch ging jede Kränkung, die das Alter seiner Physis zugefügt hatte, sofort vergessen, sobald er mit Magnolia scherzte, seiner späten Liebe, die am

Anfang alle überrascht hatte, nicht zuletzt ihn selbst. Iris nannte ihn noch immer Paps, weil sie nicht wusste, wie sie ihn sonst hätte nennen sollen – ihn Emil zu nennen, wie sie es für sich erprobt hatte, hätte sie nur jedes Mal daran erinnert, wie selbstverständlich sie ihn Paps genannt hatte als Kind; und Jacques nannte sie weiterhin Jacques; keiner der beiden war ein Vater gewesen, wie sie ihn als Kind gebraucht hätte.

Das Telefon vibrierte; Brennan hatte eine SMS geschickt, er hatte im Centovalli den Zug genommen und war bereits in Intragna, wo er in einer Bar saß und auf das letzte Postauto nach Comologno wartete; was für eine Erleichterung – Iris hatte es nicht gewagt, ihn anzurufen oder ihm eine Nachricht zu schicken; erst jetzt wurde ihr klar, wie sehr sie darauf gefasst gewesen war, dass ihm etwas passierte, dass er tödlich verunglückte oder sich gar selber etwas antat. Soll ich im *Palazign* für uns reservieren um 20.30 Uhr?, schrieb sie zurück, ich bringe Miriams Notizbuch mit, und wir sprechen darüber. Ok, schrieb Brennan eine knappe Minute später, der Satz übrigens mit der Gegenwart, die kein Mensch mit einem anderen teilen möchte, wenn jeder die Gedanken des anderen lesen könnte, stammt nicht von deiner Schwester; er stammt aus dem 1. Tagebuch von Max Frisch; und ich glaube sogar, kein einziger Text in ihrem Notizbuch stammt von ihr selber. Love, B.

Was?!, Iris schrie auf; konnte es sein, dass ausgerechnet Brennan ihr einen neuen Zugang ermöglichte zu Miriam und ihrer Geschichte; nicht, um sie abschließend zu erzählen, sondern um sie weiterhin lebendig zu halten; und plötzlich hatte sie wieder die alten Menschen vor Augen, die in der Osteria ihren Weißwein getrunken hatten; viele von ihnen waren Greise, wie sie in einem reichen Land wie der Schweiz kaum mehr zu sehen waren, ihre Münder eingefallen, ohne Zähne oder Prothesen, ihre Augen trüb, ihr Blick wie verschleiert; Gesichter und Körper, denen man nicht nur das schiere Alter ansah, sondern auch das, was sie unterwegs dorthin erlebt und erfahren hatten; alte Menschen, die geprägt schienen von außen wie von innen – was für ein Gegensatz zu Mams –, von den langen, heißen Sommern des Onsernonetals und den Wintermonaten in kaum heizbaren Häusern; von all den Gedanken und Empfindungen, denen niemand entkam – auch Mams und Paps waren ihnen nicht entkommen, und auch sie selber nicht –, von Hoffnung, Sorge und Anteilnahme, von Erfüllung, Verzweiflung und Verlust, von Krankheiten auch; erstarrte, müde Gesichter, die davon erzählten, wie selbst Gefühle und Gedanken sich abnutzten im Lauf des Lebens. Sogar die Kleider, die sie getragen hatten – die Männer in speckigen Kitteln und langen Hosen, die entweder zu weit geworden waren oder zu eng; die Frauen in geflickten Röcken und ausgeleierten Strickjacken –, enthüllten mehr, als sie verbargen; wie sehr war ihre Mutter bis fast zum Schluss darauf bedacht gewesen, dass man ihr nichts von alledem ansah; nicht ihre furchtbare körperliche Schwäche und auch nicht den Reichtum, in den hinein sie geboren worden war, aber vor allem nicht Miriam, nicht die Trauer um ihre älteste Tochter, die sie, kaum war sie tot, lieber verleugnete, als dass sie von Miriam erzählte, bis die Geschichte sie einholte, und das Allerletzte, was Mams mit ungeheurer Anstrengung noch über die Lippen brachte, waren die beiden ersten Silben ihres Namens, Miri, Miri, Miri.

3

An jenem Dienstagnachmittag, an dem sie plötzlich weiß, dass ihr Vater tot ist, ist Kathrin Brunold vier Jahre und neunundneunzig Tage alt – auch das weiß sie. Sie steht im Elternschlafzimmer vor seinem Kleiderschrank; links sind die Tablare mit den Socken, Unterhosen und Hemden, rechts hängen die Anzüge aus feinster Schurwolle, schwarze, graue und blaue, dicht aneinandergedrängt wie die Schafe im Stall.

Das ältere Einfamilienhaus, in dem die Familie Brunold seit dem ersten April 1967 wohnt, liegt an einer kurzen Stichstraße, die vor einer knapp mannshohen Mauer endet. Gleich dahinter beginnt der städtische Friedhof; wenn Kathrin den Kopf leicht nach links dreht, sind durch das Schlafzimmerfenster die Spitzen der hohen Tannen zu sehen, die immergrün in den Himmel ragen.

Es ist gerade noch hell; die nahezu waagrecht einfallenden Sonnenstrahlen halten den Staub in der Schwebe; es ist der 22. Oktober 1968. Walter Cunningham, Donn Eisele und Walter Schirra landen mit der Apollo 7 nach elf Tagen in der Erdumlaufbahn sicher im Atlantik. Kathrin Verena Brunold, wie sie sich resolut am Telefon meldet, ist ein mageres, blasses, meist schlechtgelauntes Geschöpf, das davon träumt, ein Junge zu werden; und so sieht sie auch aus mit ihren dünnen Steckenhaaren und den abstehenden Ohren. Das Saanauer Tagblatt, das morgen über den ersten bemannten Apolloflug berichten wird, kann sie noch nicht lesen, dafür kann sie schon bis über hundert zählen. Seit ein paar Wochen trägt Kathrin eine Hornbrille mit dicken Gläsern, die ihre übertrieben großen Augen noch ein Stück größer machen, wie sie im ovalen Spiegel mit dem breiten Goldrand sehen kann, der unten im Flur hängt, so dass sie jedes Mal, wenn Trudi Gerster auf der Märchenschallplatte sagt: Aber Großmutter, warum hast du so große Augen, an sich selber denken muss.

Für den Kindergarten ist sie noch zu klein; der beginnt erst im nächsten Frühjahr, und so ist sie den ganzen Tag im Haus eingesperrt, zusammen mit den kleinen Brüdern und der Mutter; wann immer das Wetter es erlaubt – und die Mutter es nicht bemerkt –, ist sie deshalb draußen im Garten und hält Ausschau nach Andrea, die mit ihren beiden größeren Brüdern und den Eltern im Haus nebenan wohnt, das dem Haus der Brunolds gleicht wie ein Zwilling, mit dem Unterschied, dass seine Fassade in frischem Hellgrau glänzt und seine Fensterläden himbeerrot leuchten; und so ähnlich unterscheiden sich auch die beiden Mädchen voneinander; Andrea ist zwar nur fünf Tage älter als Kathrin, aber einen halben Kopf größer; sie hat braune Locken und kräftige lange Beine, mit denen sie fast so schnell rennen kann wie ihr eigener Vater. Bei Andrea zu klingeln, traut Kathrin sich kaum, weil Andreas Vater meistens zu Hause arbeitet und dabei nicht gestört werden darf; und auch Andrea klingelt selten bei den Brunolds; sie sagt, ihre Eltern möchten es nicht, obwohl Frau Schifferli selber manchmal bei ihnen klingelt und Sachen vorbeibringt; einen Karton voller Kinderkleider, die Marc und Moritz zu klein geworden sind; eine alte Waschmittelschachtel mit Bauklötzen; Himbeeren, Aprikosen und Haselnüsse aus ihrem Garten, weil die Schifferlis gar nicht nachkommen mit Essen, und letzte Woche stand sie mit einer ganzen, fix und fertigen Zwetschgenwähe in der Haustür, und neben ihr stand Andrea, eine Schüssel voll mit luftig geschlagenem Rahm in den Händen.

Seit ihr Vater in Genf ist, um dort Französisch zu lernen, malt Kathrin jeden Morgen einen Strich in das dicke Malbuch, das er ihr zum Geburtstag mit der Post geschickt hat, damit sie zum Beispiel ihre Träume hineinzeichnen kann. Die Mutter hatte ihr Vaters Brief im Esszimmer vorgelesen, den Blick über Kathrin hinweg auf die oberste Reihe des Bücherregals gerichtet: Mein liebes, liebstes Kätherli, mein großes tapferes kluges kleines Mädchen – Kathrin hört ihre Stimme, als wäre es gestern gewesen; leicht verzögert, aber überdeutlich hallt sie nach in ihrem Kopf –, dass ich heute nicht bei dir sein kann und feiern mit dir und Kuchen essen, das macht mich ganz traurig. Aber du sollst ja fröhlich sein heute! Bestimmt hast du dir eine Linzertorte gewünscht, die deine liebe Mama so hervorragend macht, und bestimmt habt ihr es schön, alle zusammen, und bestimmt vermisst ihr mich kein bisschen –. Hier hatte die Mutter gestockt und ein paar Worte fallenlassen, die sich im Zimmer ausbreiteten wie der Hirsebrei im Märchen, der das ganze Dorf unter sich begrub; dann hatte die Mutter Vaters Brief so oft zusammengefaltet, dass er in ihrer Faust verschwand, und Kathrin das Malbuch in die Hände gedrückt; da nimm, malen sollst du, deine Träume, hast du gehört; wovon du träumst in der Nacht, wovor du Angst hast, vor Räubern und Schlangen und Gewittern, das alles sollst du malen, du blödes Ding.

Hatte sie wirklich du blödes Ding gesagt? Kathrin ist sich nicht sicher, aber sosehr sie sich auch anstrengt, etwas anderes zu hören, es gelingt ihr nicht, und die Mutter hat ja recht, sie ist hässlich und sieht blöd aus mit der dicken Brille; sie ist blöd, zu blöd jedenfalls, um dahinterzukommen, was wirklich los ist mit ihrer Mutter, mit ihrem Vater; und nie kann sie sich am nächsten Morgen noch an ihre Träume erinnern. Lieber malt sie jeden Tag einen dicken grünen Strich in ihr Malbuch, der ihr beweist, dass der Vater in Genf ist; mit Filzstift, damit sie nicht in Versuchung gerät, den Strich wieder auszuradieren, wie sie im Schlaf den Tag ausradiert. Wenn sie bei hundert Strichen angelangt ist, wird es sich zeigen, ob ihre Mutter lügt.

Wie lange bleibt Papa in Genf?, hat sie die Mutter später an ihrem vierten Geburtstag gefragt, wie viele Tage noch?

Warum es so wichtig war, Französisch zu lernen, wenn er es doch schon konnte – die Eltern, Friederike und Jacques Brunold, sprachen Französisch miteinander, wenn sie nicht wollten, dass Kathrin sie verstand; Johannes und Sebastian waren sowieso noch zu klein, um irgendetwas zu verstehen; sie verstanden noch nicht einmal, dass es Dinge zu verstehen gäbe –, und warum er seine Familie nicht wenigstens zwischendurch einmal besuchen konnte, fragte sie längst nicht mehr; es sei denn, sie schaffte es nicht, sich zu beherrschen, weil die Lust, ins Innere ihrer Mutter zu schauen, stärker war als die Angst davor. Es ist zu weit weg, und ich bin müde, sagte die Mutter dann meistens, so entsetzlich müde, und sprach vom Grab, in das Kathrin sie brachte mit ihrer furchtbaren Fragerei, worauf Kathrin sich einmal mehr vornahm, damit aufzuhören; es machte die Mutter tatsächlich kaputt, äußerlich und innerlich kaputt, und sie sah schon kaputt genug aus mit ihren verquollenen Augen und den graubraunen Haaren, die ihr wie Fäden am Kopf klebten.

Als sie den Vater zum letzten Mal gesehen hat, lag Schnee auf den Dächern der Nachbarhäuser, und Sebastian konnte noch nicht einmal richtig sitzen; es reichte aus, ihn mit dem kleinen Finger anzustupsen; schon plumpste er wie ein Sack auf die Seite und begann jämmerlich zu plärren. Einen Abschied hat Kathrin nicht vor Augen; sie sieht den Vater nur als Umriss, wie er nachts im Dunkeln am offenen Esszimmerfenster steht und sich nicht rührt. Kathrin war aufgewacht und hatte aus Versehen die Schiebetür zum Esszimmer aufgestoßen, anstatt die Tür zum Flur zu öffnen, um von dort aus zum Klo zu gelangen. Sie musste vor Schreck geschrien haben, aber der Vater zuckte noch nicht einmal zusammen; er trug Schuhe und Anzug und stand vollkommen still, mit dem Rücken zu ihr; wie eine Figur in einem Bild, dachte Kathrin und begann zu frösteln; kein Wunder, die beiden Fensterflügel standen offen, und die Luft im Zimmer war eisig kalt. So leise wie möglich schob Kathrin die Schiebetür wieder hinter sich zu und schlüpfte unter die warme Decke; als sie am nächsten Morgen als erstes der Kinder erwachte und zum Klo rannte, war bereits Licht in der Küche, und der Vater deckte den Frühstückstisch; das Esszimmerfenster war zu, und der Radiator ganz warm, und Kathrin sagte sich, dass sie vielleicht doch nur geträumt hatte.

Der Vater kam abends oft erst nach Hause, wenn sie alle schon schliefen, und wenn sie am nächsten Morgen erwachten, war er bereits wieder weg; deshalb vermochte Kathrin nicht zu sagen, wie viele Tage es gedauert hatte, bis ihr seine Abwesenheit auffiel und sie die Mutter nach ihm fragte. Wenn er gutgelaunt war, fühlte sie sich deutlich wohler in seiner Nähe als mit der Mutter; er hatte nicht dauernd Angst um sie, dass sie sich erkältete oder sich in den Finger schnitt, wenn sie mit dem Messer hantierte; vor allem aber wusste er zu allem, was Kathrin anschleppte, etwas zu sagen, ganz egal, ob es ein Schneckenhäuschen war oder ein Bild des Sternenhimmels, das sie in einem Buch gefunden hatte; schön, sagte die Mutter, aber jetzt stellst du das Buch ins Regal zurück; was immer du da draußen am Himmel siehst, sagte der Vater, den Mond oder eine Sternschnuppe, ist in Wirklichkeit schon wieder ein bisschen anders; es ist nicht möglich, die Gegenwart zu sehen; wohin du auch schaust, du siehst in die Vergangenheit, selbst wenn du auf meinem Schoß sitzt und mir in die Augen schaust; und was du auch hörst – es ist schon vorbei.

Seit der Vater in Genf war, aßen sie immer in der Küche, auch am Wochenende; das war praktischer und machte weniger Arbeit. Überhaupt spielte sich das ganze Leben im Erdgeschoss ab; auch die Mutter schlief nun meistens unten im Kinderzimmer, auf einer Matratze am Boden, die sie zwischen Johannes' und Sebastians Gitterbettchen gequetscht hatte, während Kathrins Bett am anderen Ende des Zimmers stand. Einen Grund dafür, dass die Mutter bei ihnen schlief, gab es immer; Sebastian hatte Durst in der Nacht, oder Johannes musste aufs Klo; Anfang August hatten sie alle drei kurz hintereinander Scharlach gehabt, Johannes klagte über Bauch- und Halsweh, bevor er anfing zu erbrechen und zu fiebern, am nächsten Tag folgte Sebastian und am übernächsten Kathrin. Draußen herrschte eine brütende Hitze, und die Nachbarsfrauen, die sonst manchmal klingelten und fragten, ob sie Frau Brunold etwas mitbringen konnten, wenn sie mit dem Auto einen Großeinkauf machten, waren alle mit ihren Familien in den Ferien. Die Schifferlis waren für zwei Wochen nach Italien gefahren; die Familie Keller war irgendwo in den Bergen, die Bachmanns waren in Österreich und die Roths in ihrem Sommerhäuschen am Ägerisee.

Viele Tage, hundert, hatte die Mutter an ihrem vierten Geburtstag gesagt, als wüsste sie es auswendig, und weiter den Tisch gedeckt für das Abendessen. Hundert Tage, haargenau hundert?; Kathrin war einmal mehr verblüfft, dass ein Wort aus ihrem Mund kam, das eigentlich nicht ihr gehörte, sondern Felix Bachmann, der schon sieben Jahre alt war und so streng mit sich selber, dass er sich die Fäuste an die Schläfen hämmerte, wenn ihm etwas nicht auf Anhieb gelang. Hundert, haargenau, jawohl, hatte Mutter bekräftigt und Johannes in den Kinderstuhl gesetzt, bist du zufrieden jetzt. Dann hob sie Sebastian aus dem Laufgitter und nahm ihn zu sich auf den Schoß. Es gab Quark wie immer, mit Milch und Zucker angerührt, Grießbrei oder Hirsebrei, dazu Apfelmus oder glitschige Pfirsichhälften aus der Dose. Alles schmeckte viel zu süß, fand Kathrin, aber wenigstens waren Johannes und Sebastian für ein paar Minuten ruhig.

Linzertorte hatte die Mutter keine gebacken; Kathrin hatte sie auch nicht darum gebeten; der Vater irrte sich; sie mochte Linzertorte längst nicht mehr so gern wie früher. Die anderen Väter arbeiteten und bekamen Geld dafür; deshalb konnten sie mit ihren Familien auch in die Ferien fahren. Auch Kathrins Vater hatte bis zu seinem Verschwinden gearbeitet; wie sonst hätte er das Haus kaufen können, das allerdings zum größten Teil der Bank gehörte. Vaters Malbuch war das einzige Geburtstagsgeschenk gewesen. Was sie sich darüber hinaus wünschte, hätte Kathrin damals, als vierjähriges Kind, nicht zu formulieren vermocht; dass jemand das Rätsel um ihren Vater löste, oder besser noch, sämtliche Rätsel, die sich in ihrem Kopf versammelt hatten; oder umgekehrt: dass jemand stattdessen die unsichtbaren Drähte kappte, die von ihrem Kopf aus in alle Richtungen gespannt waren und jedes noch so schwache Signal einzufangen versuchten, das womöglich eine Bedeutung hatte und ihr einen Rückschluss erlaubte auf das, was sich ihrem Verstand entzog, was sie weder anfassen noch direkt sehen oder hören konnte; und dennoch war im ganzen Haus die Luft damit gesättigt, die sich beim Einatmen wie elektrisch geladen anfühlte, als sei es nur eine Frage der Zeit, bis sie in ihrem Körper explodierte.

Jetzt, in diesem Moment, da ihre Mutter das Elternschlafzimmer betritt, steht Kathrin mit dreckigen Schuhen auf dem blauen Seidenteppich, den sie eigentlich nur mit bloßen, frischgewaschenen Füßen betreten darf, vor dem offenen Kleiderschrank ihres Vaters. Katharina, sagt die Mutter langsam, obwohl sie Kathrin heißt, und legt ihr, statt sie zu schlagen oder loszuheulen, nur sanft und schwer die Hände auf die Schultern.

Kathrin sagt nichts. Mein Papa ist in Genf, sagt sie zu Andrea, Martina, Hansjörg und Felix, wenn deren Väter abends nach ihren Kindern rufen, sie sollen nach Hause kommen, bevor es dunkel wird. Kathrins Mutter ruft nie nach ihr; sie bringt in dieser Zeit Johannes und Sebastian ins Bett.

Warum sind Papas Kleider da, wenn er selbst doch in Genf ist, könnte Kathrin fragen, seine Socken, seine Unterhosen, seine Hemden, seine Anzüge. Wo ist er wirklich, könnte sie fragen, warum ist er weggegangen; warum lügst du mich an; warum bist du dir so sicher, dass die Dinge, die zu wissen du mir angeblich nicht zumuten willst, schlimmer sind als alles, was ich mir stattdessen ausdenke? Einen Tag noch, sagt Kathrin, mehr zu sich selbst als zur Mutter, die überstürzt aus dem Schlafzimmer gerannt ist und im Treppenhaus nach Sebastian und Johannes ruft, die sich einmal mehr in die Haare geraten sind, ein einziger Tag, dann sind hundert Tage um; und plötzlich weiß sie, dass ihr Vater nie mehr nach Hause kommt, morgen nicht, und auch in einer Woche nicht, nicht zu Weihnachten und auch nicht zu Johannes' und Sebastians Geburtstagen im nächsten Mai; dass er fort ist für immer, dass er gestorben und so tot ist wie die Leute auf dem Friedhof, die keine Kleider mehr brauchen, die nackt in der Erde liegen, wie Martina weiß, die schon zur Schule geht.

Felix' Vater ist Professor in Zürich; der Vater von Martina und Hansjörg arbeitet als Mathematiklehrer an der Kantonsschule, und Andreas Vater hat zu Hause ein Architekturbüro, das er allerdings sechs Jahre später, 1974, in der Wirtschaftskrise, aufgeben muss; weil gleichzeitig akuter Lehrermangel herrscht, lässt Herr Schifferli sich umschulen und übernimmt bereits im Frühjahr 1975 eine Oberstufenklasse; in dieser Zeit beginnt Andreas Mutter wieder als Kindergärtnerin zu arbeiten; und im Jahrhundertsommer 1976 stirbt das uralte Geschwisterpaar, das im Haus neben den Kellers wohnt; beide sind über neunzig und halten den Oberkörper fast waagrecht, wenn sie auf dem Trottoir nebeneinanderher gehen, um ihre Besorgungen zu machen, immer zu zweit; zuerst stirbt die Schwester, und zehn Tage später folgt ihr der Bruder; aber das sind Geschehnisse, die an jenem Oktobertag in ebenso unvorstellbarer Ferne liegen wie jener Sonntagnachmittag Ende Februar 1979, an dem Jacques und Friederike Brunold beide nicht zu Hause sind, weshalb Kathrin, Johannes und Sebastian sich ein wenig in Vaters Büro umsehen und so per Zufall den Ordner entdecken, der die Durchschläge von über hundert Bewerbungsschreiben enthält; alle aus dem Jahr 1968; sehr geehrte Herren, sehr geehrter Herr, sehr geehrte Damen und Herren; die ausgeschriebene Stelle interessiert mich; ich nehme Bezug auf Ihr Inserat vom; ich würde mich außerordentlich freuen, wenn ich eine Gelegenheit bekäme, Sie im Gespräch auch persönlich von meinen Qualifikationen zu überzeugen; 1958 wurde mir die Doktorwürde verliehen mit dem Prädikat summa cum laude; ich bin verheiratet und Vater von drei kleinen Kindern; zur Zeit verbüße ich eine einjährige Freiheitsstrafe, soll jedoch wegen guter Führung vorzeitig entlassen werden; ich danke Ihnen für eine wohlwollende Prüfung und grüße Sie hochachtungsvoll, Jacques Brunold.

Als die Mutter vom Orgelkonzert zurückkommt, überfallen die Kinder sie mit Fragen; warum war der Vater im Gefängnis, was hat er getan; warum habt ihr uns nie davon erzählt, wovon haben wir in dieser Zeit gelebt. Was habt ihr getan?, sagt die Mutter; ihr wisst genau, dass ihr in Vaters Büro nichts zu suchen habt; wenn er davon erfährt, wird er fuchsteufelswild, und das zu Recht; er hat seine Strafe verbüßt; niemals dürft ihr ihn danach fragen, das müsst ihr mir versprechen; ihr wisst ja, was passiert, wenn er außer sich gerät.

Kathrin, Johannes und Sebastian kannten Vaters Jähzorn, der zuweilen in ihn fuhr und alles besetzte, seinen Körper, seinen Geist, sein Wesen, die unversehens in eins fielen; der ganze Mensch ein einziges Gebrüll, ein zuckender Veitstanz, eine unkontrollierbar gewaltige Energie, die sich über jeden und alles entlud, was sich in seiner Reichweite befand; einmal hatte er Johannes so sehr verprügelt, dass dieser danach zwei Tage nicht in die Schule konnte; und sie kannten auch die abgeschwächte Variante davon; seine rasende Ungeduld, wenn sie etwas nicht sofort begriffen oder sich ungeschickt anstellten; aber in seinem normalen Aggregatzustand war er wesentlich gelassener als die Mutter; er unterschrieb sogar ihre Schulzeugnisse blind, wenn sie ihn darum baten, und weder mussten sie sonntags in die Kirche noch den Teller leer essen oder vom Gemüseauflauf probieren; noch nie, pflegte der Vater zu sagen, ist ein gesundes Kind vor vollen Schüsseln verhungert.

Er selber indessen brauchte jemanden, der ihm sagte, was zu tun war. Jacques Brunold hatte aus dem Vorfall längst seine Schlüsse gezogen: er war für die Freiheit nicht geschaffen. Als selbständiger Anwalt war er an seinen eigenen Vorstellungen und Ansprüchen gescheitert, deshalb arbeitete er fortan nur noch als Angestellter; seit 1972 war er in der Stadtverwaltung tätig und beschäftigte sich vornehmlich mit Nachbarschaftskonflikten, wie sie sich etwa ergaben, wenn ein paar Bäume, die zu einer städtischen Liegenschaft gehörten, ihren Schatten allzu weit auf das Grundstück einer Privatperson warfen; dazu verfasste er seitenlange Gutachten, brillant formuliert und unter Einbezug aller möglichen weiteren zu berücksichtigenden Aspekte, die in austarierte außergerichtliche Einigungsvorschläge mündeten, die meist beide Parteien umstandslos annahmen, erleichtert, sich ohne weitere Kosten aus der Affäre zu ziehen und ohne dabei ihr Gesicht zu verlieren.

Tatsächlich wagten es jahrzehntelang weder Kathrin noch Johannes oder Sebastian, dem Vater zu gestehen, was sie über ihn wussten; sie beobachteten ihn mit gespannter Aufmerksamkeit, als eines Abends im Radio ein Feature gesendet wurde über den Alltag in einem Schweizer Gefängnis; aber nach kaum zwanzig Minuten schlief der Vater ein und begann leise zu schnarchen; drei- oder viermal fuhren sie auf einem ihrer Sonntagsausflüge mit dem Zug an der Strafanstalt vorbei, die man von weitem sah, und Johannes erlaubte sich jedes Mal eine Bemerkung, die den Vater hätte stutzig machen können: Ich wäre zu gerne einmal im Kopf eines Häftlings, was die wohl denken, wenn sie immer die Züge vorbeifahren sehen mit all den Menschen, die sich vor ihnen fürchten; oder: Gibt es keine Führungen, ich möchte unbedingt mal eine Strafanstalt von innen sehen; oder: Warst du nicht dort, ich meine früher, als du noch Leute verteidigt hast; da hast du doch bestimmt mal einen deiner Klienten besucht, der dort in U-Haft war. Ich habe keine Leute verteidigt, sagte der Vater und biss in sein Salamisandwich; er hatte stets einen Rucksack voll Proviant dabei, Äpfel, Schokolade, eine Thermoskanne mit heißem, überzuckertem Tee und eine Unmenge belegter Brote, die er frühmorgens zubereitete, für die ganze Familie und alle Eventualitäten; nie war ihm etwas anzumerken, auch nicht das kleinste Zucken im Gesicht oder eine Nervosität in den Händen; und hätten sie nicht rund zwei Jahre später ein weiteres Dokument gefunden, das auf seine Gefängnisstrafe verwies, so hätten Kathrin, Johannes und Sebastian die ganze Geschichte mit der Zeit womöglich für einen

Auswuchs ihrer überbordenden Phantasie gehalten. Natürlich hatten sie weitere Nachforschungen angestellt, nach dem ersten Schreck; denn das war es, ein Erschrecken über die eigene Blindheit, die vermeintliche Gewissheit, den Vater wenigstens halbwegs zu kennen; er war vieles, schon als Vater hatte er viele verschiedene Gesichter, die sich unfassbar überlagerten, und darüber hinaus musste er eine Unzahl weiterer, gleichsam nach innen gerichteter Gesichter haben; und es ging nicht lange, bis Kathrin sich fragte, ob nicht auch sie selber eine Vielzahl verborgener Gesichter besaß, die sich eines Tages unvermittelt nach außen kehrten.

Vaters Büro war nun meistens abgeschlossen, wenn er nicht zu Hause war, und es war mehr denn je ein Dschungel; auf drei Seiten standen raumhohe Regale, die alle gefüllt waren mit juristischen Fachbüchern und einer wachsenden Zahl von Ordnern, die ihrer Bezeichnung zum Trotz weder beschriftet waren noch chronologisch oder thematisch geordnet; ein unvorstellbares Durcheinander von Quittungen, Rechnungen, Prospekten, Notizzetteln und Geschäftsbriefen; und so war Sebastian beinahe überrascht, als er zwischen einem Prospekt der Schilthornbahn und einer Sanitärrechnung für zwei neue Kloschüsseln einen Zeitungsartikel fand, in dem ein Journalist über den Prozess berichtete. J. B., ein aufstrebender Anwalt, der sich in der Baubranche bereits einen Namen gemacht hatte, war offenbar über seinen eigenen Erfolg gestolpert, der ihm zu sehr in den Kopf stieg; jedenfalls hatte er einige seiner Klienten ziemlich übers Ohr gehauen; es ging dabei vor allem um Grundstücksverkäufe, die er als Anwalt vermittelte und an denen er sich unrechtmäßig bereicherte; so brachte er es fertig, einen schattigen Steilhang in einem abgelegenen Tessiner Bergtal einem Investor als ideales Bauland zu verkaufen; von Wucher war die Rede im Artikel, aber auch davon, dass der Richter offensichtlich ein Exempel statuieren wollte, weil der Angeklagte wenig Einsicht zeigte in sein Fehlverhalten und sein Anwalt vergeblich nachzuweisen versuchte, dass auch der Angeklagte in einer bestimmten Angelegenheit um mehrere zehntausend Franken betrogen worden war; das Strafmaß – Entzug des Anwaltspatents und ein Jahr Zuchthaus, ohne Bewährung – wurde vom Journalisten als ungewöhnlich hart bezeichnet; immerhin war der Mann nicht vorbestraft gewesen, und zum Zeitpunkt des Urteils hatte J. B. als Verwaltungsjurist im Kanton S. gearbeitet; zur vollen Zufriedenheit offenbar seines Vorgesetzten, der den Angeklagten und seine Fähigkeiten in den allerhöchsten Tönen lobte.

Es musste Ende Juni oder Anfang Juli 1983 gewesen sein, als Kathrin auf dringende Bitte der Mutter zum ersten Mal wieder das Elternhaus betrat, das sie im Februar hinter sich zurückgelassen hatte, ohne wirklich davon Abschied zu nehmen, in eigentümlich fraglosem Vertrauen darauf, dass ihr Mädchenzimmer wie ein Tresor alles für sie bewahrte, was sie eines Tages wieder brauchen mochte, für sich selbst oder eines ihrer Kinder, an die sie manchmal dachte, als wären sie schon gezeugt und geboren; vor allem an ihren ersten Sohn, Daniel, dessen Name sich in ihrem Kopf festgesetzt hatte, als könnte und müsste sie allein darüber bestimmen. Am Telefon wollte die Mutter nichts Genaueres verraten, aber ihre Sätze waren klar wie selten und ihr Tonfall so entschieden, dass es weniger eine Bitte war, die sie vorbrachte, als vielmehr ein Befehl.

Kathrin erinnerte sich, dass sie bis ins Innerste aufgekratzt war von der vergangenen Nacht, die sie mit einem Mann verbracht hatte, der ihr nicht besonders gefiel; viel eher als der Mann selbst war es zunächst eine banale Konkurrenzsituation gewesen, die sie reizte; Claudia, eine etwas plumpe, gleichaltrige junge Frau, die sie vom Sehen kannte, warb vor ihren Augen um den Mann, ein redseliger Typ, der mit einem Bekannten den ganzen Abend am Tresen der Altstadtbar stand, wo Kathrin jeweils an Freitag- und Samstagabenden bediente. Der Mann war Ende zwanzig; in einer öden Vorortsgemeinde aufgewachsen, gab er sich weltmännisch und lebenserfahren; er war viel gereist und arbeitete jeweils nur so lange auf dem Bau, bis er wieder für ein paar Monate abhauen konnte; sein nächstes Reiseziel war Marokko. Er war schlank, großgewachsen und dunkelblond, aber weder gutaussehend noch attraktiv; unterhalb des rechten oder linken Mundwinkels hatte er einen einzigen, riesigen Pickel mit einer kleinen Eiterkappe – die Kathrin noch dreißig Jahre später als Erhebung zu spüren glaubte, so oft war sie in jener Nacht mit ihrer Zungenspitze darübergefahren.

Kurz nach halb zwölf hatte sie die Konkurrentin ausgestochen, die allerdings nach ihrem damaligen Empfinden kein echter Maßstab war, dafür war sie zu unscheinbar und zu naiv; das Einzige, was diese Claudia dem Mann anbot, war ihre Bewunderung, die ihm überraschend schnell auf die Nerven ging. Aber auch an Kathrin hatte er einiges auszusetzen; ihr Gesicht war ganz okay, aber er stand auf richtige Frauen, mit Vorbau, wie er ihr unverblümt noch in der Bar sagte, vor seinem Bekannten, der zu viel getrunken hatte und sich irgendwann verabschiedete; trotzdem lud der Mann sie in seine Wohnung ein, und Kathrin folgte ihm, nachdem sie fertig aufgeräumt und die Bar abgeschlossen hatte, wie unter Zwang in ein düsteres Kellerloch gleich um die Ecke. Es bestand aus einem einzigen, großen Raum; die Toilette und die Duschkabine waren durch einen Vorhang abgetrennt; die Matratze lag direkt auf dem Steinboden und war ebenso wenig bezogen wie das Kopfkissen und die Bettdecke. Um den Schlafplatz herum standen ein paar Joghurtbecher, alle bis an den Rand gefüllt mit Kippen; es stank nach Rauch und etwas Fauligem, das sich bald als halbvergammelter Risotto entpuppte, der in einem hellblauen Emailletopf auf dem Herd stand. Voilà, mein Reich, sagte der Mann, goss Whisky in zwei Wassergläser und prostete Kathrin zu. Später legte er Janis Joplin auf, schmiss seine Jeans, den Slip und das T-Shirt in eine Ecke und warf sich auf die Matratze. Kathrin erschrak; auf seinen Oberschenkeln waren mehrere offene Stellen zu sehen, eigentümlich rund und ungefähr so groß wie Zwanzigrappenstücke; ein Ausschlag oder ein Ekzem, dachte sie und wagte es nicht, ihn danach zu fragen, aber auch das schien dem Mann kein Grund, sich vor ihr zu genieren; im Gegenteil, er gab weitere Kommentare ab über Kathrins unterentwickelten Körper und amüsierte sich über die Verklemmtheit, mit der sie sich vor ihm auszog. Tatsächlich war sie nahe daran, ihre Sachen zu packen und abzuhauen, als eine nie zuvor empfundene Lust sie überflutete; sie schluckte und sah an sich hinab, ihre helle, geäderte Haut, die aufgerichteten Brustwarzen, über die sie den Rest ihres Whiskys goss, bevor sie sich auf den Mann stürzte; sie begann bei den Zehen, die sie ebenso ausgiebig leckte wie die raue Haut seiner Fersen und seine Unterschenkel, die scharf riechenden Achselhöhlen; sogar seine Wunden leckte sie, seine Hoden, seinen Penis, seine Ohrmuscheln, während sie ihren Schoß an seinem Oberschenkel rieb, bis sie ein erstes Mal kam und der Mann endlich ein Kondom überstreifte und in sie drang; er nannte sie eine Drecksau, eine verfickte Hure, während sie den nächsten Orgasmus hatte und nach kurzem Atemholen wie eine Besessene weiter auf ihm ritt, bis sie spürte, dass er erschlaffte; ich kann nur ohne, scheiß Gummi, keuchte er, und Kathrin löste sich von ihm, streifte den Gummi von seinem Glied und leckte es, bis er sich in ihrem Mund ergoss; und während er schon wie teilnahmslos neben ihr lag, salbte sie ihren Schoß mit seinem Sperma und sackte erst weg, als sie noch drei- oder viermal kurz hintereinander gekommen war. Kathrin hatte eben erst ihre Tage gehabt, und an Aids dachte sie seit der Spiegel-Titelgeschichte: Tödliche Seuche, AIDS, die rätselhafte Krankheit, zwar öfter, und eigentlich hätten die offenen Wunden sie dringend abhalten müssen vor ungeschütztem Sex mit diesem Mann, aber das Gegenteil war der Fall; nach kaum zwei Stunden Schlaf wachte Kathrin auf und wusste sich nicht anders zu helfen, als den Mann zu wecken, indem sie ihn erneut leckte; diesmal nahm er sie wortlos von hinten; Kathrin presste die Stirn gegen das Kopfkissen und krallte sich mit beiden Händen am Matratzenrand fest, während er seinen Schwanz immer tiefer in sie hineintrieb, bis sie endlich beide kamen, laut schreiend und kurz hintereinander. Der Mann schlief sofort wieder ein, während Kathrin es sich noch ein paarmal selber machte; ohne jede Rücksicht oder Hemmung, überwältigt von einem Begehren, das sie in dieser Intensität weder vorher noch nachher jemals empfand.

Es war weit nach zwölf Uhr mittags, als Kathrin erwachte. Der Mann war weg; eine Espressokanne mit einem Rest lauwarmem Kaffee stand auf dem Tisch; Kathrin trank ihn direkt aus der Kanne und stellte sich kurz unter die Dusche; um zwei wurde sie von der Mutter erwartet; sie hatte keine Zeit mehr, zwischendurch nach Hause zu gehen. Die ehemalige Tierfutterfabrik, die sie mit anderen jungen Leuten bewohnte, lag außerhalb der Stadt, und so schlüpfte sie in ihre alten, verschwitzten Kleider; die Dusche hatte zum Glück nicht alles weggespült, und während sie durch die Gassen der Altstadt ging und später am Hochhaus vorbei der Friedhofsmauer folgte, roch sie bei jedem Schritt jene Mischung aus Sperma und ihren eigenen Körpersäften, die ihr besagte, dass sie komplett gestört war und verteufelt lebendig.

Der Mann kam weder am nächsten noch am übernächsten Wochenende in die Bar und ließ sich auch später nie mehr blicken, was sie ein wenig kränkte, aber auch entlastete; kurz vor Weihnachten erfuhr sie von seinem Kumpel, dass er tatsächlich unterwegs war nach Marokko, und sie fügte seinen Namen zu den drei anderen hinzu, die bereits auf einem A4-Blatt standen, das sie zweifach zusammengefaltet in ihrer jeweils aktuellen Agenda aufbewahrte, bis sie es eines Tages vergeblich suchte.

Noch als sie 1993, an einem windigen Spätherbsttag, in Berlin am Winterfeldtplatz einem Schirm nachrannte und ihn dem Besitzer überreichte, einem dunkelhaarigen Geschäftsmann mit Krawatte und Anzug, der sich sogleich mit Namen vorstellte, Remo Wittmer, und sie mit unverkennbarem Schweizer Akzent zu einer Kammermusik-Soiree einlud, konnte sie die Männer, mit denen sie bis dahin geschlafen hatte, alle namentlich und einigermaßen chronologisch auflisten; etwas über vierzig Eckdaten, an denen sie sich orientierte und mit deren Hilfe sie ihr bisheriges Erwachsenenleben in überschaubare Etappen unterteilte. Remo war zweiunddreißig; er hatte drei längere Beziehungen hinter sich, die sich irgendwann erschöpft hatten; natürliche Prozesse, wie er meinte, keine Tragödien; er wohnte in Zürich und arbeitete bei derselben Telekommunikationsfirma wie Sebastian, Kathrins Bruder, den er allerdings nicht kannte; aber es gab eine weitere Verbindung, die sie in ihrer aufkeimenden Verliebtheit bestärkte; Remo leitete ein kleines Team, dem unter anderen auch Christian angehörte, der Mann ihrer ältesten Freundin Andrea, und die beiden Männer schätzten einander nicht nur beruflich, sondern hatten sich auch angefreundet.

Natürlich gab es schon damals viele weitere wichtige Ereignisse in Kathrins Leben; die Matur, die sie im Selbststudium nachgeholt hatte, während sie am Wochenende in der Altstadtbar jobbte; der Umzug in eine WG nach Zürich; die Aufnahme des Germanistik- und Kunstgeschichtsstudiums; die kurze Affäre mit Martin, einem untersetzten, eierköpfigen, blitzgescheiten Kunstkritiker Anfang dreißig, der sie vergeblich beschwor, das Kind abzutreiben, das er jetzt schon hasste; als Kathrin im siebten Monat war, drohte er gar, die Polizei einzuschalten, sollte sie jemals versuchen, ihm das Kind zu zeigen; das war ihre letzte Begegnung; Daniels Geburt drei Monate später; der Umzug nach Berlin kurz nach dem Mauerfall, wo Kathrin und Daniel vier Jahre lang eine prekäre Solidargemeinschaft bildeten mit der Bühnenbildnerin Ulla und ihrem bleichen Söhnchen Alois; die diversen Gelegenheitsjobs; das Volontariat bei einer alternativen Kulturzeitung; ihre erste gedruckte Theaterkritik, Roberto Zucco von Bernard-Marie Koltès in der Inszenierung von Peter Stein an der Schaubühne. Und auch als Kathrin und Remo sich nach wenigen Wochen als Paar definierten, kamen laufend neue Eckdaten hinzu; die erste gemeinsame Reise nach Paris, wo Remo studiert hatte – Daniel blieb so lange bei Ulla –, Kathrins und Daniels Rückkehr nach Zürich, wo sie zunächst in einer Genossenschaftswohnung am Stadtrand lebten und Kathrin sich mit viel Glück und einiger Hartnäckigkeit eine Existenz aufbaute als freie Lektorin, Journalistin und Frau für alles, indem sie restlos jeden Auftrag annahm, der an sie herangetragen wurde, Firmentexte und Ausstellungskataloge redigierte, an zwei Nachmittagen das Telefon eines Künstlerverbands bediente, für freie Theatergruppen Projekteingaben verfasste und für die Wochenzeitung Bücher rezensierte; die zweite, diesmal von beiden gewollte Schwangerschaft, die im fünften Monat mit einer Totgeburt endete; Remos und Kathrins erste gemeinsame Wohnung direkt am Schaffhauserplatz; Olgas Geburt; die zweite Fehlgeburt; Mara, die am 2. Januar 2000 auf die Welt kam, sieben Wochen zu früh, winzig, aber gesund; der Kauf der Fünfeinhalbzimmerwohnung in der Nähe des Römerhofs – Remo hatte seinen Anteil selber erarbeitet, Kathrin war angewiesen auf einen Erbvorbezug, den der Vater ihr gerne gewährte; schließlich die Hochzeit.

Weil es Zeit ist, sich zu entscheiden. Wir heiraten am 17. März 2001 in Zürich. Kathrin Brunold und Remo Wittmer. Der Satz auf der Hochzeitsanzeige war Kathrins Idee gewesen; manche hatten ihn befremdlich gefunden; auch Andrea, die ihre Trauzeugin war; allzu nüchtern und beliebig, sagte sie, als spiele die Person, für die man sich entscheidet, kaum eine Rolle. Kathrin erklärte ihr, dass sie das nicht so gemeint habe; natürlich sei die Person wichtig, aber ohne innere Entscheidung sei die größte Liebe nach ein paar Jahren verbraucht.

Wie schön Andrea auf den beiden Fotos in ihrem Hochzeitsalbum aussah, mit ihren dunklen, kunstvoll hochgesteckten Haaren und im bodenlangen roten Samtkleid; fast als wäre sie die Braut. Kathrin erinnerte sich genau an den Farbton von Andreas Kleid, ein sattes, warmes Weinrot ohne Blautöne, obwohl die Fotos alle schwarzweiß waren. Hochzeitsfotos sind für die Ewigkeit, hatte Andrea scherzhaft gesagt, und dafür brauche es die größtmögliche Abstraktion; Farbfotos, die näher dran waren an der Realität, machten das Vergehen der Zeit nur allzu augenfällig. Das Album war Andreas Hochzeitsgeschenk gewesen; sie hatte sich das Fotografieren selber beigebracht, als die Kinder klein waren, und besaß ein erstaunlich gutes Auge. Wahrscheinlich hatte Christian die beiden Fotos von Andrea gemacht; vielleicht war es aber auch Kathrin gewesen; jedenfalls hatte Andrea ihr die Kamera für eine Weile überlassen.

Gleich zweimal hatten sie in der Hochzeitsnacht miteinander geschlafen, als wollten sie Christians launige Prognose widerlegen; er kenne niemanden, sagte er, kein einziges Paar, das in der Hochzeitsnacht tatsächlich Sex hatte, wie eine kleine Umfrage in seinem Bekanntenkreis ergeben habe, die Leute seien viel zu müde und zu betrunken. Das erste Mal, als sie endlich im Hotelzimmer waren – die Kinder schliefen zu Hause, in der Obhut von Remos Mutter –, morgens um drei oder halb vier; angetrunken waren sie tatsächlich beide, aber Remo konnte das damals nichts anhaben. Wie sie es getan hatten und wie es für sie gewesen war, daran allerdings hatte Kathrin keine Erinnerung; wahrscheinlich hatte Remo sie zum Fenster geführt – er mochte es, über ihren Rücken hinweg nach draußen zu sehen –, und sie hatte sich mit den Unterarmen auf das Fensterbrett gestützt. Auch an das zweite Mal erinnerte sie sich nicht genau. Es war bereits heller Tag, und aus den anderen Hotelzimmern hörte man die üblichen Morgengeräusche. Sicher war es kein ausgedehntes Liebesspiel gewesen; Kathrin vermutete, dass sie sich nicht mal geküsst hatten, denn dazu hätten sie sich beide erst die Zähne putzen wollen, und dann wären sie womöglich nicht mehr in jenem schlafwarmen, halbblinden Zustand gewesen, wo sich Glieder und Atem fast wie von selber fanden.

Während sie sich zum zweiten Mal liebten, hatte sie an Christian gedacht, erinnerte Kathrin sich plötzlich, wie sie ihm nachher beim gemeinsamen Frühstück erzählen würde, dass Remo und sie sich nicht an seine Umfrageergebnisse gehalten, dass sie gar zweimal miteinander geschlafen hatten. Der Gedanke daran hatte sie erregt. Nicht dass Christian ihr etwas Besonderes bedeutete; sie mochte ihn und fand ihn attraktiv, gewiss, mindestens so sehr wie Remo. Vielleicht waren die beiden Männer tatsächlich in vielen Bereichen austauschbar. Doch darum ging es nicht. Es ging um die andere Möglichkeit, deren Reiz eben darin lag, dass sie eine Möglichkeit blieb, die nur in Gedanken existierte. Von jetzt an, hatte Kathrin nach der Trauzeremonie gedacht, habe ich zwei Leben, das reale und das imaginäre. Vielleicht hatte sie deshalb den ganzen Hochzeitsabend über ziemlich heftig mit Christian geflirtet. Das allerdings schien niemand bemerkt zu haben; es war zu unwahrscheinlich. Und irgendwann hatte sie sich beim Gedanken ertappt: Wenn Andrea und Remo aus irgendeinem Grund beide früh sterben, tun Christian und ich uns zusammen.

Die Hochzeit bildete tatsächlich eine Zäsur, nach der sich die Frequenz neuer Lebensereignisse merklich verringerte; Kathrin und Remo hatten sich eingerichtet in einem zwar anstrengenden, aber gut organisierten Familienalltag mit Putzfrau, Babysitter und Kinderkrippe; Remo versuchte erfolglos, sein Arbeitspensum zu reduzieren, aber wenigstens hielt er die Wochenenden weitgehend frei; im April 2002 bekam Kathrin die Zusage für ihre erste feste Stelle als Kulturredakteurin beim Radio, die sie noch dreizehn Jahre später innehatte, obwohl die permanenten Reorganisations- und Optimierungsanstrengungen sie deprimierten und sie sich seit längerem fragte, ob es nicht aufrichtiger wäre, zu kündigen, statt sich allen Neuerungen zähneknirschend zu fügen; aber mittlerweile war Kathrin fünfzig Jahre alt und schätzte die Sicherheit eines Monatslohns; außerdem verstand sie sich mit vielen Kolleginnen und Kollegen weiterhin gut, und die Arbeit selbst erledigte sie zwar mit genau jener professionellen Routiniertheit, die ihr früher bei erfahreneren Kolleginnen und Kollegen suspekt gewesen war; aber tatsächlich waren ihre Beiträge besser denn je, weil die Bezüge, die sie herstellte zwischen aktuellen und älteren Büchern, zwischen Filmen und Kunstwerken, zwischen Theaterstücken und gesellschaftlichen Entwicklungen, sich ständig erweiterten und an Komplexität gewannen – was sich durchaus niederschlug in der Struktur der einzelnen Sendungen, welche die Hörerinnen und Hörer zu ihrem Erstaunen nur selten als unnötig kompliziert empfanden, sondern (meistens) als geglückte Entsprechung von Inhalt und Form.

Am 8. Januar 2008, im Alter von dreiundvierzigeinhalb Jahren, brachte Kathrin ihr viertes Kind auf die Welt, Frédéric, und kam zum ersten Mal in den Genuss eines bezahlten Mutterschaftsurlaubs von sechzehn Wochen.

Ein Jahr später starb Andrea; sie war praktisch ihr Leben lang in Saanau geblieben, im gleichen Quartier; nach der Matur hatte sie ein Jahr bei einer Bank gearbeitet und war danach sechs Monate durch Südamerika gereist; mit zweiundzwanzig hatte sie Christian geheiratet, einen drahtigen, zielstrebigen Jungen aus ihrem Jahrgang, der vier Jahre lang neben ihnen die Wirtschaftsabteilung der Kantonsschule besucht hatte, ohne Andrea aufzufallen, weil sie nur Augen hatte für Tomas Rivola, in den sie schon drei Jahre verliebt gewesen war, als sie fast wider Erwarten ein Paar wurden – Tomas stieg die breite Schulhaustreppe hoch, Andrea kam ihm entgegen, beide waren sie unterwegs von einer Lektion zur nächsten; ein Augenblick, und sie küssten einander; eine wunderbar leichte erste Liebe, die allerdings abrupt endete, als Tomas nach St. Gallen zog, um dort Wirtschaft zu studieren. Andrea jobbte weiterhin bei der Bank, bis Christian fertig studiert hatte, und blieb danach mit den Kindern zu Hause. Als Sibylle elf und Stefan zehn Jahre alt war, fing sie an, an einer Fachhochschule Architektur zu studieren, und im Sommer 2006 hielt sie stolz ihr Diplom in den Händen. Schon kurz zuvor hatte sie sich erfolgreich bei einer ambitionierten Architektengemeinschaft beworben, und sie stürzte sich mit Freude und Lust in die Arbeit, war oft auch abends und an Samstagen im Büro. Manchmal empfand sie nach dem Essen ein starkes

Völlegefühl, und als sie im September eine Magen-Darm-Grippe erwischte, die auch nach drei Wochen noch nicht vorbei war, ging sie zum Arzt. Am Tag, bevor die Architektengemeinschaft den Wettbewerb gewann für den Neubau einer Turnhalle, bekam sie die Diagnose: ein Tumor im Dünndarm, eine Krebsart, die so selten war, dass es keine verlässlichen Prognosen gab.

Nach der ersten Operation trafen Andrea und Kathrin sich in ihrem gewohnten Rhythmus, ungefähr alle drei Monate, zum Essen, meistens in Zürich; später besuchte Kathrin sie zu Hause in Saanau oder im Spital, und gegen das Ende hin in ihrem Elternhaus, wohin Andrea zurückgekehrt war, als sie zu schwach wurde, um sich selber zu versorgen. Ihre Eltern, Hans und Heidi Schifferli, waren beide über achtzig und bewohnten praktisch nur noch das Parterre, wo auch Andrea sich einrichtete, im ehemaligen Büro des Vaters, die Regale gefüllt mit Architektur-Bildbänden und leichtverdaulicher, nährstoffreicher Beutelnahrung. Sie liebte es, Frédéric im Arm zu halten und ihm beim Wachsen zuzusehen, wie sie sagte, und Frédéric strahlte Andrea so selbstverständlich an in seinen drolligen Plüschhosen mit Leopardenmuster, während er mit seinen Babyhändchen nach ihrem Haarflaum griff, laut jauchzend vor Vergnügen. Frédéric wuchs, und Andreas Radius verkleinerte sich von einem Besuch zum nächsten, so dass sie bald auch in Gedanken nicht mehr dorthin reisen mochte, wo sie früher so gern gewesen war, nach Paris, Berlin oder Wien; ein erzwungener, schrittweiser Rückzug aus der Welt, bis sie nur noch Körper war; ein ausgezehrter, kraftloser

Körper, der atmete und dessen Herz schlug, bis er auch damit aufhörte.

Die Einweihung der neuen Turnhalle erlebte sie nicht mehr.

Als Kinder waren Andrea und Kathrin stets mehr oder weniger gleichauf gewesen; auch als sie in der ersten Klasse zu zwei verschiedenen Lehrerinnnen kamen, trafen sie sich weiterhin fast jeden Nachmittag dort, wo dem mit Moos überwachsenen Gartenzaun, der die beiden Grundstücke trennte, drei oder vier Latten fehlten, und sie tauschten alles aus, was sie besaßen, die ausgefallenen Milchzähne und die neusten Wörter, Haselnüsse, Kastanien und Schneckenhäuser, Pullover und Windpocken und manchmal sogar die Namen. Andrea Schifferli war Kathrin Brunold und konnte rechnen, bis ihr schwindlig wurde, und Kathrin Brunold war Andrea Schifferli, hatte kräftige Arme und Beine, dicke braune Locken, lange, sanft geschwungene Wimpern und einen Vater, der fast immer zu Hause war.

Andrea war die erste gleichaltrige, ihr nahe Person, die starb; und beides, Andreas Leben und ihr Tod, hallten auf mannigfache Weise in Kathrin nach; im Gegensatz zu Kathrin war Andrea immer davon überzeugt gewesen, dass sie sehr alt werden würde – ich sehe mich als Greisin, sagte sie oft, mit neunzig Jahren oder noch älter – und sie sich deshalb Zeit lassen konnte, um all ihre Anlagen zu entwickeln und sie am richtigen Ort einzusetzen, als Mensch zu reifen und ihren Beitrag zu leisten, wie sie es formulierte. Zwar verfolgte sie weder eine Mission, noch besaß sie den Ehrgeiz, auf dieser Welt Spuren zu hinterlassen, die über sie hinausreichten oder ihre physische Existenz überdauerten, abgesehen vom genetischen Erbe, das ihre Kinder in sich trugen; was Andrea stattdessen empfand, war das Bedürfnis, andere Menschen, soweit sie es wünschten, teilhaben zu lassen an ihren Erfahrungen, ihnen etwas von sich mitzugeben; und tatsächlich färbten ihre Freundlichkeit, ihr umgängliches Wesen und ihre Offenheit ab auf die Menschen in ihrer Umgebung; das war überall zu sehen und zu spüren, lange bevor sie krank wurde, aber auch danach; im Spital und im Büro, beim Schlangestehen an der Kasse, in der Badeanstalt und im Restaurant; sobald Andrea irgendwo auftauchte, zauberte sie dem einen oder der anderen ein Lächeln ins Gesicht; Kathrin hatte es oft genug an sich selber registriert, ein Lächeln, gepaart mit einer plötzlichen Nachsicht den eigenen und den Schwächen der anderen gegenüber.

Selbst nach der zweiten Operation hielt Andrea fest an ihrem Bild der vom Leben reich beschenkten Greisin, die sie dereinst wäre, und sprach von der Krankheit als Krise, die sie mit Hilfe der modernen Medizin, dank ihres Kampfgeistes und ihrer Geduld überwinden werde; sie blieb auch dann noch optimistisch, als die Ärzte ihr dringend empfahlen, sich beide Brüste entfernen zu lassen, nachdem sie bei einer umfassenden Untersuchung ein deutlich erhöhtes Brustkrebsrisiko festgestellt hatten – kommt überhaupt nicht in Frage, hatte Andrea gesagt; umso radikaler mutete zunächst der Bruch an, den sie nach der fünften oder sechsten Operation vollzog: im März 2008 – zehn Monate bevor sie starb – beschloss Andrea, nicht mehr gegen den Krebs zu kämpfen, der längst ihren ganzen Körper in Besitz genommen hatte, sondern sich von dieser Vorstellung zu befreien; ich kämpfe nicht, ich lebe, sagte sie fortan, und trennte sich als Erstes von Christian; nicht etwa, weil sie aufgehört hatte, ihn zu lieben; aber es gab doch einige Verbindungen zu anderen Menschen, Männern und Frauen, die sie bewusst in engen Grenzen gehalten hatte, um die Stabilität ihrer Ehe und Familie nicht zu gefährden. Das weiterhin zu tun, meinte sie, war nicht nur unsinnig, sondern auch unmenschlich; Christian, Stefan und Sibylle würden nach ihrem Tod ohnehin weiterleben ohne sie, und das hoffentlich noch viele Jahre beziehungsweise Jahrzehnte, ganz egal, wie schwer es ihnen am Anfang auch fallen mochte. Christian war perplex, aber tatsächlich änderte sich wenig; Andrea blieb ihm genauso zugewandt wie zuvor, ja vielleicht sogar noch stärker, weil sie sich befreit fühlte von jedem Zwang; sie richtete sich im Souterrain des Hauses eine kleine Zweizimmerwohnung ein, die über einen separaten Eingang verfügte, und empfing fortan ihre Besuche, wann und wie sie es wollte. Mittags kochte sie oft für ihre Gäste, aber auch für Stefan und Sibylle, die jetzt achtzehn und neunzehn Jahre alt waren – Christian aß im Büro oder unterwegs –, kein aufgepeppter Convenience-Food wie früher, als sie vom Hörsaal nach Hause hetzte, um danach weiter an ihren Plänen zu zeichnen, sondern aufwendige, raffinierte Fleischgerichte, die sie liebte, aber selber schon nicht mehr richtig genießen konnte, weil die Kocherei sie allzu sehr erschöpfte und ihre Verdauung kaum noch funktionierte.

Für Juli und August hatte sie in der Provence eine ehemalige Ölmühle gemietet; drei große alte Häuser, umgeben von einem Pappelwäldchen, eingebettet in Lavendel- und Obstfelder. Dorthin lud sie alle ein, Christian und die Kinder, Verwandte und Nachbarn, ihre Freundinnen und Freunde, die wiederum ihre Freundinnen und Freunde mitbringen durften; bis zu vierzig Erwachsene kochten, aßen, tranken und diskutierten miteinander, während die Kinder und Teenager sich im Pool vergnügten, Fußball spielten oder im nahen Fluss fischten. Andrea war fast immer in ihrer Mitte; sie saß am Tisch oder döste in einem Liegestuhl vor sich hin; manchmal sprang sie auf, um barfuß auf der Wiese zu tanzen oder mit ihrer vollen Stimme eines ihrer Lieblingslieder zu singen, *Amazing Grace, Molly Malone* oder *Gracias a La Vida*; es kam vor, dass sie mitten in einem Gespräch aufschrie oder leise weinte, aber meistens ging es ihr gut, und zeitweise sah sie gar phantastisch aus in ihren enganliegenden Kleidern aus fließend weichem Stoff; sehr schlank, aber noch nicht ausgemergelt. Auch Kathrin und Remo waren Andreas Einladung gefolgt und mit den Kindern in die Provence gefahren; nach achtundvierzig Stunden allerdings hatte Remo die Nase voll; er empfand das Ganze als perverse Inszenierung und reiste mit dem Zug zurück in die Schweiz, während Kathrin und die Kinder zwei volle Wochen dort blieben, erfüllt von Andreas Anwesenheit, die nicht zu trennen war von der Anwesenheit des Todes.

Im September zog Sibylle nach Zürich, um an der ETH Mathematik zu studieren; Stefan war im letzten Schuljahr und häufiger bei seiner neuen Freundin als zu Hause; Mitte Oktober verschlechterte sich Andreas Zustand dramatisch, und wie offenbar lange im Voraus geplant, zog sie zu ihren Eltern; Christian hatte in der Firma eine neue Funktion übernommen und war froh, Andrea gut aufgehoben zu wissen, und das war sie; jedes Mal wenn Kathrin sie besuchte, war sie verblüfft, wie fachkundig die beiden alten Menschen ihre Tochter versorgten – zusätzlich kümmerte sich der Hausarzt um sie und Leute von der Spitex – und wie unaufgeregt sie über ihr Sterben sprachen, bis sie zu verstehen glaubte, dass Andreas Eltern, allem Schmerz zum Trotz, dankbar waren für diese letzte Lebensaufgabe, die Andrea ihnen zumutete und anvertraute; und als Heidi Schifferli sich am frühen Morgen des 9. Januar, es war noch stockdunkel draußen, einzig das fahle Licht einer Straßenlaterne erhellte das Krankenbett, zu ihrem Mädchen legte und ihren abgemagerten Körper mit ihren Armen umfasste, fühlte es sich beinahe an wie damals, kurz nach der Geburt, die nun in umgekehrter Richtung ablief; als ziehe ihr uraltes Kind sich mit jedem Atemzug ein kleines Stück weiter aus dem Leben zurück, bis es ganz still wurde im Zimmer und nur noch ihr eigener Atem zu hören war, und dann ein Schrei.

Im Sommer 2014, gut zwanzig Jahre nachdem Kathrin mit etwas kindischem Stolz ihre letzte Liste erstellt hatte, die ihre sämtlichen Liebhaber enthielt – mehr als vierzig Namen und Geschichten, von denen gar manche nicht länger gedauert hatten als eine halbe Nacht oder einen verlorenen Winternachmittag –, waren in ihrem Gedächtnis ganze neun Namen übriggeblieben; und auch wenn sie im Rückblick keinen genauen Zeitpunkt ausmachen konnte, an dem die Entwicklung eingesetzt hatte, die ihr an ihrem fünfzigsten Geburtstag so deutlich vor Augen trat wie die kurze, senkrechte Falte zwischen den Augenbrauen: Lust und Begehren, die kleinen und größeren Verliebtheiten, Erotik und Sexualität hatten in ihrem Leben unwiederbringlich an Bedeutung verloren; nicht nur innerhalb ihrer Ehe mit Remo, sondern auch in Kathrins eigenen Empfindungs- und Imaginationsräumen. Die stärkste Erinnerung aber, gegenwärtiger als alle wundersam geglückten Liebesakte, band sie an jenen Mann, dessen Name ihr längst entfallen war, und an die bizarre Nacht im Kellerloch, an ihre eigene, gewaltsame Lust und seine alptraumhafte Körperlichkeit, die ihr auch dann nicht aus dem Sinn ging, als sie es längst gewagt hatte, einen Aidstest zu machen, der, wie erhofft und eigentlich auch erwartet, negativ ausfiel.

Ihre Mutter hatte sich schön gemacht an jenem Tag; sie war beim Coiffeur gewesen und trug ein dunkelblaues Kleid, das ihr verblüffend gut stand, dazu eine dreireihige Perlenkette, die ihr der Vater zum fünfzigsten Geburtstag geschenkt hatte. Mit eigentümlich formeller Freundlichkeit bat die Mutter Kathrin ins Haus und führte sie ins Esszimmer, wo alle schon um den großen Tisch saßen, auf dem ein blütenweißes, faltenlos gebügeltes Tischtuch lag, sonst nichts. Keine Brotkrümel, keine zerlesene Zeitung, weder Bleistift noch Kugelschreiber, die der Vater normalerweise an Samstagnachmittagen brauchte, um die vertrackten Worträtsel in der NZZ zu lösen; die Mutter hatte weder einen Kuchen gebacken noch Kekse aufgetischt oder wenigstens einen Kräutertee gemacht. Johannes und Sebastian waren jetzt siebzehn und sechzehn Jahre alt; sie hatten beide Pickel im Gesicht und fettige Haare, und von ihren Körpern ging ein säuerlicher Geruch aus, als müssten sie sich vor jeder möglichen Annäherung schützen. Die größte Veränderung allerdings betraf ihren Vater; Kathrin wusste, dass er eine Knieoperation hinter sich hatte, aber so bedrückt hatte sie ihn noch nie gesehen; reglos, mit gesenktem Kopf hockte Jacques Brunold auf seinem Stuhl, dass die Tränensäcke unter seinen Augen hervortraten wie kleine Geschwulste. Kathrin setzte sich neben Johannes; Friederike blieb am Kopfende des Tisches stehen; das war ihr angestammter Platz, weil er am nächsten bei der Zimmertür war und Friederike somit schnell in der Küche. Also, hob Friederike zu sprechen an, ich trage kurz die wichtigsten Fakten vor im Fall Brunold gegen Brunold. Jacques Brunold ist geständig; er hat in den gesamten achtzehneinhalb Ehejahren wiederholt und kontinuierlich die Ehe gebrochen und damit das Vertrauen seiner Ehefrau aufs schwerste missbraucht. Der Ehebruch wurde vollzogen mit einer gewissen Helena Seitz, geborene Brand, ihrerseits verheiratet mit Emil Seitz, Apotheker in Fallern. Auch sein Vertrauen wurde aufs schwerste missbraucht, obwohl der Glückliche davon offenbar noch nichts weiß. Trotz wiederholter Aufforderung vonseiten der betrogenen Ehefrau sind die beiden Ehebrecher nicht bereit, ihr intimes Verhältnis aufzugeben. Sind die Fakten soweit korrekt wiedergegeben? Friederike suchte vergeblich Jacques' Blick; dann schaute sie streng und gefasst in die Runde, bevor sie wiederholte: sind die Fakten korrekt, ja oder nein?

Kathrin hatte alles Mögliche erwartet; dass Johannes und Sebastian irgendeinen gröberen Blödsinn angestellt hatten; dass die Eltern von ihrem Job in der Altstadtbar erfahren hatten und ihr verbieten wollten, weiterhin dort zu arbeiten; dass sie beabsichtigten, die kleine Wohnung in Lugano zu verkaufen und ihr Geld woanders anzulegen; dass nach den Roths nun auch die Schifferlis sich scheiden ließen; dass die Eltern sie ganz einfach mal wieder sehen wollten; aber auf die Idee, dass ihr Vater eine Geliebte hatte, war sie nicht gekommen, obwohl sie sofort wusste, wer diese Helena war; es gab zwei alte Fotos, die Jacques mit Helena zeigten, eine ausnehmend hübsche junge Frau, und Kathrin erinnerte sich, mit welcher Heftigkeit sie sich als sechsjähriges Kind gewünscht hatte, sie wäre Helenas Tochter; um wie viel hübscher wäre sie geworden, wenn sie nicht Friederike, sondern Helena gliche, und wie viel klüger auch, schließlich hatten Jacques und Helena zusammen studiert; das war das Einzige, was die Mutter ihr über Helena verriet, als Kathrin ihr die beiden Fotos unter die Nase hielt, die sie zufällig in einem Kochbuch gefunden hatte; eine Studentenbekanntschaft, sagte die Mutter, gib mir die Fotos, ich klebe sie ein.

Kathrin sah Sebastian an, der ihr direkt gegenübersaß, aber der jüngere ihrer beiden Brüder blickte ebenso ausdruckslos vor sich hin wie der ältere. Ihre Mutter musste starke Medikamenten genommen haben; anders war eine solche Vorstellung nicht zu bewältigen, die Kathrin schon bis zu diesem Punkt surreal vorkam, aber sie ging noch weiter, als der Vater sich endlich löste aus seiner Starre und aufsah; korrekt, bestätigte er, aber bei weitem nicht vollständig, und dann spulte er sein Plädoyer ab; Helena Brand und Jacques Brunold hatten ab Ende der Vierzigerjahre tatsächlich zusammen studiert; sie waren viele Jahre eine Art Paar gewesen, bevor Helena sich Hals über Kopf entschied, Emil Seitz zu heiraten, der ihr vielleicht einfach besser gefiel, mutmaßte Jacques; so ganz hatte er es bis heute nicht verstanden; obwohl Jacques nicht klein war, überragte Emil ihn um einen halben Kopf, er war ein Bauernsohn, blond und athletisch gebaut, außerdem katholisch, was mit Sicherheit Helenas Eltern gefiel. Das Eheglück währte nicht lang; Helena und Emil bekamen eine Tochter, Miriam, ein hübsches, sehr begabtes Kind, das sich zunächst durchaus erfreulich entwickelte. Iris, die Zweitgeborene, hingegen war Jacques' Tochter; und auch Sabine, die Jüngste, war laut Helena sein Kind. Die kann alles behaupten, wenn es ihr passt, warf Friederike ein; Sabine hat meine X-Beine geerbt, fuhr Jacques fort, und eben die beiden Töchter brächten es mit sich, dass er sich Helena gegenüber auf ähnliche Weise verpflichtet fühle wie gegenüber Friederike, und ganz besonders, seit Miriam vor ein paar Jahren gestorben war; sie war magersüchtig gewesen, aber an einer Überdosis Heroin gestorben, oder vielleicht auch einfach nur im Schnee erfroren; so genau war das im Nachhinein nicht zu rekonstruieren. Und nun, hohes Gericht, fügte Jacques an und sah Kathrin, Johannes und Sebastian der Reihe nach in die Augen, ist es an euch, ein Urteil zu fällen; ich werde mich ihm unterwerfen, Gott sei mein Zeuge.

Johannes sprach als Erster. Gott, ist das peinlich, sagte er und stand auf, kümmert euch gefälligst selber um euren Scheiß und lasst uns damit in Ruhe.

Genau, brachte Sebastian heraus, der aussah, als müsse er gleich kotzen, und erhob sich ebenfalls; hey, warte auf mich, rief er und rannte Johannes nach, der schon draußen im Flur stand. Sekunden später fiel die Haustüre ins Schloss.

Ich möchte Helena kennenlernen, sagte Kathrin, und meine beiden Halbschwestern.

Ausgeschlossen!, riefen Friederike und Jacques wie aus einem Mund, Iris und Sabine – Friederike stockte, und Jacques führte den Satz allein zu Ende – haben keine Ahnung, dass ich ihr leiblicher Vater bin, und sie werden es auch niemals erfahren.

Die Kurzmitteilung kam am 13. Juli 2009 um 12.47 Uhr: Hallo, unsere mams jetzt tot, aber da paps emil an beerdigung treffen wir Dich später einmal, in Liebe Deine Iris und Sabine, wir sind gerade zusammen in einer Beiz am vierwaldstättersee.

Kathrin lag, in die Lösung eines japanischen Zahlenrätsels vertieft, auf der Matratze in Juris Atelier, als das Handy neben ihr den Eingang einer SMS anzeigte; ein nicht enden wollendes Gebimmel, als würde eine ganze Kuhherde über eine Wiese gejagt; jemand musste die Telefoneinstellungen geändert haben; Olga wahrscheinlich; sie war soeben dreizehn geworden und machte sich einen Spaß daraus, ihre Mutter so lange zu provozieren, bis Kathrin die Fassung verlor und Olga es ihr vorwerfen konnte; triumphierend, enttäuscht; siehst du, du bist überfordert mit meiner Erziehung.

Sie hat ja recht, dachte Kathrin und sah Olgas entschlossenes kleines Gesicht vor sich mit den wachsamen Augen und dem schweren flachsfarbenen Haar, als sei sie einem Ankerbild entstiegen; sie weiß nur noch nicht, dass es zum Leben gehört; dass wir Erwachsenen alle zuweilen überfordert sind, nicht bloß mit Erziehungsaufgaben, und dass man sich daran gewöhnt.

Es war der erste Tag der Stadtzürcher Schulsommerferien, auch wenn das Wetter nicht danach aussah; es war regnerisch und kühl wie schon in den Wochen zuvor. Kathrin klappte das Sudokuheft zu und schob es samt ihrem Handy unter das Kopfkissen, einer Welle der Scham folgend, die sich in ihrem Körper ausbreitete; als hätte der Absender, die Absenderin der SMS sie bei etwas Ungehörigem ertappt; als besäße das Telefon nicht nur eine eingebaute Kamera, sondern tatsächlich Augen, die sie die ganze Zeit über beobachtet hatten, wie sie selbstvergessen und konzentriert eine Zahl nach der anderen in die leeren Kästchen setzte, anstatt am Schreibtisch zu sitzen und zu arbeiten.

Sie beschloss, die Nachricht später zu lesen; bestimmt war es Marc, der Regisseur, der sich einmal mehr nach dem Stand der Dinge erkundigte. Kathrin hätte die vorläufige Endfassung des sogenannten Theaterstücks schon vor gut zwei Wochen abliefern sollen; Mitte August begannen bereits die Proben; die Premiere im Kleinen Theater Saanau war auf Anfang Oktober angesetzt. Auch der Stücktitel stand seit längerem fest: »Macht!«, in Anführungszeichen gesetzt. Kathrin hatte sich schon mehrfach verflucht, dass sie den Auftrag überhaupt angenommen hatte, obwohl sie mehr als ausgelastet war mit ihrem Siebzigprozentpensum, das sie meistens in drei Arbeitstage reinquetschte, an denen sie für die tägliche Radiosendung Kultur Heute Dreieinhalbminutenbeiträge am Laufmeter produzierte, immer darauf bedacht, dass sie spätestens um fünf vor halb sechs aus dem Radiostudio kam, damit sie Frédéric von der Krippe abholen und je nachdem noch etwas einkaufen konnte, bevor sie zu Hause das Kochenputzenwaschenprogramm in Angriff nahm. Mara war seit Beginn der dritten Klasse ein Schlüsselkind – der Mittagshort war teuer genug, wenn man, wie Kathrin und Remo, zur oberen Mittelschicht gehörte und den vollen Elternbeitrag bezahlte – und saß nach der Schule entweder vor dem Fernseher oder lag auf Olgas breitem Bett vor dem Laptop. Um Viertel vor sieben stand das Essen auf dem Tisch, das Kathrin wenn möglich schon am Vorabend zubereitet hatte. Olga kam dreimal pro Woche erst um halb acht, nach dem Tanztraining, das sie eisern absolvierte, obwohl die Tanzlehrerin ihre sadistischen Neigungen an ihr ausließ und sich bei jeder Gelegenheit über Olgas breite Hüften und ihre kräftigen Oberschenkel mokierte; und Remo schaffte es selten, vor zwanzig Uhr zu Hause zu sein. Wenn sie zu einer Theaterpremiere musste, war Kathrin dann schon wieder weg, und Olga hatte die

Aufgabe, Frédéric ins Bett zu bringen. Remo nahm sich ein Bier aus dem Kühlschrank, schob sein Essen in die Mikrowelle und setzte sich neben Mara, der es trotz Kathrins Ermahnungen meistens gelang, die Hausaufgaben so lange hinauszuschieben, bis ihr Vater ihr dabei über die Schultern sah; sie brauchte keine Hilfe, aber sie war unfähig, für sich alleine zu arbeiten, als müsste jemand ihre Anstrengung bezeugen; und Remo war froh, dass er wenigstens einen minimalen Erziehungsbeitrag leisten konnte; oft genug kam er sich vor wie ein überzähliges Rädchen im Familiensystem, das ihn nur noch pro forma mitlaufen ließ; ebenso gut würde es ohne ihn funktionieren.

Mara stand ihm von seinen drei leiblichen Kindern am nächsten. Sie waren im vorletzten Sommer auf Rügen gewesen; Mara war siebeneinhalb und bereits eine geübte Schwimmerin; Kathrin war ihr Verschwinden noch nicht aufgefallen, als Remo bereits den Strand nach ihr absuchte und die Badeaufsicht informierte. Nie würde er ihren Blick vergessen, die tiefe Verlorenheit, mit der sie ihn ansah, bevor sie ihn erkannte; Mara war von einer Riesenwelle erfasst und zu Boden gedrückt worden, vielleicht hatte sie gar einen Moment das Bewusstsein verloren; die starke Strömung musste sie weit abgetrieben haben, mehrere hundert Meter, denn als sie wie betäubt aus der Ostsee stieg, war die Bucht zwar voller Menschen – Kinder, die sich am Strand vergnügten, und Eltern, die in blauweißen Strandkörben vor sich hindösten –, aber nirgends waren Kathrin und Remo zu sehen, Daniel oder Olga; und je länger Mara den Strand entlangging, desto mehr war sie davon überzeugt, tot zu sein, weil kein Mensch sie beachtete; die Leute sahen durch sie hindurch, als existierte sie nicht, wo doch alle nach ihr hätten suchen müssen.

Immerhin verdiente er mehr als Kathrin. Nach seiner Entlassung bei der Telekommunikationsfirma war Remo fünfzehn Monate arbeitslos gewesen, bei voller Lohnfortzahlung zum Glück, die nach exakt fünfzehn Monaten auslief, aber da hatte er sich bereits selbständig gemacht; so blieb ihm auch der ganze Ärger mit den Weiterbildungs- und Beschäftigungsprogrammen erspart, die weniger privilegierte Arbeitslose zu absolvieren hatten. Er hatte die von oben diktierte neue Ausrichtung vergeblich bekämpft; und wie erwartet schrieb seine Abteilung daraufhin Verluste, aber gehen musste nicht sein Vorgesetzter, sondern Remo, weil sein Team die Vorgaben nicht erreicht hatte. Die kleine Rollstuhlfirma im Zürcher Oberland, die er vor drei Jahren mit Hilfe von Bankkrediten übernommen hatte, war trotz größerer Restrukturierungsmaßnahmen noch nicht über den Berg; sie produzierten Hightech-Rollstühle, die sie auf die individuellen Bedürfnisse ihrer Kunden anpassten, ergänzt durch ein umfassendes Service-Angebot. Jede neue Bestellung weckte in Remo neue Hoffnungen auf den endgültigen Durchbruch und ließ ihn für ein paar Nächte besser schlafen; aber oft genug fand Kathrin ihn morgens um zwei im Wohnzimmer vor dem Fernseher. Meistens lief Sport, Tennis oder Fußball, Aufzeichnungen von Bundesligaspielen, deren Resultate er längst kannte. Aus rotgeränderten Augen starrte Remo sie an und ließ sich widerstandslos an der Hand nehmen und ins Bett befördern, wo

Kathrin sich einen Moment lang an seinen breiten Rücken schmiegte, bevor sie sich auf ihre Seite drehte, damit auch sie zurück in den Schlaf fand. Am Samstagabend schliefen sie miteinander, und manchmal auch am Sonntag, wenn Frédéric seinen Mittagsschlaf hielt und die Mädchen sich für zwei Stunden selber beschäftigen mussten. Zum Glück liebte er seine Arbeit; der Medizinalbereich war von Anfang an sein Favorit gewesen, relativ krisenresistent, wie er sagte, konjunkturunabhängig, und mit der Selbständigkeit hatte er schon länger geliebäugelt. Rollstühle brauchte es immer, sogar immer mehr, weil die Bevölkerung in der Schweiz stetig zunahm und die Menschen immer älter wurden; allerdings hatten sich die Regelungen drastisch verschärft; hatte ein Patient früher alle fünf Jahre Anrecht gehabt auf einen neuen Rollstuhl, musste er heute zehn Jahre denselben benutzen.

Daniel wohnte zwar noch bei ihnen – im letzten September hatte er nach monatelangem Rumhängen endlich mit dem Medizinstudium angefangen –, er war freundlich, wusch seine Wäsche längst selber und hielt auch das kleine Bad sauber; aber Kathrin hatte keine Ahnung, was in seinem Inneren vorging oder wer seine Freunde waren. Sie wusste nur, dass sie sich fast jeden Abend draußen am See trafen, um Death Metal zu hören und Bier zu trinken. Als er damit begonnen hatte, war er siebzehn gewesen, und Kathrin fand es normal, dass Jungs in diesem Alter so etwas taten; aber mittlerweile war er einundzwanzig, und seine Freunde ebenfalls. Das Wetter konnte ihnen offensichtlich nichts anhaben; weder Regen noch Kälte hielt sie von ihren

Treffen ab, so dass Kathrin sich fragte, ob Daniel den Wechsel der Jahreszeiten überhaupt mitbekam. Morgens verließ er das Haus mit Sonnenbrille und Kopfhörern; nach den Vorlesungen und Übungen kehrte er mit Sonnenbrille und Kopfhörern zurück, und am Wochenende saß er bei heruntergelassenen Jalousien in seinem Zimmer vor dem Bildschirm seines Computers, auf dem wie von Zauberhand unablässig neue Bilder auftauchten und wieder verschwanden. Wie er die erste Zwischenprüfung geschafft hatte, war Kathrin nur halbwegs ein Rätsel; sein Gehirn war ein Scanner, der alles erfasste, was man ihm vorsetzte, aber er schien kaum in der Lage, einen Gesichtsausdruck zu interpretieren, und Kathrin war etwas bange bei der Vorstellung, dass er dereinst als Arzt praktizierte, der es nicht nur mit Blutanalysen und Computertomographien zu tun hatte, sondern in erster Linie mit kranken Menschen. Aber vielleicht irrte sie sich, und Daniel war nur zu Hause und ihnen gegenüber so verschlossen. Als Remo ihn kennenlernte, war Daniel fünfeinhalb Jahre alt gewesen, und Remo hatte sofort Gefallen gefunden an diesem lustigen, aufgeweckten Kerlchen, das zwar nachts noch in die Windeln machte, sich aber ansonsten ohne jeden erkennbaren Protest in die neue Lebenssituation fügte. Sogar den Umzug nach Zürich hatte er spielend bewältigt; die Schwierigkeiten traten erst später zutage, als das Bettnässen keine Entwicklungsverzögerung mehr war, die man mit einer Nachtwindel halbwegs kaschieren konnte, sondern eine Sauerei, die jeden Morgen eine zusätzliche Wäsche nach sich zog; der Geruch nach Urin, der sich in der Matratze trotz Schonbezug festsetzte und sich im ganzen Zimmer ausbreitete; das in drei Unterhosen von Hand eingenähte Alarmsystem, das auch den Zwölfjährigen nicht weckte. Mehr als einmal brüllte Daniel Remo an; hau ab, ich hasse dich, schrie er ihm ins Gesicht, und Remo duckte sich, als würde er geschlagen. Kathrin hatte Daniel früh gesagt, wer sein Vater war, und ihm auch Fotos von Martin gezeigt; Martins bebrillte Visage war öfter in der Zeitung abgedruckt, neben seinen exquisiten, ganzseitigen Ausstellungsberichten, und Daniel starrte das immer gleiche Foto an, ohne ein Wort zu sagen, wie hypnotisiert; Martin fühlte sich mit der Situation überfordert, sagte Kathrin, und ich wollte dich; ich wünschte mir ein Kind; deshalb habe ich dich trotzdem bekommen. Von Martins deklarierten Hassgefühlen, seinem wochenlangen Insistieren, die Schwangerschaft abzubrechen, erzählte sie nichts; dass Daniels so zivilisiert wirkender Vater ihr gar mit der Polizei gedroht hatte, sollte sie jemals versuchen, ihm seinen Sohn zu zeigen – und dass sie wie ein kleines Mädchen vor ihm gekuscht hatte –, kam Kathrin mittlerweile zwar absurd vor; dennoch besaß Martins Drohung weiterhin eine Macht über sie, die stärker war als ihr Wunsch, Daniel und sein Vater würden sich irgendwie verständigen.

Außerdem war Kathrin keine richtige Autorin; aber natürlich hatte Marc sie – unter anderem – genau deswegen angefragt; er wollte ausdrücklich weder einen Schriftsteller noch einen Dramatiker oder eine Dramatikerin verpflichten, für die es seiner Erfahrung nach nichts Heiligeres und

Wichtigeres gab als ihren Text, auf dessen wortgenauer Umsetzung sie pochten, was nur allzu oft zu endlosen Debatten führte, aus denen alle Beteiligten gleichermaßen frustriert hervorgingen, die Schauspieler, der Regisseur, die Autorin. Marc drängte, verständlicherweise; die Schauspielerinnen und Schauspieler brauchten den Text, der vor allem auf Interviews zum Thema Macht basierte, die Kathrin zwischen Januar und April mit rund einem Dutzend Menschen geführt hatte; alle ungefähr in ihrem Alter, Mitte vierzig; auch das gehörte zu Marcs Konzept. Das Interviewmaterial – fünfundzwanzig Stunden Gespräche – hatte Kathrin ihm schon Ende April zur Verfügung gestellt, und damals schien es, als sei ihre Arbeit damit erledigt. Marc war begeistert vom Material, aber je länger er versuchte, aus dieser überbordenden Fülle diejenigen Figuren und Geschichten herauszuschälen, die er auf der Bühne in einen Dialog bringen wollte, umso hoffnungsloser verhedderte er sich darin, und so hatte er sich vor eineinhalb Monaten erneut hilfesuchend an Kathrin gewandt. Kathrin ärgerte sich einmal mehr über die neusten Umstrukturierungsmaßnahmen – verlangt wurden kürzere Beiträge, mit denen sie insgesamt mehr Sendeminuten zu füllen hatten, wofür ihnen immer weniger Arbeitszeit zur Verfügung stand –, und plötzlich hatte der Ehrgeiz sie gepackt. Sie wusste zwar noch nicht genau, wie, aber sie würde es schaffen, indem sie sich auf drei Figuren konzentrierte, die in losen Beziehungen zueinander standen; Tomas Rivola, der Ex-CEO der Schweizer Großbank SGB, Marina Ribeiro, die als Kind von Heim zu Heim geschickt wurde, und Ursula Suter, die Bundesrätin, die im Stück selbstverständlich alle andere Namen bekamen. Remo bezweifelte, dass der zusätzliche Aufwand sich lohnte; finanziell schon gar nicht, weil sie mit der Schreibarbeit weniger verdiente, als die beiden Babysitter kosteten, die Kathrin extra engagierte; aber auch in der Sache selbst. Ganz egal, wie gut das Stück am Ende sein mochte; Marc und seine Truppe würden daraus kaum einen fulminanten Theaterabend kreieren. Marc war und blieb ein Provinzregisseur, der sein Geld als Theaterpädagoge verdiente, indem er mit Oberstufenschulklassen Projektwochen durchführte zu den immer gleichen Themen – Gewalt, Drogen, Mobbing; die kurzen Szenen, die sie unter Marcs Anleitung entwickelten, durften die jugendlichen Akteure später unter dem Label »Generationendialog« in verschiedenen Altersheimen präsentieren; ein Erfolg vor allem für Marc, der sich damit den finanziellen Freiraum verschaffte, um einmal pro Jahr im Kleinen Theater Saanau ein Stück nach seinem Gusto zu inzenieren, ohne groß angewiesen zu sein auf Kulturfördergelder, um die er sich nach diversen Absagen nur noch sporadisch bemühte.

Kathrin teilte Remos Einschätzung; aber der entscheidende Punkt war ein anderer: Marc war Andreas Bruder, knapp ein Jahr vor ihr geboren; wenn Kathrin es recht bedachte, war das ganze Theaterprojekt an Andrea und ihren frühen Tod gekoppelt; obwohl er es nicht direkt eingestand, musste Marc an der Trauerfeier für seine Schwester auf die Grundidee für sein neues Unterfangen gekommen sein; jedenfalls hatte er Kathrin exakt drei Tage später angerufen, an jenem stürmischen Montagabend um Viertel nach neun, und sie ohne weitere Erklärungen gefragt, ob sie nicht Zeit und Lust hätte, Tomas Rivola und Ursula Suter zum Thema Macht zu interviewen.

Ja, habe ich, hörte Kathrin sich sagen, während sie aus dem Wohnzimmerfenster hinaus in die Nacht sah. Es war einer ihrer ruhigen Abende, wie es sie damals nur selten gab in ihrem Alltag; Kathrin hatte die Lichter gelöscht und saß im Dunkeln vor einem Glas Rotwein, einzig die Küchenzeile mit dem dreckigen Geschirr war beleuchtet – die Spülmaschine war kaputt, und Daniel hatte Küchendienst; Frédéric und Mara schliefen; Daniel war trotz Sturmwarnung draußen am See; Olga hatte sich in ihrem Zimmer verbarrikadiert, und Remo war gleich nach der Abdankung, noch am Freitagabend, nach Frankfurt gefahren, wo er auf einer Medizinalmesse die neusten Modelle präsentierte, in der Hoffnung, mit seiner Firma auch im deutschen Rollstuhlmarkt Fuß zu fassen.

Ursula Suter, die Bundesrätin, war ein paar Minuten zu spät zur Abdankung gekommen; wie erwartet, reichten die dreihundert Sitzplätze nicht aus, um all jene Menschen zu fassen, die Abschied nehmen wollten von Andrea, und so blieb sie in der Eingangstüre stehen; sie trug einen schwarzen Hosenanzug und darüber einen schwarzen Daunenmantel, obwohl in der Todesanzeige gestanden hatte, man möge Andrea zuliebe auf Trauerkleidung verzichten. (Später erzählte sie Kathrin, dass sie die Todesanzeige in der Zeitung gesehen hatte; Andrea, Kathrin und Ursula waren alle drei in der Kantonsschule in derselben Klasse gewesen, aber das war nicht der Grund, weshalb Ursula zur

Abdankung gekommen war; Ursulas und Andreas Wege hatten sich vor ein paar Jahren im Wartezimmer eines Gynäkologen gekreuzt, der sich auf Fruchtwasserpunktionen spezialisiert hatte; beide hatten sie dieselbe Diagnose bekommen, Trisomie 21, und ihre Schwangerschaft daraufhin abgebrochen; für Ursula war es die erste und einzige Schwangerschaft, wie sie Kathrin erzählte, sichtlich erleichtert, ihr Geheimnis endlich mit jemandem zu teilen. Kathrin versuchte, mitfühlend zu nicken und ihre Überraschung zu verbergen; Andrea hatte ihr nichts davon gesagt, kein Wort, während sie selber Andrea alles erzählte, was irgendwie von Bedeutung war in ihrem Leben.) Kathrin saß mit der ganzen Familie – sogar Daniel war mitgekommen – in der dritten Reihe außen rechts; Tomas Rivola saß vorne links in der zweiten Reihe, direkt hinter Andreas Eltern und ihren beiden Brüdern, Marc und Moritz; und obwohl Kathrin in der Menschenmenge viele weitere vertraute und halbvertraute Gesichter erspähte, darunter auch Sebastian und ihre eigenen Eltern, ertappte sie sich dabei, wie sie abwechselnd Tomas' und Ursulas Blick suchte, und den beiden schien es umgekehrt ähnlich zu ergehen. Dass Marc sich alle paar Minuten zu Tomas umdrehte und Ursula geradezu penetrant anstarrte, die wiederum Tomas kaum aus den Augen ließ, fiel Kathrin erst etwas später auf, als Ursula sie fragend ansah, so dass sich während der ganzen Zeremonie ein dichter werdendes Netz von Blicken über die Anwesenden spannte, kürzere und längere Linien, die sich zu Dreiecken, Vierecken und Vielecken formierten, als versuchten sie alle, miteinander in Beziehung zu treten;

als nähmen sie nicht nur Abschied von Andrea, sondern gleichzeitig auch aneinander Maß.

Kathrin fühlte sich an Beerdigungen meistens wie betäubt; kalt, verschlossen und fehl am Platz; wie eine Hochstaplerin kam sie sich auch diesmal vor, als sie den nächsten Angehörigen ihr Beileid aussprach; Andreas Eltern vor allem, aber auch Christian; nicht zu reden von Stefan und Sibylle, die zum Schluss der Trauerfeier das Lied anstimmten, das Andrea noch im Sommer in der Provence so beseelt gesungen hatte: *Gracias a La Vida, que me ha dado tanto.*

Weder Tomas noch Ursula kamen zum anschließenden Traueressen, das nicht Christian, Sibylle und Stefan, sondern Andreas Eltern im Restaurant Rosengarten ausrichteten, ein Betonklotz aus den Siebzigerjahren, direkt gegenüber vom Haupteingang des städtischen Friedhofs, von diesem nur durch eine breite Straße getrennt, die Hans und Heidi Schifferli, beide auf ihren Rollator gestützt, flankiert von ihren Söhnen, Schrittchen für Schrittchen überquerten.

Marina Ribeiro war die erste Person, die Kathrin interviewte, gleich am übernächsten Tag. Sie hatten sich bei einer Lesung in Bern kennengelernt; Marina war eine kleine, rundliche, dem ersten Anschein nach vitale Person; 1968, als vierjähriges Mädchen, war Marina ihrer Mutter ein erstes Mal weggenommen und in der Folge von einem Kinderheim zum nächsten verfrachtet worden, wo Missbräuche jeglicher Art zum Alltag gehörten – nächtliche Besuche der Aufseher bei den Jungen und Mädchen, Erniedrigungen und Körperstrafen; mit fünfzehn kam sie zur Mutter zurück, die sich mit sieben verschiedenen Putzjobs über Wasser hielt; die mühsam erkämpfte Ausbildung zur Krankenschwester hatte Marina abgebrochen, weil sie es nicht ertrug, mitanzusehen, wie die Ärztinnen und Ärzte, aber auch das Pflegepersonal, selbst jene Patienten systematisch entmündigten, die ihre Geisteskraft mitnichten eingebüßt hatten. Über ein Praktikum war sie zum Sozialdienst der Stadt Zürich gekommen, wo sie später vor allem in der offenen Drogenszene arbeitete und Obdachlose begleitete; auch diese Arbeit war mit der Zeit schwierig geworden für Marina; mit ihrer Haltung, diese Menschen nicht als Abfall zu sehen, sondern als von der Gesellschaft Ferngehaltene; mit ihren hohen Ansprüchen, die sie an sich selber ebenso stellte wie an ihre Kolleginnen und Kollegen, stieß sie ihre Vorgesetzten permanent vor den Kopf, und als sie nach einem schweren Fahrradunfall trotz intensiver Suche keine Arbeit mehr fand, landete sie selber beim Sozialamt, diesmal als sogenannte Klientin. Seit fünfzehn Jahren lebte Marina mit ihrem Kater zusammen, einer ausgewachsenen Persönlichkeit, die ihr in vielerlei Hinsicht einen menschlichen Lebenspartner ersetzte; seit zwei Jahren wohnte sie am Stadtrand von Biel im Dachgeschoss eines älteren Mehrfamilienhauses, das bald umfassend saniert werden sollte, was faktisch bedeutete, dass Marina auf der Straße stand, wenn es ihr nicht gelang, eine Bleibe zu finden, die den strengen Kriterien des Sozialdienstes entsprach. Ihre geliebten Bücher – Fernando Pessoa, Robert Walser, José Samarago, Hannah Arendt und viele andere – suchte sie in

Brockenstuben zusammen; sie waren ebenso Lebensmittel für sie wie das tägliche Brot. Ihr Schweizer Vater war gestorben, als Marina dreieinhalb Jahre alt war; Olivia, ihre Mutter, stammte aus einer Stadt in Nordspanien, wo Marinas Vater sie gesehen und sich auf der Stelle in sie verliebt hatte; er lud sie ein, mit ihm in die Schweiz zu kommen, und Olivia folgte ihm, im Wissen darum, dass ihr Geliebter bereits verheiratet war; und auch Olivia war auf dem Papier noch verheiratet, eine zivilrechtliche Scheidung unter Franco nicht möglich. Der Mann sorgte für seine Geliebte und die gemeinsame Tochter, bis er starb; danach kümmerte sich die Vormundschaftsbehörde um den Fall; Olivia sprach kaum Deutsch und besaß keine Qualifikationen, so dass nur unterbezahlte Gelegenheitsjobs in Frage kamen und Marina in Mutters Arbeitszeit notgedrungen sich selber überlassen war; das begabte Kind wurde ohne weitere Abklärung in ein Heim für Minderbegabte gesteckt; die Fakten sprachen schließlich für sich und damit gegen sie. Marina war nicht nur unbeugsam; ihr Blick auf die Menschen war unbestechlich, aber trotzdem empathisch und voller Humor; nur bei den Leuten, die einfach Geld hatten oder Macht oder beides zusammen, gab sie klein bei; sie ertrug ihre Gegenwart nicht länger als unbedingt nötig.

Marina hatte Ursula Suter sogar einmal persönlich getroffen, als es einen ersten Austausch gab zwischen den sogenannten »Opfern der fürsorgerischen Zwangsmaßnahmen« und der Regierung; ausgerechnet im düsteren Untergeschoss des Justizgebäudes, die schmalen Fenster alle vergittert, so dass die einstigen Opfer – viele waren zu

Unrecht im Gefängnis gelandet – sich in einem Alptraum wähnten; aber so weit hatte offensichtlich niemand gedacht. Ursula hatte sich immerhin dafür entschuldigt, als sie es realisierte.

Nicht nur Marina und Ursula, auch Tomas Rivola hatte zu ihrer Überraschung sofort zugesagt, als Kathrin ihn anfragte, und sie hatten sich schon Ende Januar, noch in seiner Funktion als CEO, in seiner diskret bewachten, großzügigen Villa getroffen, die Tomas mit seiner Frau Nadja und den beiden Töchtern am Stadtrand von Saanau bewohnte. Tomas hatte sich damals zwar auf unschöne Weise von Andrea getrennt – er schickte seine neue Freundin vor, die Andrea in St. Gallen am Bahnhof erwartete und sie vor vollendete Tatsachen stellte –, aber sie hatten, wie Andrea sagte, den Kontakt zueinander gehalten. Auch Tomas war in Saanau aufgewachsen, im gleichen Quartier; allerdings erst ab 1973, als seine Eltern, beide Chemiker, in der Schweiz soweit Fuß gefasst hatten, dass sie ihr Leben, O-Ton Tomas, im Rahmen ihrer persönlichen und finanziellen Möglichkeiten frei gestalten konnten. 1968 waren sie aus der Tschechoslowakei geflohen. Es war Sonntagnachmittag und Tomas einigermaßen ausgeschlafen, wie er sagte; trotzdem wirkte er müde, sein Gesicht kantig und schwer, die Haut wie von einem Grauschleier überzogen, und Kathrin suchte während des ganzen Interviews vergeblich nach Spuren des zwölfjährigen Jungen, der ihr stärker in Erinnerung geblieben war als der Teenager; Tomas, wie er auf dem Pausenplatz der Bezirksschule stand, im Gegenlicht;

ein feingliedriger, schlaksiger Junge mit mädchenhaft langen Haaren, die samtbraunen Augen in die Ferne gerichtet. Nach dem Studium der Wirtschaftswissenschaften war er über einen kurzen Umweg bei der SGB gelandet, einer der beiden Schweizer Großbanken, die ihn sogleich nach London beorderte, wo er schon bald in den Investmentbereich einstieg. Ab Mitte der Neunzigerjahre war Tomas in rasantem Tempo die Karriereleiter hochgeklettert, bis er im Spätsommer 2007 auch die letzte Sprosse hinter sich ließ und im Sessel des CEO Platz nahm; in höchst turbulenter Zeit; ziemlich genau ein Jahr bevor in New York die Lehman Brothers Insolvenz anmelden mussten, weil die sogenannte Immobilienblase geplatzt war, die sie jahrelang tatkräftig mit aufgeblasen hatten. Die gewaltige Menge hochtoxischer Gase, die sich dabei in das weltumspannende Röhrensystem entlud, das die Lehman Brothers mit ihren europäischen Geschäftspartnern verband, drohte nun auch die Atemluft der SGB zu vergiften. Und tatsächlich, ehe Tomas und seine Mitstreiter sich versahen, waren die heimtückischen Toxine bereits in die inneren Organe vorgedrungen; Nierenkollaps und Herzstillstand drohten; und es war, neben der Angst vor den kaum absehbaren volkswirtschaftlichen Konsequenzen, auch Tomas' Hartnäckigkeit zuzuschreiben, dass die Schweizer Regierung (in der auch Ursula saß) die Todgeweihte nicht einfach sich selber überließ, sondern die SGB in letzter Minute ans staatliche Dialysegerät anschloss, das die 54 Milliarden schweren Giftpapiere fein säuberlich ausfilterte, während es den malträtierten Bankenkörper gleichzeitig mit sechs Milliarden frischem Geldsauerstoff versorgte. Die SGB überlebte. Viereinhalb Monate später allerdings musste Tomas den Chefsessel bereits wieder räumen; dass er am Beinahe-Crash eine gewisse Mitverantwortung trug, war nicht länger von der Hand zu weisen, auch wenn Tomas selber sich keines schuldhaften Vergehens bewusst war.

Je länger Marc und Kathrin an jenem Abend miteinander sprachen, umso mehr vergessen geglaubte Erinnerungen tauchten vor ihren Augen auf – Kathrin sah Ursula, wie sie mit energischem Schritt, eine weiße Bluse unter dem hellblauen V-Pullover, den Geigenkoffer im Arm, die nächste Schulstunde ansteuerte, um zwei Jahrzehnte später Parteipräsidentin und schließlich Bundesrätin zu werden; sie sah Nicole, Klassenbeste und filmbesessen, die schon lange in derselben kleinen Zweizimmerwohnung am Stadtrand von Zürich hauste und tageweise in einem Schmuckgeschäft aushalf, wenn sie nicht in der Klinik war, zu deren Leitungsteam Felix Bachmann gehörte, der mit siebzehn nur Haut und Knochen gewesen war und Kathrin an einer Schülerfete mit einer so vehementen Gewalt an sich gepresst hatte, dass sie einen Moment lang zu ersticken glaubte; und dann sah sie sich selbst, Kathrin, sieben oder acht Jahre alt, in der Mitte der Rheinbrücke stehend, einen Fuß in der Schweiz, den anderen in Deutschland, und sie erinnerte sich, wie sie sich genau dort zum ersten Mal zu Hause gefühlt hatte, den Blick auf den breiten weißen Strich gerichtet, der die Grenze markierte und die Mitte ihres Körpers – und umso deutlicher wurde es ihr, dass das geplante Theaterstück ein Versuch war, Bilanz zu ziehen oder gar Rechenschaft abzulegen, vor sich selbst, und in gewisser Weise auch vor dem Publikum, der Stadt Saanau, der Öffentlichkeit; als müssten oder wollten sie sich beide für irgendetwas rechtfertigen, dafür, dass und wie sie angekommen waren in der Mitte ihres Lebens und in der Mitte der Gesellschaft.

Kathrin war damals vierundvierzig; mehr oder weniger das, was man glücklich verheiratet nennen mochte, und sie verdiente immerhin so viel Geld, dass sie sich nur noch selten damit beschäftigte, ob sie sich die teurere Jeans kaufen, mit der ganzen Familie in die Skiferien fahren oder endlich die kaputten Fahrräder der Kinder reparieren lassen konnte; wie überhaupt ihr ganzes Leben sich demjenigen ihrer Eltern annäherte, so dass die Erinnerungen an die Zeit, wo sie gegen Monatsende täglich zum Bankomaten gegangen war, in banger Erwartung, ob sie die längst fälligen Rechnungen endlich bezahlen konnte, bevor die nächsten Mahnungen oder gar Betreibungen kamen, schon fast zu Anekdoten verblasst waren, die zu einer anderen Person, einem anderen Leben gehörten. Noch mit Ende zwanzig hatte sie sich, wenn sie zweimal pro Jahr aus Berlin kam und die Eltern besuchte, während ihre Mutter den Tisch deckte für den Sonntagnachmittagskaffee und Daniel mit ihrem Vater Reversi spielte oder ein Junior Scrabble, jedesmal in den Vorratskeller geschlichen und ihre größte Reisetasche mit allem gefüllt, was darin Platz fand, Spaghetti, Reis und Konservendosen, Pelati, Erbsen, Ravioli und Thunfisch. Die Eltern hatten nie ein Wort darüber verloren, und Kathrin wusste bis heute nicht, ob sie es überhaupt bemerkt hatten.

Sie griff nach dem Mobiltelefon und stand auf. Juris Atelier war klein und vollgestopft. Juri, ein junger, hochbegabter Künstler, den sie fürs Radio interviewt hatte, als er seine erste große Ausstellung hatte, war kurz nach der Vernissage in der Klinik gelandet; Erschöpfungsdepression, lautete die Diagnose; allerdings schlugen die Medikamente nicht richtig an, und mittlerweile war Juri verzweifelter als je zuvor. Er hatte Kathrin sein Atelier für drei Monate zur Untermiete überlassen; erleichtert, dass sich seine Ausgaben wenigstens um die vierhundertfünfzig Franken reduzierten, und Kathrin war froh um den Freiraum; zu Hause schaffte sie es nur selten, die Welt der Dinge auszublenden, die sie umgaben, Wäscheständer und Bauklötze, Frédérics volle Windeln im Müll, die große Plastiktüte mit dem aufgedruckten Termin für die Altkleidersammlung, die Glas- und Petflaschen auf dem Balkon, die Essensreste im Kühlschrank. Das Durcheinander im Atelier hingegen störte sie kaum, eher im Gegenteil; in der Mitte stand ein großer Tisch, darauf Kathrins Laptop, eingerahmt von gebrauchten Gläsern, Tellern und Tassen, hinter denen sich eine Landschaft aus Papier erhob, Zeitschriften und Zeitungen, ihre Notizhefte mit den Transkriptionen der Interviews – und stapelweise Sudokus; das Einzige, was sie zuweilen von der Arbeit ablenkte. Kathrin liebte das japanische Zahlenrätsel; es bündelte ihre Gedanken, wenn sie sich überfordert fühlte von den Möglichkeiten, die sich beim Schreiben auftaten; es löste die Anspannung, wenn sie eine Passage geschafft hatte; einen Dialog, der funktionierte. Im Unterschied zum Schreiben, das mit jedem Satz, mit jedem Wort Entscheidungen traf, die weder richtig noch falsch sein konnten, sondern bloß mehr oder weniger ergiebig, gab es für jedes Sudoku nur eine einzige Lösung. Die Gesetze der Logik genügten, man brauchte sie nur anzuwenden. Während sie das Zahlengitter Schritt für Schritt vervollständigte, vergaß sie nicht nur, was sie geschrieben hatte; sie vergaß auch, dass sie sich dafür schämte. Sie hatte eine Weile gebraucht, bis sie dem Unbehagen auf die Spur kam, das sie beim Schreiben am meisten umtrieb; der Zufall, das Zufällige, das jedem Text innewohnte, selbst wenn das Material vorgegeben war; und dass sie beim Überarbeiten nichts anderes tat, als eben den Eindruck des Zufälligen zu verwischen, bis der fertige Text so selbstverständlich dastand, als wäre er nur genau so denkbar, als hätte er von Anfang an nur so und nicht anders geschrieben werden können.

An den Wänden entlang zogen sich zwei doppelreihig bestückte Büchergestelle; am Boden standen Umzugskisten mit noch mehr Büchern, Ersatzkleidern, Toilettenartikeln und Essensvorräten. Manchmal arbeitete Kathrin open end und schlief dann hier, unruhig meistens, das Telefon in der Hand, falls etwas war mit den Kindern, obwohl Remo nie anrief mitten in der Nacht. Der Sinn bestand ja eben gerade darin, sagte er, dass Kathrin sich ab und zu vollkommen ausklinkte von den familiären Verpflichtungen, wie auch er selber es tat, wenn er in der Firma war, mit Vertretern verhandelte oder mit dem Familienvan, die Rücksitze heruntergeklappt und den entstandenen Laderaum mit Rollstühlen und Prospekten gefüllt, durch halb Europa fuhr. Er hatte sie nicht einmal angerufen, als Frédéric vor zwei Monaten seinen ersten Fieberkrampf hatte und die Augen verdrehte, bis man nur noch das Weiße sah und Remo einen Moment lang dachte, er stirbt. Er verstand nicht, dass Kathrins Anspannung umso größer wurde, je weiter weg sie war von den Kindern, als sei sie mit ihnen noch immer durch Nabelschnüre verbunden, die erst rissen, wenn sie das Land verließ. Dann ergab sie sich ihrer objektiven Handlungsunfähigkeit und nahm es Remo im Gegenteil beinahe übel, wenn er sie anrief oder ihr eine E-Mail schickte wie im März nach Teheran: dass Olga einen tollen Aufsatz geschrieben und Daniel sich tatsächlich dazu herabgelassen habe, ihr bei den Geometrieaufgaben zu helfen, da sei ihm das Herz aufgegangen; wie schwierig und belastend seien dagegen all die Jahre mit Daniel gewesen und wie viel sei versäumt worden, nicht nur von Daniels Vater, sondern auch von ihr, Kathrin.

Sie stellte sich ans Fenster und sah nach draußen. Auf den Steintreppen zum Seeufer, halb verdeckt vom Blätterwerk einer mächtigen Weide, saßen ihre Ateliernachbarinnen beim Mittagessen. Wie fast jeden Tag hatten sie auf dem grünen Klapptisch im Flur Berge von Gemüse kleingeschnitten, Karotten, Tomaten, Gurken, Peperoni, und daraus ihre bunten, vitaminreichen Salate bereitet, drei oder vier verschiedene Sorten, die sie mit Käse und Wurst, Nüssen oder Thunfisch anreicherten. Dazu tranken sie Leitungswasser und aßen biologisches Vollkornbrot; zum Nachtisch gab es Obst oder selbstgebackenen Kuchen. *Crazy Ladies*, so nannten sie sich, wenn sie alle zwei Jahre eine Gruppenausstellung organisierten; fünf alternde Frauen, alle zwischen sechzig und siebzig, die übrig geblieben waren von der Gründergeneration, die sich Ende der Siebzigerjahre des letzten Jahrhunderts die Umnutzung der ehemaligen Fabrikräume zu Kunstateliers erkämpft hatte. Sie verkauften wenig, lebten bereits von der Altersrente oder von dem, was ihre Männer verdienten; eine hatte als Kindergärtnerin gearbeitet, eine andere als Museumsaufsicht, ein dritte verdiente sich ein Zubrot als Garderobiere im Schauspielhaus, die vierte arbeitete im Behindertenheim, und die fünfte hütete im Hallenbad City die winzigen Babys der jungen Mütter, die währenddessen ihre Kilometer schwammen und so schnell wie möglich wieder aussehen wollten, als wären sie nie schwanger gewesen. In der Zeit, die ihnen dafür blieb, malten sie ihre Bilder, durchaus gekonnt, aber ohne größeren Anspruch, der über den Akt des Malens selbst hinausgeführt hätte; das Wichtigste ist die Zeit, die ich malend verbringe, hatte Sarah ihr erklärt, wenn die Bilder fertig sind, sagen sie mir eigentlich nichts mehr. Manchmal fragte sich Kathrin, ob sie sie eher bedauerte oder beneidete; die Selbstverständlichkeit, mit der sie sich im Flur über kaputte Kniegelenke oder Schlafstörungen austauschten, die Sorgfalt und Bedächtigkeit, mit der sie ihre Gemeinschaft pflegten. Neben den Ladies hielten ein paar Männer ihre nackten Körper in die Sonne, manche stiegen oder sprangen gar ins Wasser, obwohl der Zürichsee kaum zwanzig Grad hatte.

Es war 13.24 Uhr, als Kathrin die Taste drückte, die den Mitteilungstext freigab, und sie musste zweimal lesen, bis sie dessen Inhalt begriff und wer ihr die SMS geschickt hatte: Hallo, unsere mams jetzt tot, aber da paps emil an beerdigung treffen wir Dich später einmal, in Liebe Deine Iris und Sabine, wir sind gerade zusammen in einer Beiz am vierwaldstättersee. Helena Seitz war gestorben. Das war keine Überraschung; Helena war neunundsiebzig und die letzten fünf Jahre krank gewesen, Parkinson, und seit diesem Frühjahr konnte sie kaum mehr schlucken; eine Operation, die ihr hätte Linderung verschaffen können, wenn auch nur für eine gewisse Zeit, hatte sie plötzlich und in letzter Minute abgelehnt, als alle Voruntersuchungen abgeschlossen waren. Das alles wusste Kathrin von ihrem Vater. Aber an ihn wollte sie jetzt nicht denken. Sie würde Iris anrufen; später, wenn sie sich die Worte zurechtgelegt hätte, wenn sie sich gewappnet fühlte. Die Beerdigung würde ohne sie stattfinden, und auch ohne ihren Vater – ob Iris und Sabine auch ihm eine SMS geschickt hatten?; Hallo, helena jetzt tot, aber da emil an beerdigung sehen wir dich später einmal, in Liebe Deine Iris und Sabine? Wohl kaum, dachte Kathrin und spürte, wie der Druck und die Hitze in ihrem Kopf zunahmen, bis ihr plötzlich Tränen in die Augen schossen; sie hörte sich schluchzen; sie hatte kein Recht, um die Tote zu trauern, und auch keinen Grund. Sie hatte Helena Seitz, die Geliebte ihres Vater und die Mutter ihrer Halbschwestern, genau viermal in ihrem Leben gesehen. Zum ersten Mal im *Au Premier*, am 75. Geburtstag ihres Vaters; zum zweiten Mal an ihrer Hochzeit, ein drittes

Mal zufällig im Zug und ein letztes Mal sieben Wochen vor ihrem Tod, und alles, was Helena je zu ihr gesagt hatte, war: Guten Tag, Frau Brunold; Adieu, Frau Brunold.

Iris hatte Kathrin am Bahnhof Schwyz abgeholt. Es war ihre zweite Begegnung, nach beinahe dreizehn Jahren. Es war ein warmer, fast schon heißer Vorsommerabend Ende Mai; Iris hatte die Fensterscheiben heruntergelassen und winkte ihr aus dem heranfahrenden Auto zu, ein nachtblauer VW Golf, aus dem laute Radiomusik dröhnte, die bald von einer Werbung für eine Garage unterbrochen wurde. Das Auto hielt an; Kathrin rannte über die Straße und stieg ein. Hallo, sagte Iris, und Kathrin tat es ihr gleich, während sie sich gegenseitig musterten; Iris trug beige Shorts und ein verwaschenes T-Shirt; sie war verschwitzt und hatte offensichtlich keinen einzigen Gedanken an ihr Äußeres verschwendet; im Gegensatz zu Kathrin, die nach der Arbeit im Radiostudio mit dem Fahrrad nach Hause gerast war und sich unter die Dusche gestellt hatte; sie hatte sich geschminkt und trug eine schwarze Sommerhose, dazu eine raffiniert geschnittene, olivgrüne Bluse, die ihr nach allgemeiner Auffassung besonders gut stand. Schön, dass du da bist, sagte Iris und schob ihre Sonnenbrille hoch; danke für die Einladung, brachte Kathrin heraus, während sie gleichzeitig das Gefühl hatte, in die Augen ihres Vaters zu stürzen, obwohl Iris' Augen eine andere Farbe hatten, braun statt flaschengrün, und eher aussahen wie Knöpfe, mit denen man flauschige Teddybären bestückte. Ich habe sie machen lassen, sagte Iris, großes Lifting, für sechzehntausend Franken; jetzt geht es langsam; am Anfang sah es schrecklich aus. Ich hoffe, du hast nichts dagegen. Wie käme ich dazu, sagte Kathrin, wenn du dich nicht mehr wohlgefühlt hast –

Iris hatte sie angerufen und ohne Begrüßung gesagt, kannst du nicht Jacques dazu bringen, einmal pro Woche bei unserer Mams zu übernachten; es ist das Einzige, was sie sich noch wünscht; jeden Tag fragt sie fünfmal nach ihm, wann er sie endlich wieder einmal besuche; du könntest dann jeweils bei Friederike übernachten, damit sie nicht allein ist. Klar, mache ich, sagte Kathrin, ich rede mit ihm, bevor sie realisierte, was sie Iris da versprochen hatte; drei Tage später nahm sie ihr Versprechen zurück und fragte, ob stattdessen nicht sie selber vielleicht Helena einmal besuchen könne.

Der Bungalow lag in der zweiten Reihe; wahrscheinlich hatte keine der Villen mit direktem Seeanstoß zum Verkauf gestanden, als Helena für sich eine neue Bleibe suchte. Iris schloss die Haustüre auf und führte sie direkt ins Krankenzimmer; Helena lag reglos im Bett; sie war akkurat geschminkt, der Lippenstift passte zum lachsrosa Kaschmirjäckchen; eine lebensgroße Puppe, die dezent nach Chanel duftete. Du hast Besuch, sagte Iris resolut, Kathrin ist da, sie gleicht Jacques enorm, findest du nicht auch? Kathrin blieb zwischen Tür und Bett stehen; an der Wand hingen viele Fotos, ihr Vater als junger Mann; Jacques und Helena auf einer Parkbank, darum herum ein rotbemaltes Kartonherz, wie Kathrin es als Kind zum Muttertag fabriziert hatte. Hallo, sagte Kathrin beklommen; Helena sagte kein Wort; sie hatte Kathrin nur angestarrt, mit vor Schreck geweiteten

Augen; ein wehrloses Reh, das die Flinte des Jägers auf sich gerichtet sah; ich lege eine neue CD ein, sagte Iris, Mams kann nicht mehr lesen, aber sie liebt Hörbücher über alles; und während aus Helenas Zimmer die Geschichte der weißen Massai dröhnte, aßen Iris und Kathrin in der Küche einen griechischen Salat.

Helena Seitz starb am 10. Juli 2009, kurz nach halb drei Uhr nachmittags. Iris und Sabine hatten die letzten siebenundzwanzig Stunden mit ihr zusammen geatmet, Helenas gleichmäßig langsamen Rhythmus nach jedem Stocken wiederaufnehmend, als könnten sie einander so durch die Zeit tragen, die sich im Zimmer ausbreitete wie Bodennebel über einer Landschaft.

Am 8. Juli war Joyceline zu ihrem Vater Samuel geflogen; Sabine hatte sie zum Flughafen gebracht und ihr das Schild um den Hals gehängt, UM, Unaccompagned Minor, für alleinreisende Kinder, und tatsächlich hatte Joyceline beinahe wieder ausgesehen wie drei Jahre zuvor, wie die eingeschüchterte Neunjährige, als Iris ihrer Tochter auf dem Weg vom Flughafen Zürich in die Innerschweiz sagte, dass sie hier nicht bloß die Sommerferien verbrachten, sondern ab jetzt in der Schweiz wohnen würden, damit die beiden Schwestern sich abwechslungsweise um ihre kranke Mutter kümmern konnten.

Für Sabine hatte sich die Frage nach eigenen Kindern nie gestellt; sie konnte keine bekommen. Im letzten Herbst hatten sie den Eingang zu Mams' Zimmer verbreitern lassen, damit das Spitalbett hindurchpasste und sie es ins

Wohnzimmer stellen konnten, das eine raumhohe Fensterfront besaß und einen direkten Ausgang in den Garten. Eine unnötige Investition, Mams jammerte bloß, sie wolle zurück, und beruhigte sich erst, als ihr Bett wieder an Ort und Stelle stand und sie den Kopf nur leicht nach links drehen musste, um die Fotos zu sehen, die sich über die ganze Wand verteilten. Helena als Kind mit ihrem Vater. Helena als junge Frau. Die drei Schwestern. Iris und Sabine als Kinder. Emil, ihr Mann; und vor allem Jacques, ihr Geliebter.

In den Nächten zuvor hatte Joyceline stets neue Gründe gefunden, um lautstark ins Zimmer zu stürzen; ein Alptraum hatte sie geweckt, sie starb vor Hunger oder Durst, etwas zog in ihrer Brust, ihr war schlecht, sie hatte Bauch- oder Kopfweh. Doch kaum hatte sie sich mit einem flüchtigen Blick versichert, dass ihre Gromi atmete und dalag wie immer, *impéccable*, das rosa Kaschmirjäckchen zugeknöpft, das eingefallene Gesicht dezent geschminkt, die Augen geschlossen; eine kleine, schmale, kerzengerade Gestalt, deren Konturen sich kaum abzeichneten unter der leichten Steppdecke, schien sie vergessen zu haben, was sie quälte, und sie verschwand ebenso schnell, wie sie hereingekommen war, die schwere Tür hinter sich ins Schloss werfend.

Danach war das Theater erst richtig losgegangen. Joyceline hatte im zum Flur hin offenen Wohnzimmer getanzt und lauthals Karaoke gesungen für den kürzeren oder längeren Rest der Nacht. Sabine hatte ihr die entsprechende Software geschenkt für eine Spielkonsole, die man mit dem Fernseher verbinden konnte, nachdem Joyceline ihr erzählt hatte, sie wolle vielleicht Sängerin werden. Aber nichts davon zu ihrer Mutter bitte. Sonst mache Iris sich nur wieder Sorgen, und davon habe sie schon genug. Joyceline strich sich die langen, schwarzgelockten Haare aus der Stirn, griff nach dem Mikrophon und wartete auf den Einsatz. *Lady in Black*, *Waterloo* oder *Hotel California*, lauter Hits aus den Siebzigerjahren, Songs, die sie schnell beherrschte, immerhin war Englisch ihre Muttersprache. Ihre klare, helle Kinderstimme drang durch die geschlossene Tür, *last thing I remember I was running for the door*, und füllte allmählich das dunkle Zimmer aus, in dem Iris und Sabine je rechts und links von Mutters Bett auf Plastikklappstühlen saßen, die sie vom Gartensitzplatz geholt hatten; *you can checkout any time you like, but you can never leave.*

Gegen Mitternacht hatte Sabine zwei Wolldecken geholt und eine Thermoskanne mit frischem Kräutertee auf das Nachttischchen gestellt, das sie in die Zimmermitte geschoben hatte, dazu zwei Sorten Käse, Salami und ein paar Crackers. Die ganzen Wochen zuvor hatten sie darauf bestanden, dass Mams in der Küche aß; so bekam sie wenigstens etwas Bewegung, auch wenn sie Mams mehr trugen, als dass sie ihre eigene Muskulatur brauchte; je einen Arm hatte Helena um Iris' und Sabines Schultern gelegt, so dass ihre Füße kaum den Boden berührten, was für die beiden Schwestern keine große Anstrengung bedeutete, ihre Mutter wog noch knapp vierzig Kilo.

Irgendwann später war Sabine aufgestanden und hatte ein Fenster geöffnet. Die Nachtluft war überraschend kühl. Manchmal war ein Auto zu hören, das am Seeufer entlangfuhr oder in eine der Garagen einbog, die zu den Villen auf der anderen Straßenseite gehörten, alle mit Privatstrand und die meisten mit eigenem Segelboot. Zu sagen gab es wenig, alle Angst vor dem Unbekannten hatte der Gewissheit Platz gemacht; ihre Mutter starb, und Sabine dachte, dass es schon immer so gewesen war; schon als Kind hatte sie sich vor allem Möglichen gefürchtet, vor allen möglichen Schwierigkeiten und Gefahren; dass sie auf einer Wanderung im Maggiatal von einer giftigen Schlange gebissen wurde; vor dem dritten Weltkrieg; vor der dunklen Kälte an den Wintermorgen, wenn sie in Fallern den Hügel hinunter zur Schule radelte; vor dem Blick des Vaters, wenn er von der Apotheke nach Hause kam und Mutter noch nicht vom Einkaufen zurück war; und stets war die Angst vor dem, was geschehen könnte, größer gewesen als die Angst in jenem Moment, wo das, was sie sich Tage und Stunden zuvor mit aller Vorstellungskraft ausgemalt hatte, tatsächlich geschah.

Am 13. Juli 2004 waren Kathrin und Remo zu einer dreitägigen Bergwanderung aufgebrochen, die sie unter anderem auf den Pizzo Centrale führen sollte; es war der Vorabend ihres vierzigsten Geburtstags, und Kathrin wollte an diesem Tag nachholen, was ein heftiges Unwetter vierundzwanzig Jahre zuvor verhindert hatte; damals war sie mit ihrem Vater unterwegs gewesen, und sie mussten die Tour vorzeitig abbrechen, weil ein Erdrutsch drohte. Sie übernachteten in derselben Hütte wie damals und machten sich am nächsten Morgen früh auf den Weg; aber noch lag sehr viel Schnee, wie vom Hüttenwart angekündigt, und an einer ausgesetzten Stelle, weit vor dem Gipfel, hatte Remo plötzlich Panik, konnte weder vor noch zurück. Natürlich hatten sie unterwegs gestritten, wie fast immer, wenn die Kinder wegfielen und sie ein anderes Objekt brauchten, um den Kontakt zueinander wiederherzustellen. Sie beschlossen, umzukehren; Remo zitterte; er stützte sich auf seinen Knien und Händen ab, und erst als sie die Hochebene erreichten, konnte er wieder aufrecht gehen. Außerdem war es windig und kühl, und so lagen Remo und Kathrin schon am frühen Nachmittag wie erschlagen im Schlafsaal auf ihren Matratzen, als nach den Kindern, Kathrins Freundinnen und Freunden auch ihre Mutter anrief und ihr alles Gute wünschte; gerne würden sie beide ihr auch etwas schenken. Vor ein paar Monaten erst war Jacques zu Friederike zurückgekehrt, und ihre Mutter genoss es, bei jeder Gelegenheit »wir beide« zu sagen; danke, aber ich bin wunschlos glücklich, hörte Kathrin sich sagen, während sie weiter die Astlöcher und Maserungen in den Holztäfelungen der Wandverkleidung studierte, die Inschriften, die ihre Vorgängerinnen und Vorgänger hinterlassen hatten, Namen und Daten vor allem, dazu ein paar Herzen, von einem Pfeil durchbohrt; und plötzlich fiel ihr ein, was sie sich wünschte; trotzdem zögerte sie einen Moment, bevor sie aufstand, Remo zunickte und den Schlafsaal verließ, um über die kurze Treppe und den Waschraum ins Freie zu gelangen; ich möchte, sagte sie ins Telefon, mit euch ein Gespräch führen über jene Zeit, als mein Vater im Gefängnis war.

Die Hütte lag mitten im Nirgendwo, auf einer grünen Hochebene, gut zweitausend Meter über Meer, umgeben von ein paar Dreitausendern, und war ursprünglich zu militarischen Zwecken errichtet worden; Kathrin hörte, wie ihre Mutter Luft holte, bevor sie sagte, nun ja, was genau willst du denn wissen, und Kathrin begann zu erzählen, woran sie sich erinnerte; das Malbuch und den Brief ihres Vaters, die trostlosen Abendessen, all die Dinge, die ihre Mutter ihr damals gesagt hatte; ob es in etwa so gewesen sei, wie Kathrin es rückblickend imaginierte, schließlich war sie erst dreieinhalb Jahre alt, als der Vater plötzlich verschwand; ob die Mutter ihr wirklich gesagt hatte, dass der Vater in Genf sei, um dort Französisch zu lernen; das weiß ich jetzt nicht, sagte Friederike, ohnehin erinnerte sie sich nur verschwommen an jenes Jahr, das zum Glück kein ganzes Jahr gedauert hatte, sondern nur acht Monate; von Ende Februar bis Ende Oktober, und einmal sei der Vater sogar zu Besuch gekommen, in Begleitung eines Polizisten in Uniform, für zwei oder drei Stunden; die Nachbarn wussten natürlich Bescheid, sagte Friederike, was schwierig war einerseits, weil sie alle nur hinter ihrem Rücken darüber tuschelten, aber auch eine große Hilfe, weil sie sich um sie kümmerten; und beide Großmütter hätten sie unterstützt, indem sie Pakete schickten mit Kleidern und Esswaren, obwohl Friederike ihrer eigenen Mutter bis zu deren Tod nicht gestand, dass Jacques damals im Gefängnis war; und ja, womöglich war das auch der Sommer, wo sie alle Scharlach hatten; aber was sie Kathrin sonst noch alles erzählt hatte, das wusste sie beim besten Willen nicht mehr.

Ich gebe dir Vater, sagte Friederike; aber bevor Kathrin ihren Geburtstagswunsch zu Ende formuliert hatte, unterbrach Jacques Brunold seine Tochter; die Geschichte ist verjährt, sagte er, der Eintrag schon lange aus dem Strafregister gelöscht; es gibt keinen Grund, darüber zu sprechen.

Und so blieb Kathrin nichts anderes übrig, als sich die Geschichte weiterhin selber auszudenken, wie sie sich auch die Liebesgeschichte selber ausdachte zwischen Helena Seitz und Jacques Brunold; Miriams letzte Stunden, die sie mit Iris und Fränkie verbracht hatte; Iris hatte sie bis zu diesem Zeitpunkt nur einmal gesehen und Sabine, die genau siebzehn Tage älter war als Kathrin, noch nie.

4

Unsere Geschichten nähren sich aus dem, was wir nicht verstehen.

Es hatte geschneit in der Nacht auf den 13. Februar 1979; feinkristalline, trockene Flöckchen, die sich als Zuckerschicht über die hügelige Landschaft legten; am Horizont ein paar Waldreste zwischen den Wiesen und Feldern, die zu der Handvoll verbliebener Bauernhöfe gehörten – Iris führte sich die Szenerie vor Augen, als müsste sie sie aus der Erinnerung nachträglich einscannen für eine historische Aufnahme von Google Street View; es war seit Mitte Januar fast durchgehend kalt gewesen, halb zugefroren auch das Bächlein hinter dem Haus am Ende der Straße, ein Rinnsal eher, namenlos, an dem sie sich als Kinder an Sommertagen verausgabt hatten; gegen den Talboden hin verdichtete sich das Netz aus Sträßchen und Straßen, die damals noch locker gesäumt waren von neueren, freistehenden Einfamilienhäusern; weiter unten, wo sich das Seiten- zum Haupttal hin öffnete, mündete das Bächlein in den breiten Fluss mit dem Wasserfall, der dem Städtchen den Namen gegeben hatte. Neben der alten Mühle stand ein (inzwischen zweimal renoviertes) Kleinkraftwerk aus den Vierzigerjahren, das die anliegende Industrie- und Gewerbezone mit Strom versorgte, und weiter flussabwärts, auf der linken Seite der großen Brücke, lag die Altstadt von Fallern; ein kompakter, von mittelalterlichen Mauern noch fast ganz umschlossener Kern; auf der rechten Flussseite ein wenig abseits der Bahnhof, auf einer Anhöhe die reformierte Kirche und der Friedhof, von dem aus man den nahen Sportplatz überblickte, der zum regionalen Gymnasium gehörte, das im Frühjahr 1969 eingeweiht worden war; Iris erinnerte sich nicht, dabei gewesen zu sein, aber es gab mehrere Fotos von der ganzen Familie vor dem mit bunten Wimpelketten geschmückten Betonkubus, in dem sie später alle drei zur Schule gegangen waren, Miriam, Iris und Sabine Seitz.

Gegen drei Uhr morgens klarte es auf.

So musste es auch in jener Nacht gewesen sein; ein scharfer Westwind hatte die Wolken vertrieben, und es hörte zu schneien auf.

Das Letzte, was Iris zu Fränkie sagte, bevor sie einschlief, kurz nach Mitternacht, den Kopf in seine schweißfeuchte Achselhöhle gebettet (sie konnte nicht genug kriegen von seinem Geruch, von der Betäubtheit, in der sein Geruch sie festhielt), war wohl ungefähr, dass sie morgen Nachmittag die beiden Turnstunden schwänzen und sie alle drei schlitteln gehen könnten, falls der Schnee wirklich liegen blieb; Fränkie hatte ohnehin frei, weil seine Französischlehrerin mit Grippe im Bett lag; dass es Miriam bestimmt gut täte, an die frische Luft zu kommen; ob er nicht auch finde, dass sie beinahe normal gewirkt habe heute – was Fränkie mit einem müden Brummen bestätigte.

Draußen war Vollmond; Iris hatte die Vorhänge zugezogen und den Radiowecker auf halb sieben gestellt; er stand auf dem Boden neben den beiden zusammengeschobenen Matratzen, der schwache Schein der roten Leuchtziffern fiel sanft auf Fränkies Gesicht. Fränkie war nicht ganz der erste Junge, mit dem Iris geschlafen, und bei weitem nicht der erste, in den sie sich verliebt hatte, aber der erste, mit dem es nach ein paar verregneten Spaziergängen und winzigen, kaum benennbaren Missverständnissen nicht einfach wieder vorbei war; seit drei Monaten und beinahe sechs Tagen waren sie jetzt zusammen, und noch immer war Iris wie benommen von der Wucht ihrer Gefühle, die sich zu ihrem Erstaunen nicht im mindesten erschöpften, sondern im Gegenteil an Gewicht und an Umfang zulegten, so sehr, dass ihr manchmal schwindelte, als wüchsen in ihr lebendige Wesen.

Fränkie war neunzehneinhalb und stand kurz vor der Matur; er war hochgewachsen und breitschultrig und wirkte (vielleicht deshalb) auf unangestrengte Weise selbstsicher; sein zündroter Lockenschopf wippte beim Gehen im Takt, auf seiner Haut tanzten Myriaden von Sommersprossen, und er besaß die schönsten und weichsten Lippen, die Iris je an einem jungen Mann gesehen hatte. Seine Haut, die Bewegungen, alles an ihm war geschmeidig und zugleich gespannt wie eine Feder, die jeden Druck bereitwillig aufnahm und wenig später in die Ausgangsposition zurückschnellte, als könnte nichts ihm ernsthaft etwas anhaben – was so natürlich nicht stimmte, wie Iris inzwischen nur allzu gut wusste; oh ja, es gab ein paar Dinge, die Fränkie ihr anvertraut hatte; ihr allein, wie er betonte; durchaus erschreckende Dinge, die ihr noch vor wenigen Monaten eine ziemliche Angst eingejagt hätten, aber so dumm und naiv war sie zum Glück nicht mehr, das war endgültig vorbei; nach allem, was sie mit Miriam schon durchgestanden hatte, war sie auch stark genug, um Bescheid zu wissen über ihn, wie Fränkie sagte, und dieses Wissen für sich zu behalten – was umgekehrt genauso galt; Iris war stärker als jedes andere Mädchen, das er kannte; und das waren viele, kein Wunder, so wie er aussah und auftrat; an jedem Finger und an jeder einzelnen seiner babyhaften Zehen hätte Fränkie Huber eine Freundin haben können; aber die wären alle, so sagte er, psychisch viel zu schwach gewesen für ihn.

Eigentlich hieß er ganz gewöhnlich, Frank Huber, aber sogar die Lehrer nannten ihn Fränk damals oder Fränkie, obwohl er weder britische noch amerikanische Vorfahren besaß; er selber behauptete, er könne sich nicht daran erinnern, wie es dazu gekommen war; seine Eltern waren Schweizer seit Jahrhunderten, wie er lachend sagte, aber natürlich gefiel es ihm; der exzentrische Frank Zappa gehörte ebenso zu seinen Idolen wie Bob Dylan, Leonard Cohen und Johnny Cash, deren Songs er auf seiner Gitarre nachspielte, ohne Noten, nur nach seinem Gehör, wie Frank Sinatra, sagte Fränkie, dem er richtiggehend nacheiferte und dem er sogar ein wenig ähnelte, wenn er den Sonntagshut seines Vaters aufsetzte und seine Augen theatralisch weit aufriss, die zu seinem Ärger nicht himmelblau waren, sondern flaschengrün.

Am Anfang hatte sie Fränkies Verliebtheit nicht ernst genommen, die er ihr schon während der Proben zu *Dantons Tod*, eine Aufführung des Schultheaters, in der Fränkie die Hauptrolle spielte und Iris Julie verkörperte, Dantons Frau, geradezu penetrant entgegenbrachte; die halbe Schule übermittelte ihr seine Zettelbotschaften, aber Iris war sicher, dass Fränkie eines seiner Spiele trieb mit ihr, bei dem ihm es nur darum ging, seine Verführungskraft zu erproben; wie ein Fischer warf er die Angel nach ihr aus, um seine zappelnde Beute, kaum hätte sie den Köder geschluckt, lachend wieder vom Haken zu lassen, unter tosendem Applaus der ganzen Schule. Denn zweifellos war es richtig, was Mams und Paps, für einmal einmütig, über sie sagten: Iris war guter Durchschnitt; sie war sportlich, spielte leidlich Cello und kam in der Schule gut mit, ohne besonders viel dafür tun zu müssen; aber kein Vergleich zu Miriam – kein Vergleich zu Miriam, wie sie gewesen war bis zum letzten Sommer –, auch einigermaßen hübsch war Iris womöglich – apart, sagte Mams –, wenn man den dunklen Typus mochte, die knabenhafte, kompakte kleine Gestalt, den Charme und den Schalk in den Augen, die man ihr nachsagte; bei Miriam hingegen war es keine Frage des Typs, ihre Schönheit, ihre überragende Intelligenz und ihre vielfältigen Begabungen waren offensichtlich für alle und jeden.

Es schien Iris nicht nur unwahrscheinlich, sondern geradezu unmöglich, dass Fränkie sich in sie verliebt hatte, wo er doch drei Jahre mit Miriam in derselben Klasse gewesen war – und mit dreizehn anderen mehr oder weniger gutaussehenden, wenigstens halbwegs intelligenten Mädchen, die ihn alle anhimmelten wie einen Rockstar, wenn er sich an lauen Spätsommerabenden mit seiner Gitarre auf den oberen Pausenplatz setzte und seine Lieder zum Besten gab. Wie viele Teenager, vor allem Jungs oder Burschen, wie man sie in Fallern nannte, hatte auch Fränkie sich das Gitarrespielen selber beigebracht; er rauchte Gauloises bleues, und wenn er seine kleinen Konzerte veranstaltete, trank er den Rotwein direkt aus der Flasche, was den meist noch zu Bravheit und Anständigkeit erzogenen Mädchen ungemein imponierte, und sie scharten sich ebenso um die wild-verruchten Gitarrenspieler wie sich eineinhalb Generationen später die taffen Girls um die Typen mit dem tollsten Sixpack scharten.

Außer Miriam natürlich; sie himmelte niemanden an, das hatte sie nicht nötig; keinen der Jungs aus dem Städtchen zumindest, die sie durchweg kindisch fand, grobschlächtig und uninteressant, auch wenn sie das gekonnt verbarg oder, genauer vielleicht, bis zum letzten Sommer gekonnt verborgen hatte hinter der freundlichen Aufmerksamkeit, mit der sie alles und jeden bedachte. Fränkie hielt sie für einen begabten Aufschneider, der bald schon klein beigeben und schließlich enden würde wie alle; brav irgendwas arbeiten und Steuern zahlen bis fünfundsechzig und dann darauf hoffen, dass einen der Schlag traf, bevor man Krebs bekam und elend dahinsiechte. Von den exakt drei Menschen, die Miriam bislang in ihrem Leben bewundert, ja verehrt hatte, waren zwei schon tot, Marie Curie und Ingeborg Bachmann; die dritte war Annalisa Sarbach, die weltbekannte Dressurreiterin, die Miriams Werdegang seit vielen Jahren mit professionellem Interesse und persönlicher Anteilnahme verfolgte; selbst jetzt noch, wo Miriam nichts als Häme und Spott übrig hatte für die adrette Doppel-Olympiasiegerin, erkundigte Annalisa sich regelmäßig nach ihr und schickte Miriam Postkarten aus der Camargue mit weißen, wildlebenden Pferden oder mit prähistorischen Höhlenmalereien, die echte Wildpferde zeigten, manche gar in Bewegung, angedeutet durch wenige Striche, als galoppierten sie noch heute über die urzeitlichen Steppen.

Fränkie hatte zum Abendessen Chili con carne gekocht, mit roten Indianerbohnen, Kartoffeln, Pelati, Zwiebeln und Knoblauch, dazu fünfhundert Gramm frisch gehacktes Rindfleisch aus der Metzgerei seiner Eltern, und Miriam hatte immerhin einen halben Teller davon zu sich genommen; mindestens dreihundertfünfzig Kalorien, sagte sie, und wer weiß, wie viel Öl du zum Anbraten gebraucht hast.

Schon am Vorabend hatte Miriam kommentarlos vom knusprig gebratenen Hähnchen gegessen, das Fränkie mit Ofenkartoffeln und Wintergemüse servierte, und Iris hatte sich dabei ertappt, wie sie innerlich aufjubelte; sie isst, dachte sie, Miriam isst, von sich aus, freiwillig; mehr als sonst, und es schmeckt ihr, sie isst gerne, sie mag es, sie wird wieder gesund, alles wird gut. Sie wollte schon Mams und Paps anrufen, aber dann packte sie plötzlich die Eifersucht, warum, verdammt, aß Miriam Fränkies Geköche; wenn Iris kochte, verzog Miriam nur spöttisch den Mund; willst du mich mästen, Schwesterlein, sagte sie, kleine Hexe, ich bin nicht dein Hänsel; ich dachte, du bist klug; wer isst, ist schwach; quod me nutrit, me destruit, hast du das vergessen?

Sie war blass wie immer, die Lippen aufgesprungen und die Augen gerötet, aber die Beule am Hinterkopf war deutlich abgeflacht, was bedeutete, dass Miriam ihren Kopf nicht an die Wand geschlagen hatte, und sie erlaubte Fränkie sogar, ein paar Fotos zu machen; sie ließen die Kamera kreisen; alle fotografierten einander, in wechselnden Formationen, die beiden Schwestern, Iris und Fränkie, aber auch Fränkie und Miriam – das einzige Bild, auf dem sie lächelte, spöttisch zwar, aber sie lächelte. Zum Nachtisch gab es Vanilleeis mit heißen Himbeeren; Miriam nahm sich stattdessen einen Apfel; sie stach das Kerngehäuse aus und schnitt ihn mit einem scharfen Messer in exakt zweiunddreißig Stücke, die sie sich alle einzeln in den Mund schob; Granny Smith war ihre Lieblingssorte, und sie kaute jeden Bissen dreimal, bevor sie die aufgeweichte Masse endlich schluckte. Schaut mich nicht so an, sagte Miriam, als Fränkie und Iris mit dem Essen längst fertig waren und gemeinsam den Abwasch besorgten; langsam essen ist natürlich und gesund, das sagt auch Dr. Bertschinger, und wenn ich allzu viele Vitamine und Nährstoffe auf einmal in mich hineinstopfe, explodieren meine Gedanken.

Iris war sechzehn, am 17. April wurde sie siebzehn. Sabine war mit ihren vierzehn Jahren die jüngste, und Miriam die älteste der drei Schwestern; sie hatte am 24. März Geburtstag und wurde bald zwanzig. Paps war über seinen Schatten gesprungen – alle wussten, wie sehr Familienfeste ihn anstrengten – und hatte Anfang Januar schon den mittleren Saal im Restaurant Frohsinn reserviert, wo es Platz gab für bis zu fünfzig Personen. Die ganze Verwandtschaft war eingeladen, um Miriams Volljährigkeit – und ihre hoffentlich vollständige Genesung – zu feiern, dazu ein paar wenige Freunde der Eltern, Miriams Paten natürlich, und auch Annalisa Sarbach, die bereits zugesagt hatte; allerdings wusste Miriam noch nichts von diesem Plan; das Ganze war als Überraschung gedacht, wobei selbst Paps daran zweifelte, ob sie gelingen konnte.

Niemand hätte zu sagen vermocht, was genau mit Miriam geschehen war. Sie war nach den Sommerferien kaum vier Wochen in der Schule gewesen, als sie Anfang September zusammenklappte und mit der Schule aussetzen musste, von einem Tag auf den anderen, weil sie körperlich einfach zu schwach war, um weiterhin teilzunehmen am Unterricht. Sobald sie wieder bei Kräften war, sollte sie ins Gymnasium zurückkehren, in die zweitoberste Klasse; spätestens im Mai, sagte Paps, damit sie in aller Ruhe den versäumten Stoff nachholen konnte, obwohl sie Klassenbeste gewesen war bis zuletzt.

Gegen Miriam kam niemand an, das war beschlossene Sache; als kleines Kind schon hatte sie die Regeln und Gesetzmäßigkeiten, die für alle anderen galten, mit leichter Hand aus den Angeln gehoben; sie brauchte nur wenig Schlaf, erwachte mit tausend Ideen im Kopf und war stets voll unbändiger Energie, ein blonder Wildfang mit aufgeschlagenen Knien und überlangen Beinen; mit vier rannte sie schneller als sämtliche Nachbarsbuben, die schon zur Schule gingen; ein Jahr später brachte sie sich selber das Schwimmen bei, indem sie im Schwimmbad die Leute beobachtete und so lange übte, bis das Wasser sie trug; und im Spätherbst desselben Jahres, 1964 – im Sommer war Sabinchen zur Welt gekommen –, als draußen der Wind heulte und die letzten Blätter von den Bäumen fegte, setzte sie sich eines Tages gleich nach dem Mittagessen ans Klavier und stand erst wieder auf, als Emil Seitz von der Arbeit nach Hause kam und Miriam ihre liebsten Kinderlieder alle fehlerfrei nachspielen konnte. Das indessen genügte ihr; als hätte sie ein untrügliches Gespür für die Grenzen ihrer Begabungen, klappte sie den Klavierdeckel zu, strich sich die langen, verschwitzten Haare aus dem Gesicht und machte fortan einen Bogen um den schwarzlackierten *Schimmel*, auf dem schon ihre Mutter als Kind gespielt hatte, und das mit großem Gewinn, wie Helena Seitz ihrer ältesten Tochter immer wieder erzählte, in der vergeblichen Hoffnung, das eigensinnige Kind doch noch umzustimmen. Aber es blieb dabei: ein Gebiet, auf dem sie es nach eigener Einschätzung nicht zur Meisterschaft bringen würde, strich Miriam sogleich von ihrer inneren Landkarte, auf der sie ihre Ziele einzeichnete wie die Punkte in einem Zahlenbild, die sie der Reihe nach absolvierte, als hätte sie das fertige Bild längst im Kopf.

Die Primarschule durchlief sie wie nebenher; mit acht begann sie zu reiten, und später, im Gymnasium, liebte sie Mathematik und Naturwissenschaften ebenso sehr wie Französisch, Englisch und Latein; was sie auch anpackte, es fiel ihr leicht; sie war fast allen Mitschülerinnen und Mitschülern in fast allen Bereichen haushoch überlegen – und trotzdem bei den meisten beliebt; was damit zu tun haben mochte, dass sie sich nicht allzu viel auf ihre Überlegenheit einbildete. Im Gegenteil; ich kann doch nichts dafür, sagte sie manchmal zu Iris, ich bin halt so geboren, als spreche sie über einen Makel, aber kurz darauf lachte sie wieder; zwar verlangte sie von sich nur das Beste, aber es fiel ihr nicht schwer, Nachsicht zu üben mit Schwächeren und sie geduldig dabei zu unterstützen, ihr eigenes Potential zu entfalten. Sie war mitfühlend und besorgt über den Zustand der Welt, ohne sich davon unterkriegen zu lassen; sie war sportlich, aber auch handwerklich begabt; sie spielte hervorragend Schach – am liebsten gegen sich selbst –, sie tanzte und sang im Schülerchor, und nicht zuletzt war sie auffallend hübsch; ein klassischer Läufertyp, durchtrainiert, schmal, schlank, groß – wenn sie die Straße entlangging, sah sie aus wie ein Mannequin –, während ihr Gesicht auf eine ganz andere, subtilere Weise schön war. Je länger man sich in seinen Anblick vertiefte – was Miriam nicht zu stören schien, als gäbe es niemanden, der ihr zu nahetreten könnte, und nichts, was sie in ihrer Autonomie beeinträchtigte –, desto unerschöpflicher erschien es; die feinporige, helle Haut wie gemalt, die Augen smaragdgrün, Nase und Mund beide lang, schmal und fein gezeichnet.

Selbst die Pubertät durchlief sie zunächst souverän, wie eine notwendige Prüfung, auf die sie sich optimal vorbereitet hatte; sie suchte nie die Konfrontation mit den Eltern, aber sie sagte es, wenn ihr etwas nicht passte; sie schreckte vor nichts und niemandem zurück, auch nicht vor alltäglichen Pflichten und Aufgaben; sie mochte die Arbeit im Pferdestall und half ungefragt mit im Haushalt – kurz, bis zu ihrem achtzehnten Geburtstag ungefähr war Miriam hors catégorie, wie die steilsten Bergetappen der Tour de France, mit nichts und niemandem zu vergleichen. Sie war zur Welt gekommen, um sie mit ihrem lebensfrohen Wesen, ihrer Schönheit und Intelligenz zu bezaubern, und darin waren sie sich alle einig, die Lehrerinnen und Lehrer, ihre Mitschülerinnen und Mitschüler, die Nachbarn, Mams und Paps, Iris und Sabine; Miriam war ihnen zugefallen wie ein unverdientes, unfassbares Geschenk.

Sie hatten das ganze Haus für sich allein. Mams und Paps waren am Samstagmorgen für zwei Wochen nach Sils Maria in die Skiferien gefahren wie jedes Jahr. Auch Sabine war nicht da; sie besuchte seit letztem Sommer eine Internatsschule in Chatel-Saint-Denis und kam nur selten nach Hause – es sei denn, es ging nicht anders, wie Sabine sagte, weil die Schule geschlossen war, wie zwischen Weihnachten und Neujahr. Ihre eigenen Skiferien waren später, Anfang März, und Sabine hatte bereits alles organisiert; sie fuhr nach Zermatt, mit einer Schulfreundin und deren Eltern, die mitten im Skigebiet eine Ferienwohnung besaßen. Das Gymnasium war ihr nach einem Jahr schon zu anstrengend gewesen, und eine Berufslehre zu machen kam nicht in Frage für Sabine – ich bin ja nicht dumm, sagte sie, ich habe bloß keine Lust, eure Erwartungen zu erfüllen –, außerdem war sie mit ihren vierzehn Jahren tatsächlich zu jung, um eine Lehrstelle zu bekommen, und das Einzige, was sie mit Bestimmtheit wollte, war weg von zu Hause.

Iris und Fränkie hatten noch vier Tage Unterricht, bevor an ihrem Gymnasium die eine Sportferienwoche anfing; am kommenden Samstag sollten Miriam und Iris den Zug nehmen nach St. Moritz, wo Paps oder Mams sie mit dem Auto erwartete, um sie nach Sils Maria zu bringen, in das mittelgroße, familiär geführte Viersterne-Hotel im Dorfzentrum; ein Kompromiss, auf den die Eltern sich schon zu Beginn ihrer Ehe geeinigt hatten, zwischen Helenas Bedürfnis nach ein bisschen Komfort und Gesellschaftsleben – wenigstens in den Ferien, und besonders jetzt, nach den anstrengenden Monaten, der belastenden Sorge um Miriam – und Emils erklärtem Widerwillen vor sozialen Verpflichtungen. Als einfacher Bauernsohn, wie er sich noch immer sah, waren ihm all die sogenannten wichtigen, einfluss- und erfolgreichen Leute mehr als suspekt, die es sich leisten konnten, dem nasskalten Februarwetter im Unterland für zwei Wochen zu entfliehen und ihren Lebensmittelpunkt ins sonnige Engadin zu verlegen. Zwar hatte Emil Seitz es im Lauf der bald einundzwanzig Ehejahre notgedrungen gelernt, sich in diesem Umfeld als Helenas tüchtig-verlässlicher Gatte zu präsentieren, und er schaffte es im Allgemeinen sogar, das eine oder andere Bonmot einzuflechten in die gepflegte Konversation, die Helena mit ihresgleichen führte, sobald sie auf oder neben der Skipiste ein halbwegs vertrautes Gesicht erspähte. Sie kannte viele der älteren Feriengäste seit Jahrzehnten; als Kind schon war Helena Brand mit ihren Eltern und den drei älteren Schwesten regelmäßig in Sils Maria gewesen, immer im Hotel Waldhaus; und sobald sie die Lobby des imposanten Gebäudes betrat, das wie ein Märchenschloss leicht erhöht über dem Silsersee thronte, fiel jede Alltagslast von ihr ab; und noch während sie über die schalldämpfenden Teppiche schritt, um in der Halle einen Nachmittagstee zu trinken, fühlte sie sich zu Hause angekommen wie die lange verlorene Tochter, die von den überglücklichen Eltern mit offenen Armen empfangen wurde.

So war es ausgemacht; die Ski, ihre Schuhe, Schneebrillen und Skianzüge waren bereits im Hotel, und auch ihre Fahrkarten hatte Mams schon für sie besorgt, sie lagen zusammen mit dem Fahrplan und zwanzig Franken Reisegeld in einem verschlossenen Couvert auf dem Küchentisch. Sogar Fränkie war eine logistische Funktion zugedacht; er sollte die beiden Schwestern samt ihren Koffern zum Bahnhof fahren; Paps hatte ihm dafür ein funkelnagelneues Fünffrankenstück in die Hand gedrückt, den Fränkie später kommentarlos in die Haushaltskasse legte.

Mit sechzehn hatte sie sich entschieden: Miriam wollte an der ETH Astrophysik studieren und parallel dazu ihre beginnende Karriere als Dressurreiterin weiterverfolgen; und kaum jemand zweifelte daran, dass sie auf dem besten Weg war, beides organisatorisch und kräftemäßig zu bewältigen, als sie sich im April 1978 bei einem Reitunfall eine Hüftprellung zuzog; schmerzhaft zwar, aber nichts Ungewöhnliches; es war weder ihr erster Unfall, noch hatte sie sich etwas vorzuwerfen; schlimmstenfalls war sie etwas unvorsichtig gewesen, als sie an jenem Morgen mit Maxine, ihrem Lieblingspferd, den schmalen Weg nahm, der den Wald entlangführte; langsam setzte die Dämmerung ein; schwierige Lichtverhältnisse, die dem Pferd, wie sie wusste, die Orientierung erschwerten. Ein plötzliches, nahes Krachen musste Maxine aufgeschreckt haben; sie bäumte sich so heftig auf, dass Miriam die Kontrolle entglitt und Maxine sie wie ein Geschoss durch die Luft schleuderte, bevor Miriam am Waldboden aufschlug, die Erde noch hart vom Bodenfrost.

Eine Lappalie, so sagte sie selbst; nach drei Wochen war die Prellung ausgeheilt, und Miriam wieder die Alte; die erst winzigen, dann immer deutlicheren Veränderungen, die sich an ihr vollzogen, fielen lange Zeit niemandem auf; zu unwahrscheinlich waren sie. Niemand sah genau hin, und niemand wollte es sehen, wie der feingesponnene Kokon erste Risse bekam, die sich nach und nach verbreiterten, bis die schützende Hülle vollends aufbrach und sich aus ihrem Inneren ein Wesen herausschälte, das in vielem das pure Gegenteil der früheren Miriam war. Als Paps sie an jenem düsteren Septembermorgen ohnmächtig auf dem Küchenboden liegend fand, wog Miriam noch knapp zweiundvierzig Kilo bei einer Größe von einsvierundsiebzig. Im Sommer noch hatten sie alle mit Nachsicht behandelt; vielleicht war ihr plötzlicher Spleen, praktisch nur noch Gurken und rohe Karotten zu essen, tatsächlich bloß die Vorstufe zu einer höheren Entwicklung, wie Miriam selber behauptete; auch eine Miriam durfte einmal schlecht gelaunt sein und sich danebenbenehmen; wenn sie partout nicht mehr reiten wollte, dann machte sie eben eine Pause.

Mams und Paps hatten sie sofort nach Zürich ins Burghölzli gebracht, angeblich, weil die Ärzte dort auf komplizierte Fälle spezialisiert waren; Iris allerdings hatte den Verdacht, dass die Eltern sie möglichst weit weg wissen wollten von allen Mutmaßungen und Gerüchten; niemand sollte erfahren, dass ihre wunderbare Tochter in der Psychiatrie war; weder Mams' Eltern noch ihre Schwestern wussten Bescheid – zu Paps' Verwandtschaft gab es sowieso wenig Kontakt; Iris und Sabine war es verboten, mit ihren Mitschülerinnen und Mitschülern darüber zu sprechen; aus Rücksicht auf Miriam; obwohl das ganze Gymnasium darüber sprach und alle mit angesehen hatten, wie Miriam innerhalb weniger Wochen verfiel; aber Paps blieb bei seiner Version; Miriam habe ein hartnäckiges Virus erwischt, erklärte er persönlich dem Schuldirektor, und ihre Behandlung erfordere einen längeren Spitalaufenthalt.

Kurz vor Weihnachten war sie aus der Klink entlassen worden und hing seither zu Hause herum; obwohl sie fast sieben Kilo zugenommen hatte, war sie noch immer knochendürr; sie besorgte sich Sprachlehrbücher, las viel und hörte Musik, aber die meiste Zeit saß sie bewegungslos in einer Ecke und starrte vor sich hin. Zwischendurch blitzte ihre unermüdliche Energie wieder auf, die sie zu Höchstleistungen angetrieben hatte, seit sie fünf oder sechs Jahre alt war, und von der Iris nicht mehr sicher wusste, ob sie Miriam tatsächlich half, ihre Ziele zu erreichen, oder ob sie sich nicht vielmehr gegen sie richtete; ob die Gewaltmärsche, von denen Miriam erschöpft, aber mit geröteten Wangen und strahlenden Augen zurückkam, sie tatsächlich belebten oder nur dazu dienten, nicht vorhandenes Fett zu verbrennen und Miriam in jenen Zustand zu versetzen, wo sie endlich nicht mehr denken musste, weil das bloße Marschieren ihre ganze überschüssige Kraft verbrauchte. Zweimal pro Woche fuhr sie nach Basel zu einem renommierten Psychiater, Dr. Bertschinger, der den Eltern versicherte, Miriam sei unter Kontrolle; bei aller berechtigten Sorge sehe er zu viele positive Anzeichen; dem momentanen äußeren Anschein zum Trotz verfüge sie über eine enorme innere Reife; und einmal verstieg er sich gar zur Aussage, er würde sich glücklich schätzen, wenn Miriam seine eigene Tochter wäre; klug, begabt und noch unberührt.

Den Rest dieses Montagabends hatten sie alle drei im Wohnzimmer verbracht. Iris und Fränkie besetzten den großen Tisch und vertieften sich in ihre Hausaufgaben; Fränkie machte sich Notizen zu einer Erzählung von Doris Lessing, The Antheap, in der es um die verbotene Freundschaft ging zwischen einem weißen und einem farbigen Jungen im Rhodesien der Fünfzigerjahre, und Iris beugte sich über quadratische Funktionen und Parabeln. Miriam lag bäuchlings auf dem Perserteppich, vor sich hatte sie mindestens vier aufgeschlagene Bücher; zwei Sprachlehrgänge – Italienisch und Neugriechisch, oder war es Polnisch und Spanisch gewesen?; sie lernte zeitweise gleich fünf neue Sprachen parallel –, dazu *Malina* von Ingeborg Bachmann und die orangefarbene, zweisprachige Reclam-Ausgabe von *King Lear*. Auf einem der zwei Biedermeiersofas lag ein Exemplar des *Musenalp-Express*, einer populären Jugendzeitschrift damals, die im Unterschied zu allen anderen Jugendmagazinen ausschließlich Texte von Jugendlichen und jungen Erwachsenen enthielt; jede und jeder konnte eigene Gedichte, Geschichten und Reportagen einschicken, die mit einiger Wahrscheinlichkeit auch abgedruckt wurden; Weltschmerz und Einsamkeit, Betonmauern und Kalter Krieg, die Angst vor Atombomben und Kernkraftwerken, Drogenerfahrungen, Liebesglück und Liebesverlust, Ausgehverbote und strenge Eltern standen im Zentrum dieser Texte; ab und zu ein Reisebericht. Das Gratisheft, im Grunde genommen ein Versandkatalog für Unterhaltungselektronik, lag schon bald überall auf, an den meisten Mittelschulen und in vielen Bibliotheken, und entpuppte sich wenig später als wahre Goldgrube für den Erfinder, der es geschafft hatte, seinen Junior Discount Service so aufzupeppen, dass die jungen Leserinnen und Leser wie nebenbei auch die Kassetten- und Radiorekorder bestellten, die ihre Lektüre musikalisch untermalten; sie kauften sich Fotoapparate und Taschenlampen, mit denen sie nachts den Weg zum Schlafsack ausleuchteten, wenn sie auf ihren Interrailreisen irgendwo wild campierten; sie fotografierten einander und auch die Polizeihelikopter, die über ihnen kreisten, als zehntausend Menschen gegen die Inbetriebnahme des Kernkraftwerks Gösgen demonstrierten; am Pfingstmarsch 1977 hatte überraschend auch Miriam teilgenommen und damit die Eltern zum ersten Mal nachhaltig vor den Kopf gestoßen.

Es war still im Zimmer; eine gespannte Ruhe, in der sie alle einander verstohlen beobachteten, wie fast immer in diesen Tagen; zwischendurch hielt Miriam in ihrer Lektüre inne und schrieb etwas in ihr dunkelblaues Notizbuch, das sie praktisch Tag und Nacht mit sich herumtrug, ohne ihre Notizen je einem Menschen zu zeigen. Erst viele Monate nach ihrem Tod entdeckte Iris, dass einige der Gedichte, die Miriam in ihr Notizbuch geschrieben hatte, unter ihrem Namen im Musenalp-Express erschienen waren; und erst mehr als drei Jahrzehnte später brachte Brennan sie darauf, dass es sich dabei nicht um Miriams eigene Texte gehandelt hatte, sondern um freie Übersetzungen einiger Shakespeare-Sonette.

Gegen elf Uhr packte Miriam ihre Sachen zusammen und stand auf; sie sei müde und müsse ins Bett; gute Nacht euch beiden, sagte Miriam, habt ihr gesehen, es schneit.

Es waren die letzten Worte, die sie zu Iris (und Fränkie) sagte; was Iris geantwortet hatte, wusste sie nicht mehr; *schlaf gut*, wahrscheinlich, *bis morgen*, wir wecken dich nicht, wenn wir um Viertel nach sieben losgehen, wir sehen uns dann über Mittag.

Es war kurz vor Mitternacht, als auch Iris und Fränkie ihre Sachen zusammenräumten; sie löschten die Lichter und gingen nach oben ins Bad, um sich die Zähne zu putzen. Lass uns noch einmal nach Miriam schauen, sagte Iris und zog Fränkie hinter sich her die etwas schmalere Holztreppe hoch, die in den Dachstock führte, den Mams und Paps vor ein paar Jahren ausgebaut hatten; ein großer, offener Raum, von dem aus zwei Zimmer abgingen. Rechts war Mams' Näh- und Bügelzimmer, gefüllt mit vielerlei Stoffen, mit Lackschuhen in allen Farben und den traumhaft schönen Ballkleidern, die sie als junge Frau getragen hatte; das linke, kleinere Zimmer bewohnte Miriam. Es war stockdunkel, und Iris und Fränkie spähten nacheinander durchs Schlüsselloch, bevor sie ihr Ohr daran hielten; der Schlüssel steckte, aber sie glaubten beide, so etwas wie regelmäßige Atemzüge zu vernehmen; alles in Ordnung, flüsterte Fränkie, komm, gehen wir schlafen.

Hand in Hand stiegen sie die Treppe wieder hinunter; komm, gehen wir schlafen, wie selbstverständlich diese Worte aus Fränkies Mund kamen, und wie selbstverständlich sie sogleich ihren ganzen Körper erfassten, als fielen sie durch Zeiten und Schächte, bevor sie am Boden eines Ziehbrunnens aufschlugen, dass es nachhallte; ihr scheppernder Aufprall eine ferne, verspätete Antwort auf ihre kindliche Bitte, Mams oder Paps möge sich noch einen Moment neben sie legen, damit sie leichter einschlafen konnte. Das war, als Iris frisch in der ersten Klasse war und alles in ihrem Kopf durcheinandergeriet, weil die Lehrerin sie beständig mit Miriam verglich – kaum zu glauben, dass ihr Schwestern seid; klar doch, jetzt sehe ich es; typisch Miriam, diese Geste, mit der du dir durchs Haar fährst, wenn du verlegen bist –, so dass sie abends im Bett kaum zur Ruhe kam. Miriam hatte ein eigenes Zimmer und wollte nicht gestört werden; Sabine lag nur zwei Meter von Iris entfernt, war aber schon unerreichbar tief im Schlaf versunken. Mein kleiner Engel, sagte Mams oft, und das war Sabinchen tatsächlich, mit ihren roten Backen und den dunkelblonden Locken. Leise schlich Iris die Treppe hinunter und versuchte, einen Blick zu erhaschen auf Mams oder Paps, bevor sie sie entdeckten. Die Tür zum Wohnzimmer stand offen; Mams saß am großen Esstisch, der Fernseher lief, und sie blätterte in Modekatalogen oder klebte Fotos ins Familienalbum; die Küchentüre war meistens zu, und trotzdem roch Iris den Rauch, bevor sie sorgsam die Klinke herunterdrückte. Paps hatte alle Lichter gelöscht; er stand vor dem offenen Küchenfenster, eine Zigarette in der Hand, und sah in die Nacht hinaus. Ich komme, rief Mams, kaum hatte Iris scheu ihre Bitte vorgebracht; sie packte Iris und hob sie in die Luft; und während Mams sie die Treppe hochtrug, flüsterte sie Iris etwas ins Ohr; zum Glück seid ihr nicht alle so mühsam, zischte sie, furchtbar. Im ersten Stock angelangt, setzte sie Iris ab, dirigierte sie wortlos ins Kinderzimmer und legte sich neben sie; eine letzte Frage noch, flüsterte Iris, wie ist eigentlich das Weltall entstanden; morgen, sagte Mams, zehn Sekunden, dann ist Schluss, und sie begann rückwärts zu zählen; bei null setzte sie sich auf, blickte Iris beschwörend an, einen Finger auf die Lippen gepresst, und ging auf Zehenspitzen tänzelnd aus dem Zimmer. Die Tür zog sie, wie abgemacht, hinter sich zu, dass sie einen Spaltbreit offen blieb, bevor sie einen tiefen Seufzer ausstieß, als hätte sie soeben die neunköpfige Hydra erlegt.

Macht euch keine Sorgen, hatte Miriam den Eltern zum Abschied gesagt; sie standen zu viert in der großen Wohnküche; Mams hielt ihren neuen, orangeroten Skioverall prüfend ins Licht, bevor sie ihn in den Koffer legte; Paps trug seine abgewetzten schwarzen Sporthosen, die er auch zum

Wandern benutzte; er goss heißen Tee in die Thermoskanne und schmierte ein paar Schinkenbrote für unterwegs. Miriam und Iris waren beide noch in ihren Calida-Pyjamas, die sie weiterhin jedes Jahr von der Mutter zu Weihnachten bekamen, obwohl sie längst über das Alter hinaus waren, wo Mams sie mittags um zwölf schon ungeduldig an der Haustür erwartete; ihr bohrender Blick, wenn sie von der Schule nach Hause kamen, ob sie unterwegs irgendwelche Bakterien aufgelesen hatten oder heimlich Grippeviren anschleppten. Helena Seitz war stets besorgt, ihre drei Töchter könnten sich erkälten; und am schlimmsten war es, wenn sie der Mutter mit nassen Haaren unter die Augen traten, weil sie am Morgen vergessen hatten, die Regenpelerine einzupacken, obwohl im Wetterbericht die Rede gewesen war von möglichen Niederschlägen. Dann schrie Helena ihre Töchter an, wie verantwortungslos sie umgingen mit ihren Körpern; was ihnen eigentlich einfalle; ob sie sich in ihrer intellektuellen Begrenztheit vorstellen könnten, wie viel Kraft es ihre Mutter koste, sich um alles zu kümmern, und dann machten sie ihre ganzen Bemühungen auf einen Schlag zunichte.

Auf den Halbkartons, in denen die Pyjamas steckten, war ein schlafender Junge zu sehen, in Seitenlage; auf dem oberen Foto trug er irgendeinen billigen Pyjama, ohne das charakteristische breite, elastische Calida-Bündchen, und folgerichtig war im Schlaf das Oberteil hochgerutscht. Über seinem entblößten unteren Rücken war ein großes rotes Verbots-X angebracht, während auf dem unteren Foto ein roter Pfeil auf die kritische Stelle verwies, die dank des Calida-Bündchens vor Blicken und Kälte geschützt war.

Ich spüre es, sagte Miriam, wirklich, mir geht es besser von Tag zu Tag; ich freue mich auf die Berge, die Sonne, den Schnee – plötzlich hielt sie inne, drehte sich um, beugte sich vornüber und schaute zwischen ihren gegrätschten Beinen hindurch; genau wie früher als Kind, wenn sie sich innerlich umpolte, wie sie es damals nannte, nur dass ihre Haare sich dabei nicht mehr als dichter, goldfarbener Teppich auf den Küchenboden legten, sondern ihren Schädel einfassten wie eine Dornenkrone. Am Neujahrsmorgen, als alle noch schliefen, hatte Miriam sich eine Glatze rasiert; die nachwachsenden Haare überließ sie sich selbst; schon länger verkündete sie, es sei wider die Natur, Seife und Shampoo zu verwenden, und wusch sich nur noch mit Wasser; aber Dr. Bertschinger sagt, redete sie weiter, während an ihren Schläfen die Adern immer stärker hervortraten unter ihrer fast durchsichtigen Haut, es sei wichtig, dass ich meine Sitzungen bei ihm nicht länger als eine Woche versäume. Und außerdem bin ich ja nicht allein; sie schnellte hoch, das Gesicht puterrot, schwankte und schloss einen Moment die Augen, bevor sie sie übertrieben weit aufriss und Iris ins Visier nahm; mein Schwesterherz wird wohl auf mich aufpassen, sofern sie nicht, wie sonst immer, die ganze Zeit bei ihrem Fränkieboy hockt.

Iris hatte nichts zu erwidern gewusst.

Tatsächlich trafen sie sich nach der Schule und am Wochenende meistens bei Fränkie, im verwinkelten dreistöckigen Haus in der Altstadt, das die Familie Huber mit ihren beiden Söhnen und Anna, der mongoloiden Tochter, bewohnte; im Erdgeschoss war die Metzgerei untergebracht, die Paul und Marie Huber seit über fünfundzwanzig Jahren gemeinsam führten. Auch Fränkie und Anna halfen nach Kräften mit; Fränkie machte es Spaß, hinter der Theke zu stehen oder mit dem roten Kastenwagen durchs Städtchen zu fahren und die besseren Restaurants in der Umgebung zu beliefern. Seit kurzem hatte die Metzgerei Huber auch Fleisch von sogenannten glücklichen Schweinen im Angebot – ein absolutes Novum damals, womit Paul und Marie Huber zu den Mit-Auslösern jener Biowelle gehörten, die in den kommenden Jahrzehnten sukzessive das ganze Land erfasste. Auch zu Hause aß die Familie jeden Tag Fleisch, mit Ausnahme von Jakob, Fränkies jüngerem Bruder, der in Iris' Klasse war und schon mit fünfzehn verkündet hatte, er werde demnächst eine Vegetarierpartei gründen und eine Volksinitiative lancieren, die sowohl die Fleischproduktion als auch den Konsum jeglicher fleischhaltiger Produkte auf Schweizer Territorium ohne jede Ausnahme verbiete.

Seltsam genug, dass Fränkie trotzdem nie nach Fleisch roch, sondern nach ungebackenem Hefeteig, der eine Spur zu lange in der Wärme gelegen hatte, wie Iris ihm an jenem Novemberabend gestand; kurz darauf hatten sie sich zum ersten Mal geküsst. Fränkie hatte ihr das ganze *Songs of love and hate*-Album von Leonard Cohen vorgesungen und sich dazu auf der Gitarre begleitet; danach saßen sie eine Weile nebeneinander auf Fränkies Matratze; so nah, dass ihre Ellenbogen sich beinahe berührten. Tut mir leid, sagte Iris endlich, ich konnte mich gar nicht richtig auf die Musik konzentrieren, deshalb weiß ich auch nicht, was ich dir sagen soll, außer dass du nach süßem Hefeteig riechst, aber auch so ein bisschen säuerlich, wie kurz bevor der Teig hinüber ist.

Scheiße, sagte Fränkie, das klingt ja wirklich Scheiße, aber danke trotzdem. Keine Ursache, sagte Iris, gern geschehen, und jetzt küss mich gefälligst.

Auch Fränkie sagte ihr Dinge, die ihr kein Mensch je zuvor gesagt hatte; beileibe nicht nur Angenehmes oder gar Schmeichelhaftes; dass ihre unterentwickelten Brüstchen ihm nicht besonders gefallen hätten am Anfang oder dass es ihn rührte, wenn sie ein paar Pickel hatte auf der Stirn und er ihr ansah, wie sehr sie sich schämte für diesen unbedeutenden Makel; dass er es besonders gern mochte, wenn sie zornig war oder traurig, weil sie dann mehr von sich preisgab, wie er meinte. An solche Seltsamkeiten hatte sie sich beinahe schon gewöhnt; aber niemals würde sie sich daran gewöhnen, wie bedürftig der große Fränkie sich manchmal zeigte vor ihr, wenn sie zwei- oder gar dreimal miteinander geschlafen hatten – ohne jede Raffinesse; wozu auch, ein sanftes Ineinandergleiten oder eine plötzliche, heftige Lust, der sie nachgaben – und Fränkie danach ihre Hand zu seinem Penis führte, damit sie ihn noch ein wenig hielt; ihre Finger umschlossen das klebrige, schrumpelige Stück Fleisch, das sich nicht mehr rührte, und es kam ihr vor, als hielte sie Fränkies ganze Existenz in der Hand; den schreienden Säugling und den lebhaften Jungen, den umjubelten Rockstar, den fünfzigjährigen Teenagervater und den alten Mann, der er eines Tages sein mochte. Fränkie wusste, dass Iris sich dabei ein wenig unbehaglich fühlte, und trotzdem bat er sie immer wieder darum, es zu tun; sie hatten einander geschworen, in jedem Moment so offen und aufrichtig wie möglich zu sein; nichts voreinander zu verbergen und einander nichts zu ersparen, weder Ängste noch Wünsche, auch nicht die scheinbar unwichtigste Winzigkeit; die Wahrheit ist dem Menschen zumutbar, das war das Glaubensbekenntnis und das Geheimnis ihrer Liebe; wie Danton seiner Julie hätten sie einander am liebsten die Schädeldecken aufgebrochen und die Gedanken aus den Hirnfasern gezerrt – wobei die Vorstellung (und auch das gestand sie ihm), von Fränkie gesehen und erkannt zu werden, in allem, was sie war und tat und dachte, für Iris weit aufregender war als umgekehrt die Vorstellung, sie könnte Fränkies Gedanken- und Gefühlswelt tatsächlich ausleuchten bis in die hintersten Winkel.

Wie waren sie beide trunken gewesen von all den vermeintlichen Abgründen, die sie einander so freigiebig zeigten – nachdem sie sich erst einmal dazu überwunden hatte, konnte es Iris kaum erwarten, Fränkie alles von sich preiszugeben; welche Erleichterung zunächst, und welche Lust auch, ihre furchtbare (und furchtbar kleinliche) Eifersucht auf die beiden Schwestern endlich mit jemandem zu teilen; Gedanken und Gefühle, die sie vor sich selber verborgen gehalten hatte und die zu ihrer Schande, wie sie sagte, trotz allem anhielten. Ganz egal, wie krank und kaputt ihre

Schwester inzwischen sein mochte, manchmal wünschte sie sich, Miriam würde sich einfach in Luft auflösen oder irgendwohin abhauen, nach Grönland oder Island, in die ewige Kälte, wo kein Mensch sie jemals fände. Fränkie wiederum legte ihr seine Größen- und Allmachtsphantasien ebenso ausführlich dar wie die Angst, eines Tages als Hochstapler entlarvt zu werden; er erzählte ihr von den Panikattacken, die ihn zuweilen überfielen aus heiterem Himmel; Herzrasen und Todesangst, von denen niemand wusste außer Iris, die ihm hoch und heilig versprechen musste, das Geheimnis für sich zu behalten, weil er sonst bestimmt in eine Klinik käme; nein, niemals würde sie Fränkies Vertrauen missbrauchen, und niemals würde er ihr aus falsch verstandener Rücksicht irgendetwas verschweigen, das hatten sie einander feierlich geschworen in der Silvesternacht; selbst wenn er ihr eines Tages eine Vergewaltigung gestand oder gar etwas noch Schlimmeres: niemals würde Iris Seitz zur Polizei gehen und Fränkie Huber verraten; Fränkie gehörte zu ihr, und sie gehörte zu Fränkie, sie gehörten einander – ganz und gar, aber nicht für immer; so weit reichten weder ihre Pläne noch ihre Vorstellungen; da gab es eine Grenze, und ein Etwas, das jenseits dieser Grenze lag, das Leben der Erwachsenen, von dem sie beide nur wussten, dass sie es beide nicht führen wollten; nicht auf dieselbe verlogene Weise, wie ihre Eltern es taten.

Je rückhaltloser sie sich einander offenbarten, desto heftiger begehrten sie einander; und schier unmöglich war es, sich daneben auf die Schule zu konzentrieren, wo doch die Luft im Klassenzimmer gesättigt war von Fränkies Geruch, der zwischen ihren Schenkeln aufstieg, und ihre Lippen sich wie automatisch öffneten für den nächsten Kuss, in der großen Pause, wo Fränkie bereits auf sie wartete, an die mächtige Kastanie gelehnt, die so viel älter und höher war als das Schulhaus; sein roter Lockenschopf leuchtete, und alle konnten ihr dabei zusehen, die wachsamen Lehrerinnen und Lehrer, wie sie pfeilgerade auf ihn zuging, so langsam sie nur konnte, mitten durch den Pulk der Schülerinnen und Schüler hindurch, der sich in zwei Hälften teilte und den Weg freigab, die jüngeren wichen zuerst, gefolgt von den gleichaltrigen und den älteren, bis sie endlich vor ihm stand und es nur noch ihn gab, und dann sie beide, Fränkie und Iris.

Paul und Marie Huber hatten Iris sofort aufgenommen in die Familie; auf eine Person mehr oder weniger kam es nicht an; beim Abendessen saßen meistens noch drei oder vier weitere Gäste mit am riesigen Holztisch, der beinahe die ganze Küche ausfüllte; eine portugiesische Verkaufsaushilfe, die deutsche Hausangestellte und ihre spindeldürre, verwitwete Mutter oder eins der vielen Nachbarskinder: sie alle waren im Hause Huber immer willkommen. Auch übernachten durfte man jederzeit; schon bevor Fränkie und Iris am 7. November ein Paar geworden waren, hatte Iris manchmal bei den Hubers übernachtet – wenn sie nicht aufhören konnte, Jakob zuzuhören; ein Fernseh-, Lese- und Beobachtungsjunkie, wie er sich selber bezeichnete, der alles, was er sah, las und hörte, aufsaugte wie ein Schwamm; und was er in atemberaubendem Tempo durch seine Hirnwindungen gejagt hatte, strömte in ebenso atemberaubenden Tempo geordnet und geklärt wieder aus ihm heraus. Nie war er um eine Antwort verlegen; ein Stichwort genügte, und Jakob schoss los; ganz egal, ob es um den Mathelehrer ging, das Camp-David-Abkommen oder den neuen Papst; er wusste Bescheid. Wenn Iris vor Übermüdung die Augen zuklappten, stand eines der beiden Gästezimmer für sie bereit; aber meistens hatte Iris in der Stube geschlafen, auf dem uralten, durchgelegenen Ledersofa, in den Kleidern und in eine dünne Wolldecke gewickelt.

Sie kannte die Hubers, seit sie ein Kind war; die Metzgerei lag am Marktplatz, schräg gegenüber von Paps' Apotheke, und schon als Fünfjährige war sie zu Mams' Verdruss kaum aus dem Laden zu bringen gewesen; nicht nur weil sie auf ein zweites Wursträdchen spekulierte (das sie meistens auch bekam), sondern weil sie es liebte – sie liebte es noch immer –, Paul und Marie Huber bei der Arbeit zuzusehen. Wie sie das Fleisch abwogen und es in rosa Fettpapier einpackten; wie sie die Beträge in die Registrierkasse eintippten und einem alten Mann das Rückgeld aushändigten, dass er es greifen konnte, obwohl seine Hand unablässig zitterte; die Leichtigkeit und Präzision ihrer Bewegungen; wie sie sich verständigten mit schnellen Blicken und winzigen Gesten, während sie gleichzeitig Anteil nahmen an den Alltagssorgen der Kundschaft: Fränkies Eltern waren nicht nur ein eingespieltes Team; sie gehörten zu den ausgeglichensten, liebenswürdigsten und zugleich tatkräftigsten Menschen, die Iris je gesehen hatte. Was immer sie taten – ob Marie nach einem Zwölfstundentag in der Metzgerei ihre Tochter Anna tröstete, die mitten im Essen in Tränen ausgebrochen war, ohne sagen zu können, weshalb; ob Paul kurz vor Ladenschluss einen schüchternen Jungen bediente, der umständlich seinen Einkaufszettel suchte, während zehn weitere Leute ungeduldig warteten – sie taten es aufmerksam, entschieden und zielgerichtet, aber ohne sich dabei zu verausgaben; selbst als Paul sie auf ihren ausdrücklichen Wunsch hin einmal mitnahm in den Kühlraum, wo die getöteten Schweine kopfüber von der Decke hingen und er vor ihren Augen das Schlachtmesser ansetzte, tat er es auf dieselbe Weise, gekonnt, konzentriert, aber ohne Leidenschaft und mit genau dafür notwendigem Kraftaufwand.

Es war Jakob, der ihrer Faszination einen Dämpfer versetzte; genauso haben die Nazis ihre Opfer geschlachtet, sagte er trocken; und übrigens, ich bin ihnen verdammt ähnlich; ich würde zwar niemals ein Tier schlachten; aber nicht deshalb, weil ich es verabscheue, sondern weil mir die Tatkraft fehlt, die es dazu braucht, und sie fehlt mir auch für alles andere; das Einzige, was ich vermag, ist klug reden.

Seit dem Untergymnasium waren sie in derselben Klasse. Im Unterschied zu Fränkie war Jakob ein Außenseiter, der Kleinste und Jüngste; souverän, distanziert und auf beinahe monströse Weise hässlich; auf seinem unterentwickelten Körper saß ein riesenhafter Kopf, die Gesichtshaut war von eitrigen Pickeln entstellt und fleckig gerötet, so dass seine dünnen Haare fast farblos schienen; seine ganze Person wirkte kindlicher und weitaus erwachsener zugleich als seine sechzehn Lebensjahre, was er mit seiner Kleidung zusätzlich unterstrich; an seinem zwölften Geburtstag hatte Jakob beschlossen, seine Intelligenz nicht länger an die Lösung irrelevanter Probleme zu verschwenden, und trug seither stets dasselbe: eine hellgraue Bundfaltenhose und dazu ein frisches weißes Hemd, das er jeden Morgen eigenhändig bügelte. Iris erinnerte sich an die Eröffnungsfeier in der Aula, als sie einander über zwei Sitzreihen hinweg beäugt hatten, ohne Rücksicht auf andere und ohne jede Scham; sie hatte sich sofort in ihn verliebt, lange bevor sie Fränkie überhaupt wahrgenommen hatte; manchmal hatte sie sich im Verdacht, dass sie Fränkie (und seine Schönheit) nur deshalb so sehr begehrte, weil von ihm aus eine direkte Verbindung zu Jakob führte, der nicht nur alles, was sie in Mathematik, Chemie und Physik durchnahmen, auf Anhieb begriff, sondern, so schien es ihr damals, umfassend Bescheid wusste über die Menschen, ihre Gedanken und Wünsche, die Beweggründe ihres Handelns, ohne dass er sich selber je in irgendetwas verstrickte; ein geborener Zuschauer, der seine Mitschülerinnen und Mitschüler mit zwei, drei Sätzen so zu beschreiben vermochte, dass sie sich erkannt fühlten, aber niemals verraten.

Mit neunzehn gestand Jakob sich ein, dass er schwul war; doch es dauerte einige weitere Jahre, bis er sich zum ersten Mal einem Mann so hingeben konnte, dass er sich danach nicht beschmutzt fühlte. Längst waren seine Pickel verschwunden, und auch sein Körper hatte sich entwickelt. Jakob studierte noch, als sein Freund 1987 an Aids erkankte. Karl war sechsundfünfzig, Komponist und Musiklehrer, und Jakob kümmerte sich um seinen sterbenden Freund, so gut er es vermochte, bis er ihn eines Tages fluchtartig verließ. Er flog nach Lissabon, mietete in der Alfama, dem ältesten Stadtteil, eine kleine Wohnung und kaufte sich Papier und Schreibmaschine. Als Jakob sechs Wochen später wieder in Zürich-Kloten landete, lag in seinem Koffer ein fertiges Manuskript, ein kurzer Roman mit dem Titel *Abschied nehmen*, den er allerdings nie zu publizieren versuchte. Stattdessen absolvierte er ein halbjähriges Praktikum beim Fernsehen; die verantwortlichen Leute erkannten seine Begabung und boten ihm an, ein Mittagsmagazin zu moderieren. Zwei Jahre nach Karls Tod erkrankte auch Jakob; die in der Zwischenzeit entwickelten Medikamente retteten ihm das Leben; er blieb beim Fernsehen, wechselte aber zu einer Politsendung, bei der es ihm als Moderator regelmäßig gelang, seine Gäste so aus der Reserve zu locken, dass sie die Fassung verloren. Als Iris ihn einmal in seinem Refugium besuchte – ein großes altes Appenzellerhaus mit Sicht auf den Alpstein –, zeigte er ihr seinen Garten; ein überwältigendes Blumenmeer von weitem, ein austariertes Ensemble von Farben, Düften und Formen, wenn man näher trat; Pflanzen aus der halben Welt, deren deutsche und lateinische Namen er alle kannte.

Kein Wunder, dass damals kaum jemand die beiden Brüder zusammenbrachte, so sehr unterschieden sich Jakob und Fränkie voneinander; mehr noch als Miriam und Iris, bei denen man immerhin eine gewisse Ähnlichkeit ausmachen konnte zu jeweils einem der Elternteile. Iris glich, wenn überhaupt, ausschließlich der Mutter, war aber deutlich dunkler als Helena, während Miriam – bevor sie erkrankte – wie ein nachgebessertes Double des Vaters erschien, dem sie wie aus dem Gesicht geschnitten war, ohne indessen seine Sprödigkeit geerbt zu haben; das unerklärlich früh Verhärmte, das ihren Paps vor vielen Jahren in Besitz genommen haben musste.

Iris kannte ihn nicht anders, aber aus den wenigen Kinder- und Jugendfotos, die es von Emil Seitz gab, sprang einen jäh die schiere Lebensfreude an; stolz hielt der neunjährige Bub ein schlammverspritztes Ferkel in den Armen; er stand mit nackten Füßen im Schneematsch, im Hintergrund war verschwommen ein Stall zu sehen. Emils Eltern – strenge Katholiken, die Gott mehr fürchteten, als dass sie ihn liebten oder gar auf seine Liebe vertrauten – waren Kleinbauern und betrieben im luzernischen Hinterland einen abgelegenen Hof, der die achtköpfige Familie kaum ernährte; zwei weitere Geschwister waren im Säuglingsalter gestorben. Ein paar Jahre später hatte jemand die ganze Familie beim Heuen fotografiert; da war Emil ungefähr zwölf, und obwohl er am linken Bildrand stand – halb verdeckt von seiner Mutter, die mit geschlossenen Augen neben dem Vater saß –, schien er das heimliche Zentrum des Bildes zu sein, zu dem auch die beiden jüngeren Schwestern aufblickten, an den Eltern vorbei. Auf einem dritten Bild trug Emil, wie seine drei Brüder, einen schweren Kartoffelsack, den er über die rechte Schulter geworfen hatte, und schaute über die linke Schulter direkt in die Kamera, die Augen hellwach, sein athletischer Körper aufrecht und gespannt. Das war bereits in den frühen Vierzigerjahren, als jeder Quadratmeter Land genutzt werden musste für die Anbauschlacht und Emil nur noch am Wochenende mithalf; als Einziger hatte er sich gegen die Eltern durchgesetzt und besuchte im Kanton Schwyz ein katholisches Internat, das begabten Jugendlichen aus mittellosen Familien eine kostenlose Ausbildung gewährte.

Paps mochte die Fotos nicht, und er mochte es nicht, wenn Iris ihn danach fragte; die Bilder lagen in der untersten Schublade seines Schreibtischs, in einer alten Zigarrenkiste, die Paps nur widerwillig hervorholte, als schämte er sich für das, was die Bilder offenbarten; dass er einst nicht nur jung gewesen war, sondern auch kämpferisch, voller Hoffnung und Zuversicht, dass er damit auch etwas für sich erreichte.

Bei Paps wusste man nie genau, woran man mit ihm war; was er wirklich dachte und empfand, was ihn so sehr umtrieb – mal abgesehen von der andauernden Sorge um Miriam, die er indessen kaum zeigte –, und vor allem wusste man nicht, was er als Nächstes tun würde. Es kam vor, dass Emil Seitz mitten im Gespräch aufstand und wegging oder dass er von einem Moment auf den andern in sich zusammensackte, bevor er heftig explodierte. Am nächsten Morgen war alles wie weggewischt; Paps hatte in aller Herrgottsfrühe schon frische Brötchen geholt und saß geradezu vergnügt am Küchentisch; na, gut geschlafen, ihr drei Süßen; es gibt Kaffeejuhee; wer mag Lavendelblütenhonig oder lieber Käse?, zwei Sorten Schinken gibt es auch.

Natürlich hatte Iris keine große Lust gehabt, Fränkie ihren Eltern vorzustellen und umgekehrt – zwar kannten auch sie einander vom Sehen –, aber die erste Begegnung kurz nach Weihnachten war deutlich besser verlaufen als erwartet.

Fränkie, der noch zwischen Konservatorium und Architekturstudium schwankte, zeigte sich begeistert vom Haus, das Mams und Paps 1962 am Stadtrand auf einer kleinen Anhöhe gebaut hatten; hell, modern und gut proportioniert; ein Haus, das sitzt, sagte Fränkie, wie ein Maßanzug; mit unverbaubaurer Sicht auf Wiesen und Felder. Alle, auch Fränkie, umschifften gekonnt die unsichtbaren sieben Achtel der Eisberge, an denen die Gespräche sogleich zerschellt wären – Miriam und ihre Krankheit, der Klinikaufenthalt; Sabine hatte für einmal ihren vorlauten Mund gehalten, und sogar Miriam verzichtete auf ihre sarkastischen Sprüche über das Affentheater, das die Familie mal wieder aufführte; aber warum eigentlich?; aus Rücksicht gegenüber Iris und Fränkie und ihre noch junge Verliebtheit? Oder weil Miriam sich einen winzigen Rest Hoffnung damals noch bewahrt hatte, sie könnte sich eines Tages zurückverwandeln in jene Person, die sie fast neunzehn Jahre lang gewesen war? Das Abendessen hatte seinen Zweck erfüllt; Mams und Paps tolerierten Fränkie und seine zeitweilige Anwesenheit in ihrem Haus – solange Iris die Schule nicht vernachlässigte, sagte Mams, und obwohl sie es beide bedauerten, dass Iris sich schon mit sechzehn dem Erstbesten hingegeben hatte. Aber wenn du nun mal, fiel Paps ein, über so wenig Selbstachtung und Selbstbeherrschung verfügst, wie es leider von dir zu erwarten war, so ist es sicher besser, einen halbwegs anständigen jungen

Mann aus einer halbwegs anständigen Familie als Objekt der Begierde auszuwählen, anstatt wahllos in der Gegend herumzuhuren.

Längst hatte sich Iris an solche Bemerkungen gewöhnt; Paps war eben Paps, und höchstwahrscheinlich hatte er mit dem, was er sagte, sogar recht; Selbstachtung und Selbstbeherrschung waren tatsächlich nicht ihre Stärken; und was Fränkie betraf, so war es ihr mittlerweile vollkommen egal, was Paps (oder irgendwer) über ihn dachte.

Die Zeit verwandelt uns nicht. Sie entfaltet uns nur.

Als Iris erwachte, war es noch dunkel. Der Radiowecker zeigte Viertel nach sechs; sie hatte den Alarm auf halb sieben gestellt, es war Dienstag, 13. Februar 1979, die Schule begann um halb acht.

Sekunden später klingelte es an der Haustür. Vielleicht war es seltsam, aber die Frage quälte sie jahrelang, ob sie wirklich aufgewacht war, bevor Alfred Imboden, der Nachbar, geklingelt hatte oder ob sie sich das in der Erinnerung nur so zurechtlegte, als hätte eine innere Ahnung sie aufgeweckt; als wäre die Antwort auf diese Frage irgendwie von Bedeutung, wo viele Jahre fast nichts mehr eine Bedeutung hatte, jahrelang nichts anderes mehr.

Es klingelte erneut, und dann ein drittes, ein viertes Mal, während Iris sich langsam aus Fränkies Armen befreite, die sie fest in der Zange hielten; danach hatte sie halbherzig versucht, Fränkie aufzuwecken, damit er, das einzige männliche Wesen im Haus, nachschaute, was los war, so früh am Morgen, aber Fränkie, schwerfällig wie ein Sandsack, rollte sich mit leisem Stöhnen auf die andere Seite, zog sich die Decke über den Kopf und schlief weiter.

Vor der Haustür stand Alfred Imboden. Er trug einen blauweiß gestreiften Pyjama, der unter dem Wintermantel hervorlugte; zu seinen Füßen hockten Cadillac und Porsche, die beiden verfressenen Dackel, über die sich Miriam so wunderbar ereifern konnte; ihr Fell war abwechslungsweise kackbraun, schuhcreme- oder lehmfarben, oder es erinnerte sie an das Einweichwasser getrockneter Pilze (Miriam hatte Pilze nie gemocht), aber dafür konnten die armen Viecher nichts; auch die Imbodens nicht, die nach Miriams Ansicht komplett unfähig waren, ihre Hunde artgerecht zu halten; allein schon für diese Namen hätte man sie verklagen müssen wegen Tierquälerei.

Ich wollte nur kurz raus mit den beiden, begann Alfred Imboden; weil Porsche, der Arme, hat noch immer Durchfall, und dann, jesses Gott, Iris – seine Mundwinkel zitterten und seine Horst-Tappert-Augen flehten sie an, als müsste sie darin lesen, was er nicht über die wulstigen Lippen brachte; stattdessen brach er in Tränen aus.

Iris hätte nicht zu sagen vermocht, ob Alfred Imboden ihr schon damals, mit Ende vierzig, so entsetzlich schmierig vorgekommen war wie rund fünfundzwanzig Jahre später, in jenem Sommer nach dem plötzlichen Tod seiner Frau Martha, als er ihr an einem schwülen Augustnachmittag zwei Wandschränke voll akkurat geordneter, mit Spitzen besetzter Unterwäsche vorführte. Alles Größe 36, sagte er und starrte Iris an, das würde dir doch passen, ich schenke es dir; alles ist frisch gewaschen, das meiste noch ungebraucht, weil ich ihr die Sachen immer drei Nummern zu klein gekauft habe; schwarze Hüftgürtel, BHs und Höschen, in die seine Frau sich nur ihm zuliebe gezwängt habe; weil sie genau wusste, sagte er, dass es ihn scharf machte, wenn das Fleisch über die Bündchen quoll, und erst recht, fügte er an, wenn der überstrapazierte Stoff in Fetzen krachte, dann bin auch ich explodiert. Iris, hin- und hergerissen zwischen Abscheu und Mitleid, sah sich plötzlich mit Alfred Imboden im Bett; seine offen zur Schau gestellte Bedürftigkeit rührte an etwas in ihr, das sie beinahe vergessen hatte; die wenigen Männer, mit denen sie in all den Jahren nach Fränkie und Oran zu tun gehabt hatte – auch Samuel –, hatten sich kaum je eine Blöße gegeben; Sex war vor allem Selbstbestätigung für sie gewesen und Selbstvergewisserung, ein Mittel zum Zweck, sich besser zu fühlen; Fränkie war eine Ausnahme gewesen, was sie erst im Rückblick realisiert und fraglos seiner Jugend zugeschrieben hatte.

Als sie Alfred Imboden im Sommer darauf das nächste Mal besuchte – sie verbrachte mit den Kindern wie fast jedes Jahr eine Ferienwoche bei Paps und Magnolia –, war er fast nicht wiederzuerkennen; braungebrannt und mindestens zehn Kilo leichter. Er entschuldigte sich für das Durcheinander, das es nicht gab, und bat Iris beinahe förmlich ins Untergeschoss seines Hauses, wo er die ganzen Ordner aufbewahrte, die den angeblichen Ärztepfusch an seiner Martha dokumentierten. Er verlange eine Entschädigung, sagte er, und hielt Iris das Gutachten eines Wiener Professors unter die Nase, das zum Ergebnis kam, dass ein Kunstfehler vorlag; Martha war im Spital an einem Darmverschluss gestorben, den keiner der Ärzte diagnostiziert hatte; eine Routineoperation hätte sie gerettet, sagte er, und das komme die Ärzte nun teuer zu stehen; wenn er nur schon an die AHV denke, die ihr zugestanden hätte und die der Staat jetzt einspare, eine Riesensauerei. Die ganze Unterwäsche hatte er Dolores geschenkt, einer jungen Portugiesin, die ihm, so ging das Gerücht im Städtchen, nicht nur den Haushalt besorgte.

Wir kommen zu spät, hatte Alfred Imboden gejammert; hast du denn das Haus nicht abgeschlossen – er schien zu wissen, dass Mams und Paps nicht da waren –, oder hat die arme Miriam vielleicht in der Nacht geklingelt, und du hast es nicht gehört; hast du so tief geschlafen?; irgendwann hatte Iris verstanden, aber nicht glauben können, was Alfred Imboden ihr zu sagen versuchte, während sie ihm durchs Gebüsch auf die Wiese folgte, die sich zwischen den beiden Häusern erstreckte. Was danach geschehen war, zerfiel in Einzelbilder, die vor ihrem inneren Auge noch immer manchmal aufblitzten wie die grotesk verrenkten Glieder von Tanzenden unter dem Stroboskoplicht.

Miriam lag im Gras; in Seitenlage; genau auf der unmarkierten Grenzlinie zwischen den beiden Grundstücken; sie trug einen langärmligen Calida-Pyjama; Größe 152, wie sich später herausstellte, für Zwölfjährige; aus verwaschenem, kanariengelbem Frotteestoff; die Ärmel reichten ihr bis zu den Ellenbogen, das Oberteil ließ den unteren Rücken frei, und die Hose reichte ihr bis knapp unter die Knie; die Bündchen schlotterten um die vom zwanghaften Kratzen aufgeschürften Unterschenkel. Im Gras lag ein

Hauch Schnee; es hatte geschneit in der Nacht, aber irgendwann hatte es aufgehört, bevor ihr Körper erkaltete, so dass sie leuchtete im Schnee, ein kanariengelber Vogel, die Flügel eng an den Körper gepresst.

Den Berechnungen der Gerichtsmedizin zufolge war Miriam zwischen vier und fünf Uhr an diesem Morgen gestorben.

Iris erinnerte sich, dass Alfred Imboden sich um alles gekümmert hatte, und dafür war sie ihm dankbar bis heute; sogar Mams und Paps, die er beide aus guten Gründen – wie sie erst viel später erfuhr – nicht mochte, hatte er persönlich angerufen im Hotel, dessen Nummer er bei der Auskunft erfragte, während Martha mit Sabine telefonierte; nach einer Viertelstunde war der Notarzt eingetroffen, Dr. Brunner, und praktisch gleichzeitig auch die Polizei. Drei Stunden später kam Sabine, in Begleitung einer jungen, hinreißend schönen schwarzen Nonne – sogar ihren Namen hatte Iris behalten, Sœur Agathe –, die Sabine vom Internat in Chatel St. Denis mit dem Auto nach Fallern gebracht hatte. Tatsächlich sah Iris das Gesicht der Nonne vor sich wie damals; ihre schwarzen, fast runden Augen unter dem weißen Schleier der Novizinnen, ihre hohe, schmale Gestalt im dunkelgrauen Habit; Miriam, hatte sie einen Moment lang gedacht, vor ihr stand Miriam, in eine schwarze Nonne verwandelt; sie lebte, sie atmete, sie schaute sie an – désolée, sagte Sœur Agathe, ruhig und ernst, que Dieu vous bénisse, und Iris warf sich in ihre Arme, dass sie beide taumelten, während Sabine danebenstand, fassungslos, mit einem Gesicht aus Stein. Als Mams und Paps kurz vor Mittag endlich in Fallern ankamen – sie waren vorsichtig gefahren, sagte Paps, mit einem Unfall wäre niemanden gedient gewesen –, hatte die Februarsonne die dünne Schneeschicht fast überall weggeschmolzen. Miriam hatten sie schon abgeholt, angeblich durften sie nicht länger mit dem Abtransport warten; ihre Leiche war unterwegs nach Basel ins Institut für Rechtsmedizin; selbst vom Abdruck, den ihr zusammengekrümmter, magerer Körper im Gras hinterlassen hatte, war nichts mehr zu sehen; das aufgeweichte Terrain gleichmäßig plattgedrückt von den vielen Leuten, die dort herumgestanden hatten, Dr. Brunner, die ganze Familie Imboden, Iris, Sabine und schließlich auch noch Fränkie, der zweimal ins Gebüsch kotzte, bevor er sich grußlos davonschlich. Die beiden Polizisten hatten die Spuren gesichert, ein paar Fotos gemacht und die Anwesenden kurz befragt, nur pro forma, wie sie sagten, Fremdeinwirkung konnte praktisch ausgeschlossen werden, auch wenn die Todesursache noch unklar war; war Miriam erfroren, am Erbrochenen erstickt oder an einer Überdosis gestorben; die Spritze steckte noch in der Armbeuge, vielleicht war das Heroin außergewöhnlich rein gewesen.

Davon wussten wir nichts, sie war in Therapie wegen Magersucht, aber niemals wegen Drogen; etwas in der Art musste Iris den Polizisten zu Protokoll gegeben haben; Sabine weigerte sich, ihren Namen zu nennen; sie sagte nur, unsere Eltern sind miteinander verbunden in unterschwelligem Hass, und Miriam hatte einen Intelligenzquotienten von 139. Sœur Agathe hatte sich in die Küche verzogen; sie spülte das Geschirr vom Vorabend, kochte literweise Hagebuttentee, den sie in Thermoskannen füllte, und schmierte Käse- und Schinkenbrote für alle, die irgendwann Hunger bekämen. Als Mams und Paps das Haus betraten, saß Sabine im Wohnzimmer am Klavier, hämmerte ein Kinderlied nach dem anderen in die Tasten und sang dazu; mal laut, mal kaum hörbar leise; Fuchs, du hast die Gans gestohlen, gib sie wieder her; Bruder Jakob, schläfst du noch?; *I ghören es Glöggli, das lüütet so nett, im Bett tuen i bätte und schlofe denn i, de lieb Gott im Himmel wird wohl bi mir si.*

Wie oft war Iris in den letzten sechsunddreißig Jahren zwischen drei und vier Uhr morgens aufgeschreckt und aller Müdigkeit zum Trotz nicht wieder eingeschlafen; als sei ihr ganzer Körper am Bettgestell festgezurrt, lag sie erstarrt auf dem Rücken und horchte in die nächtliche Stille – wie Gulliver, fiel ihr manchmal ein, als ihn die winzigen Bewohner der Insel Liliput im Schlaf überrascht und mit Tausenden feinster Fäden am Boden festgebunden hatten, aus schierer Angst vor seiner Größe –, und je stiller es war, je länger die Stille anhielt, desto mehr vermeinte sie zu hören.

Am Anfang, in den ersten Wochen und Monaten nach Miriams Tod, als Iris weiterhin zu Hause wohnte (aber wo hätte sie hin sollen?), war es ein plötzliches Wimmern, das sie aus dem Schlafzimmer der Mutter vernahm, und Minuten später ihre tastenden Schritte im Flur; das Klacken des Badezimmerschränkchens; das Einreißen der Aluminiumfolie, wenn Mams (wer bloß hatte damit angefangen, sie so zu nennen?) ihre Tabletten herausdrückte, obwohl sie doch ein ganzes Arsenal an Tabletten in ihrem Nachttischchen aufbewahrte. Oder sie hörte Paps unten im Parterre, sein nervöses Gehuste, das in unterdrücktes Stöhnen überging, bevor er sich in den Putzkessel übergab, der neben der schmalen Matratze stand, die er von seinem Schlaf- ins Arbeitszimmer gebracht hatte. Im Ehebett schlief Mams allein; das war immer so gewesen, so weit Iris sich erinnern konnte. Sie war acht oder neun, als sie darauf stieß, dass die Eltern ihrer Schulfreundinnen Nacht für Nacht im gleichen Bett schliefen; als ihr mit jeder Expedition, die sie in die Häuser und Wohnungen der Nachbarskinder unternahm, deutlicher wurde, wie eigentümlich andere Eltern miteinander umgingen; erwachsene Menschen, die sich mit Küsschen begrüßten und mit »sali Schatz«, als spielten sie Kasperlitheater; oder Anninas Eltern, die jedes Mal herzhaft lachten, wenn Anninas kleiner Bruder sich beim Abendessen das Fleisch in den Mund schaufelte, als sei er am Verhungern, und die Mutter sagte, ganz de Bappe; und bei den Imbodens, die drei etwas ältere Buben hatten, Willi, Walter und Werner, debattierten sie zu fünft darüber, wo es hingehen sollte in den nächsten Sommerferien, ins Wallis, wie immer, oder endlich einmal nach Italien, ans Meer; ob auch intelligente Menschen an Gott glauben konnten, wie der neugewählte Bundesrat Kurt Furgler von der CVP; warum die Schenkers sich scheiden ließen und wie das für ihre Kinder sein mochte, als könnte es in all diesen Fragen unterschiedliche Meinungen und Standpunkte geben; ungläubig staunend erst, dann wie betäubt hatte Iris zugehört, bis das Gespräch plötzlich stockte und alle sie ansahen, halb mitleidig, halb verlegen, und Walter endlich sagte, und du, was denkst du?!

Am verwirrendsten aber war es, wenn in den frühen Morgenstunden wie aus dem Nichts die Musik einsetzte, die düsteren Glockentöne aus *Easter* von Patti Smith oder Kate Bushs quietschheller Sopran in *Wuthering Heights*; *let me grab your soul away*, lockte Kate Bush als tote Cathy aus dem Jenseits ihren Stiefbruder Heathcliff zu sich, das einstige Findelkind, das sich Wuthering Heights unter den Nagel gerissen hatte, aus Gram und aus Wut, weil Cathy einen anderen, bessergestellten Mann geheiratet hatte, obwohl sie doch nur ihn liebte, Heathcliff, wie sie ihm dreißig Jahre später endlich gestand, *my one dream, my only master*, und schon folgte er ihr willig in den Tod; Worte und Klänge, die aus Miriams Zimmer im Dachstock wie Schläge in ihre Ohren drangen. Sabine natürlich, sagte sie sich, Sabine musste den Plattenspieler angestellt haben, auch sie konnte nicht schlafen – aber war sie nicht weit weg im Internat? Ausgerechnet Sabine, die quirlige, runde, kompakte Sabine, die mit alledem nichts zu tun hatte, die kein einziges Quäntchen Schuld traf, weil sie sich rechtzeitig aus dem Staub gemacht hatte – so war es Iris damals vorgekommen –, verbarrikadierte sich stundenlang in Miriams Zimmer, ja schlief in Miriams Bett, wenn sie aus dem Internat für ein Wochenende zu Besuch kam, und niemand hatte den Mut oder die Kraft, es ihr zu verbieten. Du irrst dich, ich komme nicht nach Hause, hatte sie einmal am Telefon zu Iris gesagt – ob auch Sabine sich daran erinnerte? –, ich besuche das Grab meiner Schwester; mein Zuhause ist ein verdammtes Scheißgrab; genaugenommen, fiel Iris ein, hatte Paps ihr durchaus verboten, Miriams Zimmer zu betreten; er hatte es allen verboten, auch Mams und Iris und sich selbst, und wenn Miriam den Schlüssel nicht unauffindbar versteckt hätte, hätte er ihr Zimmer bestimmt abgeschlossen.

Es gibt Dinge, vor denen muss man sich schützen, oder wollt ihr euch auffressen lassen davon!, sagte er, und Sabine hatte ihn aus schmalen Augen angeblitzt, als hätte sich darin die ganze Wut ihrer noch nicht einmal fünfzehn Lebensjahre angesammelt; sie hatte das große Küchenfenster zur Straße hin aufgerissen und, so laut sie konnte, in den Sonntagnachmittag gebrüllt – Iris sah die Spaziergänger vor sich, als sei es gestern gewesen; ausgerechnet Fränkie natürlich, sein rotblonder Wuschelkopf, der bei jedem Schritt wippte, Fränkie und seine Kumpels aus Miriams alter Klasse, die wie zufällig am Haus vorbeischlenderten; wie sie innehielten und sich zum offenen Fenster hin drehten, erschrocken, neugierig, erwartungsvoll, ganz Ohr, bevor sie sich betreten abwandten und weiterspazierten, als hätten sie niemanden gesehen und kein Wort verstanden, als seien sie plötzlich blind geworden und taubstumm –, du kannst vielleicht eine Anzeige setzen in die Zeitung, brüllte Sabine, dass jeder, der behauptet, dein liebstes, hochbegabtes Töchterchen sei an einer Überdosis Heroin krepiert, von dir verklagt wird wegen Verleumdung, aber ungeschehen machen kannst du es doch nicht, und mich, mich bringst du nicht zum Schweigen, und verbieten lasse ich mir schon gar nichts von dir!

Iris hatte Miriam die beiden Alben zu Weihnachten geschenkt, *Easter* und *The Kick Inside*, und Miriam hatte ihre Lieblingssongs daraus auf Kassette überspielt und sie in den ganzen Weihnachtsferien überall im Haus gehört, als wollte sie es damit imprägnieren. Den Kassettenrekorder wie eine Puppe im Arm, kauerte sie in einer Ecke am Küchenboden, mit nichts als Slip, Unterhemd und Wollsocken bekleidet, und sang mit Patti Smith – nein, schrie, bis sie heiser war, und auch dann noch hatte sie weiter geschrien, fast tonlos, *O, God, give me something: a reason to live.*

Bis heute wusste Iris nicht sicher, ob sie sich all die nächtlichen Geräusche nur eingebildet hatte; ob damals, im Februar, März, April, Mai 1979, nicht viel eher auch in den frühen Morgenstunden dieselbe Totenstille herrschte im Haus wie tagsüber, wenn Paps in seiner Apotheke war und die Kunden bediente und Mams sich die Sonnenbrille aufsetzte und mit ihrem cognacfarbenen Opel Ascona irgendwohin fuhr – um einzukaufen, wie sie sagte, und tatsächlich kam sie fast jeden Abend mit Bergen von Lebensmitteln nach Hause: Honig, Käse, Butter, Milch; Schokolade und Blumenkohl, Tomaten und Karotten, Fleisch und Fisch, die später auf dem Küchentisch, im Kühlschrank und in der Vorratskammer vergammelten. Paps, der Mams immer Verschwendungssucht vorgeworfen hatte, wenn sie Mineralwasser kaufte, typische Großbürgerstocherattitüde, nickte nur und sagte, er habe keinen Hunger. Niemand kochte; Iris ernährte sich von Keksen und Schokolade, und an den Tagen, wo sie es in die Schule schaffte, aß sie mittags in der Mensa irgendetwas; auch Paps und Mams verpflegten sich außer Haus oder aßen heimlich; einmal hatte Iris durch die einen Spaltbreit offene Zimmertür einen Blick auf Paps erhascht, wie er an seinem Schreibtisch hockte und eine Tüte Chips in sich hineinstopfte.

Am 17. April wurde sie siebzehn; ein Tag, an den sie keine einzige Erinnerung hatte, und doch musste es diese vierundzwanzig Stunden in ihrem Leben gegeben haben, die vielleicht nicht schlimmer gewesen waren als die all die Tage zuvor; hatte Mams gar eine Tarte Tatin gebacken, um Iris zu beweisen, dass geboren zu werden ein Geschenk war?; dass sie ein Recht darauf hatte, weiter zu atmen, oder die Pflicht?, dass nicht die falsche gestorben war, die begabteste, die hoffnungsvollste, die einzig richtige Tochter – und das, während die Mutter selber kaum wusste, wie sie es annehmen konnte, dass ihr eigener Körper weiterhin nach Nahrung und Luft verlangte, nach Sauerstoff, Eiweißen und Kohlehydraten; dass sie den Blick ihres Mannes brauchte, ihrer beiden verbliebenen Töchter, irgendeinen Blick irgendeines Menschen; die unförmige Migroskassiererin in der sechzig Kilometer weit entfernten Filiale, wohin Helena jetzt zum Einkaufen fuhr, blickte kurz auf, wenn sie ihr das Geld in die Hand drückte; ein kurzer, mechanischer Blick, der ihr bewies, dass man in ihre Augen schauen konnte, ohne vor Entsetzen tot umzufallen.

Iris erinnerte sich nicht, wer dem Spuk ein Ende gesetzt hatte; Goia wahrscheinlich, die resolute Putzfrau, die aus einem Nest in Sizilien stammte und ihre beiden halbwüchsigen Söhne allein durchbrachte, seit ihr Schweizer Ehemann vor ihrer Resolutheit geflohen war, wie Paps meinte, das hielt ja kein Mann aus. Sie öffnete die Fenster, warf die verdorbenen Lebensmittel in den Müll und begann zu putzen, bis der Küchenboden glänzte. Was wohl aus Goia geworden war, ob sie noch lebte, und was aus Fernando und Roberto? Bis weit über siebzig hatte Goia den Seitz'schen Haushalt in Ordnung gehalten, obwohl sie schon mit fünfzig über schmerzende Knie klagte.

Emil Seitz lebte noch immer am Stadtrand von Fallern, in jenem stattlichen Haus am Ende der Straße, das er 1962/63 für seine Familie hatte erbauen lassen – so musste er es empfunden haben, der Mann ist das Oberhaupt der Familie, so stand es im Schweizer Eherecht bis 1988, und Paps hatte öfter darauf verwiesen wie auf eine Verpflichtung, die er auf sich nahm, so gut er es vermochte; dazu gehörte, dass der Ehemann den Wohnsitz der Familie bestimmte, sie ernährte und die damit verbundene Verantwortung trug. Emil und Helena Seitz hatten sich nie scheiden lassen (so wenig wie Friederike und Jacques Brunold), und selbst jetzt, als Witwer, hatte Paps nicht die Absicht, Magnolia zu heiraten; nicht, solange er einigermaßen für sich selber sorgen konnte – obwohl er Magnolia auf eine Weise liebte, wie er Helena nie zu lieben vermocht hatte. Und Magnolia umsorgte ihn mit einer Hingabe, die Iris beinahe wehtat; wie sie seine Socken wusch – diejenigen aus Wolle oder Seide im Lavabo –, die löchrigen aussortierte, die anderen bügelte und sie akkurat ineinanderstülpte, sie nochmals glattstrich und in der Sockenschublade nach Farben und Jahreszeiten sortiert aufreihte; wie sie abends mit Paps vor dem Fernseher saß und die löchrigen Socken mit dem passenden Garn stopfte, so perfekt, dass man es ihnen kaum ansah; nie hatte Iris so etwas gesehen, und nur selten hatte sie selber es vermocht, für die Dinge und Menschen, die sie liebte, Sorge zu tragen. Im Gegenteil, sie empfand eine seltsame Befriedigung, wenn sie ihr fast neues Fahrrad draußen im Regen stehen ließ, bis es Rost ansetzte und von Tag zu Tag verlorener wirkte, als stünde dort draußen ein Teil von ihr. Dass Paps sich schämte für seine Liebe zu dieser hübschen, drallen, mehr als dreißig Jahre jüngeren Kolumbianerin – eine Liebe, die all seinen Prinzipien zuwiderlief –, dass er Magnolia in ihren knalligen, tief dekolletierten Kleidchen aus Synthetikstoff trotzdem überallhin mitschleppte, zu den Partneranlässen der Rotarier, zu den klassischen Konzerten, die sie im Abonnement besuchten, zum Einkaufen in die Spezialitätengeschäfte der Altstadt, dass er selber nicht verstand, was ihn mit Magnolia verband, dass er glaubte, niemand könne es verstehen oder seine Liaison, so nannte er es, mindestens akzeptieren, am allerwenigsten Iris und Sabine – all das schien ihn gleichzeitig zu erleichtern und fröhlich zu stimmen, als hätte er endlich sich selber ein Schnippchen geschlagen.

Ich weiß schon, ihr haltet mich für einen einsamen alten Trottel, der sich das Geld aus der Tasche ziehen lässt, und vielleicht habt ihr sogar recht, sagte er an seinem fünfundachtzigsten Geburtstag und schaute vergnügt in die Runde. Sabine und ihr österreichischer On-Off-Lover Hans waren gekommen, Iris, Brennan, Jenny und Joyceline waren Emils Einladung ebenso gefolgt wie seine Schwester Nelly und drei ehemalige Studienkollegen. Magnolia nickte ihm zu; sie hatte ihre glänzenden, noch immer pechschwarzen Haare kunstvoll hochgesteckt und tischte eine Platte nach der anderen auf, Bandeja Paisa, Rindfleisch mit Reis und Erbsen, Huhn in Mangosauce, Schweinebraten, geröstete Maiskolben, Berge von buntem Gemüse, Avocadosalat an Limettensauce, frischgepresste Fruchtsäfte und andere, von der kolumbianischen Küche inspirierte Köstlichkeiten.

Paps hatte zugenommen, fiel Iris auf, nicht viel, er war noch immer schlank, dieser großgewachsene, strenge Mann, der unter seinen cholerischen Ausbrüchen wohl selber am meisten gelitten hatte und auf nichts so sehr bedacht gewesen war wie darauf, alles richtig zu machen; Paps, der seine einzige leibliche Tochter verloren hatte und seine tiefe Verbitterung darüber, seine Trauer und Schuldgefühle ein Leben lang mit rigoroser Selbstdisziplin in Schach hielt. Am Tag nach Miriams Tod hatte er wieder hinter seiner Theke gestanden; Iris hatte ihn gehasst dafür und zugleich bewundert. Vielleicht war das Rätsel seiner späten Liebe erschreckend einfach zu lösen; Magnolia war im März 1959 in Kolumbien geboren, in Pereira, einer mittelgroßen Stadt am Fuß der Zentralkordilleren – Iris hatte Magnolia auf Facebook gefunden, wo sie erstaunlich viel von sich preisgab; bestimmt hatte Paps keine Ahnung, dass auch er auf ihren Fotos zu sehen war –, im gleichen Monat wie Miriam, und genau dort, wo mehr als fünfundzwanzig Jahre lang nur die Putzfrau ab und zu Staub gewischt hatte, in Miriams Zimmer, stand jetzt Magnolias breites Messingbett, goldfarben lackiert, mit Tigerfellüberwurf und vier blauäugigen, blonden Puppen besetzt. In der Luft hing der Geruch von Magnolias süß-schwerem Parfüm, und auf dem Nachttischchen lag tatsächlich eine Schachtel Viagra; all das hatte Iris bei ihrem letzten Besuch in Fallern registriert, als liefe ein schlecht gemachter Dokumentarfilm vor ihren Augen ab, über gutsituierte Alte, die sich eine dankbare jüngere Sklavin hielten aus einem Land, wo die Leute wesentlich ärmer und die Frauen noch nicht von der Emanzipation verdorben waren – aber warum war sie überhaupt hier, was hatte sie in diesem Zimmer verloren, warum konnte sie die Dinge nicht einfach auf sich beruhen lassen? Magnolia war nicht da; nach jeweils drei Monaten lief ihr Visum ab, und sie kehrte nach Pereira zurück, wo ihre längst erwachsenen Kinder lebten, um drei Monate später erneut in die Schweiz einzureisen. Bevor sie Paps getroffen hatte – in der Cafeteria der Basler Uniklink angeblich, wo sie ihre Schwester besuchte, die mit einem Schweizer Berufsmilitär verheiratet war, und Paps seinen alten Freund Michi –, hatte Magnolia dreizehn Jahre lang ohne Aufenthaltsgenehmigung in der Schweiz gelebt und sich mit Putzen und Kinderhüten über Wasser gehalten, während ihre eigenen Kinder bei den Großeltern aufwuchsen; immerhin, sagte Paps nicht ohne Bitterkeit, haben sie beide überlebt, und Magnolia hatte ihren Kindern eine gute Schulbildung finanzieren können.

Fränkie war kein Rockstar geworden, sondern hatte sich doch dafür entschieden, Architektur zu studieren. Er baute oder renovierte aber längst keine Häuser mehr, sondern verantwortete und verwaltete das Immobilienportfolio der

Pensionskasse der Schweizer Großbank SGB; Sabine hatte ihn einmal im Zug von Zürich nach Basel getroffen; er sah noch immer gut aus, und seine Eltern lebten noch beide; die Metzgerei hatten sie vor fünfzehn Jahren an ihre Angestellten verkauft, nachdem keiner der beiden Söhne sie übernehmen wollte, was sich schon damals abgezeichnet hatte. Fränkie war zum zweiten Mal verheiratet, kinderlos, und vermisste seine frühere Arbeit nicht im Geringsten.

Ivan sagt: Hoffen wir, dass es ein Buch mit gutem Ausgang wird. Hoffen wir.

Auch dieser Satz aus *Malina* stand in Miriams Notizbuch. Iris hatte lange gebraucht, bis sie herausfand, dass höchstwahrscheinlich kein einziger Satz, kein einziges Wort in diesem Buch von Miriam selber stammte, dass alles Zitate waren, aus Büchern, Zeitungen, Zeitschriften. Brennan hatte sie vor ein paar Jahren in Comologno auf die Idee gebracht, und Iris hatte die Einträge, so gut sie es konnte, überprüft; im Internet und im Keller des Elternhauses, wo Paps Miriams Sachen eingelagert hatte; nicht ganz jeden Satz hatte sie gefunden, aber es genügte, um ihre Vorstellungen auf den Kopf zu stellen; Miriam hatte in ihrem Notizbuch nichts unmittelbar Persönliches zum Ausdruck gebracht oder eigene Gedanken formuliert, sondern nur aufgeschrieben, was sie irgendwo gelesen hatte; aber was genau bedeutete das?; bedeutete es, dass sie keine eigenen Gedanken hatte, oder war sie der Meinung, alles, was sie zum Leben brauchte, gebe es bereits, vorformuliert von anderen, die klüger und erfahrener waren als sie selbst?

Iris hatte Miriams Notizbuch an ihrem Todestag neben ihrem Bett gefunden und es an sich genommen. Die Einträge darin, mit Kugelschreiber oder Bleistift verfasst, folgten keiner erkennbaren Ordnung; die meisten waren undatiert und scheinbar willkürlich über die ganzen etwa dreihundert Seiten verteilt, dazwischen lagen oft mehrere unbeschriebene Blätter, und so war es unmöglich, festzustellen, welches der letzte Satz war, das letzte Wort, das Miriam geschrieben hatte, bevor sie in den frühen Morgenstunden des 13. Februar 1979 zum letzten Mal über die Schwelle ihres Elternhauses trat und die Haustüre hinter sich zuzog, leise und mit Bedacht, um niemanden aufzuwecken.

Die Einzigen, die sie hätte aufwecken können, waren Iris und Fränkie, aber sie schliefen beide, ihre Körper endlich satt und erschöpft voneinander.

Auch an jenem Abend hatten sie eines ihrer Lieblingsspiele gespielt, nur war es diesmal Iris, die *The Stranger* auflegte von Billy Joel und die Nadel des Plattenspielers direkt beim sechsten Stück platzierte, *Come out Virginia, don't let me wait / You Catholic girls start much too late / But sooner or later it comes down to fate / I might as well be the one*; sie zogen sich aus, so schnell sie konnten, und warfen sich auf die beiden Matratzen; und noch bevor zum ersten Mal der Refrain ertönte, hatten sie es geschafft, sie waren glücklich und keuchend ineinander verschränkt; dass Iris seit kurzem die Pille nahm, sparte noch einige Sekunden, und so sangen sie beide triumphierend mit, *only the good die young*, bevor sie beide kamen und Iris ihren Kopf in Fränkies schweißnasse Achselhöhle legte, zufrieden und betäubt von seinem Geruch.

Fränkie natürlich, dachte Iris; dass sie all die Jahre hindurch nicht darauf gekommen war, auch wenn sie die Fotos selten anschaute, die sie aufbewahrt hatte aus jener Zeit; Fränkie hatte jenes rätselhafte Bild gemacht, das sie in den Händen hielt, mit der Spiegelreflexkamera, die Mams ihr zum sechzehnten Geburtstag geschenkt hatte. Sie hatte die Fotos erst viel später entwickeln lassen und sie gleich wieder weggelegt, als sie realisierte, dass sie am Abend vor Miriams Tod entstanden waren. Fränkie musste, aller Liebeserschöpfung zum Trotz, noch einmal aufgewacht sein; die Kamera, mit der sie sich beim Abendessen alle drei gegenseitig abgelichtet hatten, lag neben dem Bett; er war aufgestanden, hatte das Fenster geöffnet und den Auslöser gedrückt, ganz offensichtlich ohne richtig hinzusehen, was und wen er da fotografierte im fahlen Licht der Straßenlaterne, verstärkt vom Aufsteckblitz; den Vorgarten mit den schneebedeckten Granitplatten, auf denen sich Schritte abzeichneten, ein Stück des Trottoirs und der Straße, den Garagenvorplatz und rechts davon die Wiese, die zum Nachbargrundstück führte; dort, am unteren Bildrand, waren Kopf und Rumpf von Miriams Körper mehr zu erahnen als klar zu identifizieren, sie lag im Schnee, auf die rechte Seite gedreht, die Beine waren abgeschnitten. Das Foto würde das Geheimnis, das es hütete, niemals preisgeben; es war unmöglich, zu erkennen, ob Miriam in jenem Sekundenbruchteil der Aufnahme noch gelebt hatte, ob man sie gar noch hätte retten können; ob sie tatsächlich sterben wollte.

Aber was, wenn Fränkie sie doch gesehen hatte – in diesem Moment stieg der Gedanke in ihr hoch, zum ersten Mal, und Iris spürte die Magensäure, die ihr die Speiseröhre ätzte –, wenn Fränkie Miriam gesehen hatte, wie sie im Schnee lag, und trotzdem nichts unternommen hatte; wenn er drauf und dran gewesen war, sie aufzuwecken, und plötzlich innehielt, weil er an ihren, Iris' eigenen, idiotischen Wunsch gedacht hatte, den sie in einer haltlosen Sekunde formulierte, in ihrem Wahn, noch die finstersten Gedanken mit ihrem Geliebten zu teilen, Miriam möge einfach aus ihrem Leben verschwinden, abhauen, nach Grönland oder Island, in die ewige Kälte, wo niemand nach ihr suchte.

Wir können nicht mehr zusammen sein, sagte Fränkie ein paar Wochen nach Miriams Tod, als sie zum ersten Mal wieder miteinander sprachen; es tut mir leid, es geht nicht, es geht einfach nicht mehr. Sein Gesicht war eine weiße Wand, und Iris konnte nur nicken und sagen, du hast recht; es geht nicht mehr.

Miriam war barfuß nach draußen gegangen; aus schierer Achtlosigkeit oder Unbedachtheit; weil es keine Rolle mehr spielte, weil sie zurückkehren wollte ins Haus, nachdem sie sich den Schuss gesetzt hatte – den Stoff musste sie sich in Basel besorgt haben, wenn sie zweimal pro Woche zu Dr. Bertschinger ging; auf dem Foto war nur zu sehen, dass sie sich auf dem Trottoir einmal um die eigene Achse gedreht hatte, den rechten Fuß kaum merklich stärker belastend als den linken, eine Spätfolge der Hüftprellung – Pferde sind Spiegelexperten, hatte sie Iris in einem hellen Moment gesagt; sie zeigen dir, was los ist mit dir, es sei denn, man hat sie gründlich gebrochen; jedes gute Pferd würde mich abwerfen in meiner jetzigen Verfassung. Hier, unter dem Licht der Straßenlaterne, hatte Miriam sich wahrscheinlich den Schuss gesetzt und einen letzten Blick geworfen vielleicht auf das Haus, in dem sie aufgewachsen war und das beinahe ihr ganzes bisheriges Leben barg; fast alle Kleider, die sie jemals getragen hatte, lagen geordnet in den Schränken ihres Zimmers im Dachstock – Mams hatte, auch das hätte ihnen allen drei seltsam vorkommen müssen, nie darauf bestanden, dass Miriam ihre Sachen weitergab an Iris und Sabine: buntgemusterte Wollpullover und Skisocken, die meisten noch von Großmutter Bertha gestrickt und mit duftenden Lavendelsäckchen vor Motten geschützt; zwei Stapel verwaschener Calida-Pyjamas; die Schlaghosen aus grasgrünem Samtstoff und die einst knallengen Rifle Jeans, die sie sich mit dreizehn von Mams ertrotzt hatte; ein paar bodenlange, buntbedruckte indische Röcke und selbsteingefärbte T-Shirts mit Batikmuster; all ihre Bücher standen alphabetisch geordnet im Regal, ebenso die Schallplatten und Kassetten, die Miriam in ungezählten Nächten gehört hatte, wenn sie vor Hunger und Triumphgefühlen nicht einschlafen konnte oder innere Bilder sie aus dem Schlaf rissen, Kate Bush natürlich und Patti Smith, *The Dark Side of the Moon* und Richard Wagners *Walküre*, dirigiert von Georg Solti, gesungen von Kirsten Flagstad und Claire Watson, ein Delirium aus Stimmen und Tönen, besser als jede Droge, wie Miriam einmal sagte.

Ein einziges Mal, im Sommer zuvor, hatten Miriam und Iris über jene inneren Bilder gesprochen. Sie waren ein paar Tage zu zweit nach Paris gefahren; da war Miriam eigentlich längst viel zu dünn, was sie gekonnt kaschierte, indem sie weite Kleider trug und Pluderhosen; trotzdem sah sie phantastisch aus, und Iris bewunderte rückhaltlos alles an ihr. Sie waren zum ersten Mal in Paris und wohnten in einem kleinen Hotel im Marais. Ganze Tage verbrachten sie auf dem Platz vor dem Centre Georges Pompidou, das im Vorjahr eröffnet worden war; sie beobachteten die Leute und spekulierten darüber, wie alt sie waren, aus welchen Ländern sie stammten, welche Berufe sie hatten und welche Geheimnisse sie mit sich herumtrugen, und wenn sie genug davon hatten, überboten sie sich gegenseitig im Erzählen der eigenen Verrücktheiten. Iris hatte eine Menge zu bieten; sie hatte schon mit fünf Männern geschlafen, die ihr nicht wirklich gefielen, und sie hatte sich danach jedes Mal befreit gefühlt von den Moralvorstellungen der Eltern; und Miriam erzählte ihr, dass sie sich nicht vorstellen könne, je mit einem Mann zu schlafen, eher noch mit einer Frau; und dann sagte sie, dass sie nachts manchmal erwachte und den eigenen Körper ans Kreuz genagelt sah, als müsste sie jemanden erlösen; Paps vielleicht, fügte sie an und lachte; ich weiß nicht, warum, aber fast immer denke ich dabei an Paps und Mams, und wie unglücklich sie sind miteinander.

Als Iris an jenem Nachmittag Miriams Zimmer betrat, war das schmale Bett frisch bezogen; es stand direkt unter dem Dachfenster, das den Blick freigab auf den Himmel; der braune Spannteppich glänzte wie gestriegeltes Fell; einzig die Familienfotos, die Pferdeposter und Autogrammkarten hatte Miriam von den Zimmerwänden genommen und alles zusammen in den Papierkorb gestopft – aber was besagte das schon, hätte sie weitergelebt, hätte sie überlebt, wäre es eine Laune gewesen oder ein etwas pathetischer Versuch, gewisse Dinge hinter sich zu lassen – die Dressurreiterin Annalisa Sarbach auf Goldie; Annalisa Sarbach mit der Goldmedaille 1976 in Toronto; die Postkarte mit dem Matterhorn drauf, die Annalisa ihr in die Klinik geschickt hatte, Du schaffst das, Miriam, ich weiß es, Du bist stark – und eine ganz tolle Reiterin. Ich zähle auf Dich bei der nächsten oder übernächsten Olympiade! von Herzen, Annalisa.

Iris hatte alles an sich genommen.

Du gleichst ihr wirklich, mit deinem Prinzessinnengesicht und den flachsblonden, glatten Haaren, hatte Iris zu ihr gesagt, als die ganze Familie vor dem Fernseher saß und die Direktübertragung der Weltmeisterschaft im britischen Goodswood schaute, die Annalisa schließlich gewann. Prinzessinnengesicht! Miriam schrie auf, als hätte Iris sie geschlagen; und wenn schon, und wenn ich ihr noch so sehr gleiche, ich bin trotzdem nicht sie, genauso wenig wie ich Marie Curie bin oder Ingeborg Bachmann, nur weil ich gut bin in Chemie oder gute Aufsätze schreibe.

Sie hatte noch etwas anderes gesagt, fiel Iris ein; sei du nur froh, dass du niemandem gleichst, weder Mams noch Paps gleichst du, ist dir das schon mal aufgefallen?

Helena Seitz war nicht ganz neunundvierzig Jahre alt gewesen, als ihre älteste Tochter am 13. Februar 1979 starb, wenige Wochen vor ihrem zwanzigsten Geburtstag; Emil

Seitz, der in der Altstadt von Fallern seit 1963 eine eigene Apotheke führte mit drei Angestellten, war damals einundfünfzig; Miriams Grab war 2004, nach fünfundzwanzig Jahren, aufgehoben worden; Mams war nach längerer Krankheit am 10. Juli 2009 in ihrem Bungalow am Vierwaldstättersee gestorben, wo sie ihre letzten vierzehn Lebensjahre verbracht hatte; die ersten neun davon mit Jacques Brunold.

Dass dieser Jacques womöglich, höchstwahrscheinlich, ja eigentlich offensichtlich Iris' Vater war, und auch Sabine seine Tochter, obwohl sie blond war wie Paps und Mams, darauf wären Iris und Sabine beide nie gekommen als Kinder, und auch später kam Sabine nicht darauf; nicht einmal in der langen Zeit zwischen 1995 und 2004, als Mams und Jacques offiziell zusammenlebten, hatte Sabine Verdacht geschöpft, obwohl im Rückblick die Indizien erdrückend waren; und eben diese von heute aus gesehen schier unfassbare Ahnungslosigkeit war es, die sich manchmal vor Iris und Sabine öffnete wie ein plötzliches Loch, ein Abgrund, der sie für Stunden und Tage verschluckte.

Jacques Brunold war Miriams Götti gewesen, und Iris hatte, bevor sie Helena und Jacques im Herbst 1996 mit Jenny und Brennan zum ersten Mal in der Innerschweiz besuchte, nur Mams leuchtende Erzählungen im Kopf und ein paar verschwommene Bilder von einem etwas gedrungenen, dunkelhaarigen Mann, der nach dem Mittagsschlaf unten an der Treppe hockte, am Eingang zur Küche, und zu ihr hoch blickte, ein breites Lächeln im Gesicht, als hätte er auf sie gewartet. Mams stand ein paar Schritte hinter ihm, die Wangen gerötet, Sabinchen wie einen Schutzschild an sich gepresst. Drei, zwei, eins, los, rief der Mann, und Miriam und Iris, sechs und drei Jahre alt, stürzten beide wie ferngesteuert die Treppe hinunter und warfen sich in seine ausgebreiteten Arme; mit einem Jauchzer hatte der Mann sie in die Höhe gestemmt und war mit ihnen durch den Flur gewirbelt, bis Miriam plötzlich wild um sich schlug, als sei sie in diesem Moment erst aus einem schlechten Traum erwacht, obwohl sie doch die Große war und längst keinen Mittagsschlaf mehr brauchte; nur eine ganze Stunde lang ruhig in ihrem Zimmer bleiben musste sie, weil Mams und Sabinchen ebenfalls schliefen. Im Sommer hatten sie manchmal zu fünft draußen im Garten gespielt; auch daran erinnerte sie sich, an ausgelassenes Herumtoben, an den Geruch von Jacques' warmem, nacktem, von der Sonne gebräuntem Oberkörper, und dass er Französisch gesprochen hatte mit Mams, oder Englisch. Und an Paps, wie er eines Abends, Sabine war vielleicht drei, Iris fünf und Miriam acht, so heftig aufsprang, dass sein Stuhl zu Boden krachte, und sagte, er wolle nur mitteilen, Miriam habe ab sofort einen neuen Götti; sein Freund Peter übernehme das Amt, Schluss, aus, fertig. Er schnappte nach Luft, griff nach dem Brotmesser, das auf dem Tisch lag, und ließ es sofort wieder fallen, als hätte er sich daran verbrannt. Zitternd blieb er stehen; sein Gesicht puterrot; es war nicht das erste Mal, dass Iris Angst hatte vor Paps, aber nie zuvor hatte sie dieselbe Angst in Paps' Augen gesehen; eine schwarze, nackte Angst, die in ihm lauerte wie ein sprungbereites Tier. Das war noch nicht alles gewesen; vielleicht hatte Miriam es trotzdem gewagt, nachzufragen, aber wahrscheinlich hatte Paps die Sätze später einmal fallenlassen wie eine unnötige, aus schierer Freundlichkeit nachgeschobene Erklärung, seine Hand schwer auf Mams' schmaler Schulter – er war fast vierzig Zentimeter größer als sie; Götti Jacques sitze im Gefängnis, auf Kosten der Steuerzahler notabene, also auch auf seine eigenen; er habe Leute betrogen und sei verurteilt worden, zu Recht; so gehe es eben, wenn man sich rächen wolle an der eigenen Herkunft.

Für die nächsten knapp dreißig Jahre war Jacques Brunold aus ihrem Familienleben verschwunden; nicht einmal an Miriams Beerdigung war er aufgetaucht; nur in Iris Gedanken spukte er bisweilen umher wie ein Geist oder ein Irrlicht aus einer versunkenen Zeit.

Helena Brand und Jacques Brunold hatten beide ab 1950 in Basel Rechtswissenschaften studiert; wenn Jacques in letzter Minute den Vorlesungssaal betrat, verebbten die Gespräche, und die Deckenlampe hörte auf zu flackern – genauso war es, versicherte Mams, als besäße er eine heimliche Macht über Dinge und Menschen. Helena schloss mit sich selber eine Wette ab, dass sie diesen Mann erobern würde innerhalb eines Monats; dass sie geschlagene neun Wochen brauchte, bis Jacques Brunold sie in einer eisigen Winternacht zum ersten Mal nach Hause begleitete, verlieh ihrem Spiel, stellte Iris sich vor, eine beinahe schon existentielle Dimension. Nie zuvor hatte Helena um etwas kämpfen müssen, nie hatte sie um etwas kämpfen dürfen bisher. Von fast allem hatte sie immer mehr gehabt, als sie brauchen konnte; sie war anmutiger, hübscher und von schnellerer Auffassung als ihre drei großen Schwestern, die alle hübsch genug waren und klug genug sowieso für Mädchen, wie ihr Vater meinte; Helena bekam zu Weihnachten nicht nur die ersehnten brandneuen und schneeweißen Schlittschuhe, sondern konnte darüber hinaus auch noch über drei oder vier gebrauchte Paare verfügen, die übrig geblieben waren von den älteren Schwestern. Ihre beiden Zimmer, durch eine Schiebetür verbunden, waren hell, mit Parkettboden ausgelegt, und so groß, dass ihre Schritte von den Wänden widerhallten. Jacques hatte sogar ihrem Vater imponiert, Anton Brand, der mit seiner international tätigen Firma Mineralöl in die Schweiz einführte, obwohl man dem jungen Mann deutlich anmerkte, dass er als Scheidungskind mit seiner Mutter und vier älteren Geschwistern in ärmlichsten Verhältnissen aufgewachsen war. Nicht nur weil Jacques ihm schon beim ersten Besuch in der Brand'schen Villa auf dem Bruderholz mit fast aggressivem Stolz von der Maurerlehre erzählte, zu der ihn seine Mutter gezwungen hatte, als er vierzehn war. Dass ihr jüngster Sohn wenig handwerkliche Begabung hatte, kümmerte Charlotte Brunold nicht; sie brauchten das Geld, und außerdem könne er so etwas lernen, sagte sie, was ihm sonst verschlossen geblieben wäre. Von daher mochte Jacques' unerschöpflicher Ehrgeiz rühren, auf allen Gebieten besser zu sein und es weiter zu bringen als alle anderen. Ererbter Reichtum sei ihm suspekt, sagte Jacques Brunold Anton Brand ins Gesicht, dessen Vater und Großvater schon Unternehmer gewesen waren und die jetzige Firma aufgebaut hatten, wie Jacques genau wusste; er hindere die Menschen daran, die eigenen Fähigkeiten auszuschöpfen, ja überhaupt eine Vorstellung davon zu entwickeln, was man wolle im Leben, sagte er, und nichts sei dem Menschen abträglicher als die sogenannte Freiheit, erst innere und äußere Zwänge brächten die besten Kräfte eines Menschen zur Blüte. Die Matur hatte Jacques umgehend nachgeholt an einer Abendschule, während er tagsüber bei den SBB als Kondukteur arbeitete; auch das ganze Studium hindurch war er als Kondukteur unterwegs, nur umgekehrt: kaum noch tagsüber, sondern so oft wie möglich in Nachtzügen oder am Wochenende. Seine Doktorarbeit schrieb er in drei Ferienwochen, was er nur schaffte, weil die alles beherrschende Mutter – sagte Mams – ihn buchstäblich in seinem Zimmer einsperrte und er ihr jeden Abend zwei neue Seiten vorlesen musste. Selbstverständlich bekam er die Höchstnote, summa cum laude; Jacques war ein brillanter Kopf mit einem unstillbaren Hunger nach Anerkennung; hier brach Mams jeweils ihre Erzählung ab; warum Helena und Jacques sich nach dem Studium wieder getrennt hatten, obwohl Jacques als Schwiegersohn in spe Anton Brand bereits in allen Rechtsfragen beriet; was genau damals geschehen war, warum Emil Seitz und Helena Brand sich schon nach drei Monaten Bekanntschaft verlobten und im Mai 1958 heirateten, blieb weitgehend im Dunkeln; weshalb Jacques Brunold später verurteilt wurde und ins Gefängnis kam, davon habe sie keine Ahnung, beteuerte Mams, der Kontakt sei Ende 1967 endgütig abgebrochen, er führe längst sein eigenes Leben, habe drei Kinder und sei mit einer ehemaligen Sekretärin verheiratet; nur Gott allein weiß, schloss Helena, was dieser helle Kopf an dieser tumben Friederike gefunden hat.

Natürlich hatte Mams sie auch darüber belogen.

Jacques hatte sie nicht vom Flughafen abgeholt wie sonst immer, wenn Helena aus den USA zurückkehrte, wo sie Sabine in Albuquerque besucht hatte. Es war der 1. April 2004; auch das Telefon nahm er nicht ab, und Helena begann, sich ernsthafte Sorgen zu machen; Jacques war siebenundsiebzig und schien zwar mit einer unverwüstlichen Gesundheit gesegnet, aber sie hatte es oft genug erlebt, dass Männer in diesem Alter von einem Tag auf den anderen zusammenklappten. Sie sah den Umzugswagen schon von weitem; er stand direkt vor dem Eingang zu ihrem Bungalow. Der Himmel war grau, und es nieselte leicht, aber es war deutlich wärmer als in Albuquerque, und Helena begann zu schwitzen in ihrem Lammfellmantel. Zwei junge Männer trugen die letzten Kisten ins Auto und klappten die Rampe hoch. Jacques, so stellte sich nach kurzem Gespräch mit dem Chauffeur heraus, saß bereits im Zug nach Saanau.

Kein Abschiedsbrief, kein Zettel, keine Einkaufsquittung, kein einziges vergessenes Kleidungsstück: nichts zeugte von seiner neunjährigen Anwesenheit im großzügigen Bungalow, den Helena mit einem kleinen Teil ihres Erbes gekauft hatte. An diesem Abend fiel Helena zum ersten Mal auf, dass ihre rechte Hand zitterte; sie schob es auf die nervliche Belastung.

Jacques Brunold war trotzdem die Liebe ihres Lebens, darauf beharrte sie, und »Schaak« war mit das Letzte, was Mams noch über die Lippen brachte in den drei Monaten vor ihrem Tod, wenn sie mit ihren trüb gewordenen Augen den Fotos zu folgen versuchte, die Iris und Sabine links von ihrem Bett aufgehängt hatten, zweireihig und chronologisch geordnet, die meisten auf A4 vergrößert, wie Dr. Brunner es empfohlen hatte; eine Art dokumentarischer Doppelfries, der ihr helfen sollte, sich an die Stationen ihres Lebens zu erinnern. Und wenn sie sich gar nicht erinnern will, hatte Iris gedacht, wenn sie lieber nur aus dem Fenster sähe, auf den See und auf die Berge, wie die Demenzkranken in einem Fernsehbeitrag, der sie eigentümlich berührt hatte; vier alte Menschen saßen in einem als Bahnabteil hergerichteten Heimzimmer und schauten aus einem imaginären Fenster in die Landschaft, die als Film an ihnen vorüberzog; sie saßen im Zug und fuhren den Thunersee entlang, Spiez, Frutigen, durch den Lötschbergtunnel, tauchten hoch über dem Rhonetal wieder ins Licht. Die Männer und Frauen schienen sich zu freuen, schau nur, die Berge, und der Schnee, der blaue Himmel, endlich waren sie wieder einmal unterwegs, wo ihnen doch die Welt außerhalb des Heims zu viel war, zu schnell und zu groß, und alle nahmen sie gerne einen Kaffee oder Tee von der Minibar, die von einem munteren Hilfspfleger in den Raum geschoben wurde, ein fahrbares Tablett mit zwei Thermoskannen und Tassen drauf.

Sie hängten die Fotos trotzdem auf. Die drei Fotos allerdings, auf denen Miriam zu sehen war, mussten sie bald wieder abhängen; Mams fragte nach ihr, wo sie sei, wann sie endlich nach Sils Maria komme, schrie Iris an, warum sie schon da sei, wo sie Miriam gelassen habe, ihre liebe kleine Miri.

Der alte Imboden hatte den Mund nicht halten können. Sabine bereute es längst, dass sie einem plötzlichen Impuls gefolgt war; sie hatte Paps in Fallern besucht und mit ihm auf ihren 41. Geburtstag angestoßen; sie sprachen über eine von Sabines ehemaligen Mitschülerinnen, die vor kurzem als reformierte Pfarrerin nach Fallern zurückgekehrt war; ach übrigens, Martha ist gestorben, sagte Paps, und Sabine hatte eine gute Flasche Rotwein im Keller geholt und bei ihrem ehemaligen Nachbarn geklingelt. Die Haushälterin bat sie hinein, und erst als Alfred Imboden ihr Marthas Krankengeschichte in aller Ausführlichkeit erzählt hatte, bat er sie zu Kaffee und Kuchen an den Tisch. Die ganze Zeit über war er schon weinerlich gewesen, und Sabine hatte versucht, ihn zu trösten, aber erst als sie den Nusskuchen aßen, den die Haushälterin gebacken hatte, schien er sie richtig wahrzunehmen; ich danke dir sehr für den Besuch, sagte er; ach Sabinchen, seufzte er, und ehe sie sich versah, hatte er ihre Hände mit seinen warmen, feuchten Wurstfingern umschlossen, er presste und streichelte sie abwechselnd; du armes Ding, sagte er, wenn du wüsstest, vor wenigen Tagen erst war deine Halbschwester hier bei mir zu Besuch, Kathrin Brunold; ihre Mutter hat bei mir in Basel in der Firma als Sekretärin gearbeitet, und Jacques Brunold hat mich damals in Rechtsfragen beraten; er hat mich dazu gebracht,

Emil und Helena Seitz einen Teil des Grundstücks zu verkaufen, das ich von meinen Eltern geerbt hatte; und später, als wir dann beide hier unsere Häuser bauten und mit unseren Kindern hier wohnten, ist mir ein Licht aufgegangen; Jacques Brunold hat deine Mutter besucht, Martha hat ihn gesehen, wie er an manchen Tagen mit seinem grünen Fiat hier vorgefahren ist, sobald Emil nach dem Mittagessen das Haus verließ; ja, Jacques Brunold ist euer Vater, einmal müsst ihr es ja doch erfahren; und dann erzählte er ihr von jenem Pakt, den sie rund einundvierzig Jahre zuvor alle gemeinsam geschlossen hatten, Helena und Emil Seitz, Jacques Brunold, Josef und Martha Imboden, dass sie alle über gewisse Dinge schweigen würden bis ins Grab.

Natürlich hatte Sabine Paps sofort zur Rede gestellt, aber viel herausgekommen war dabei nicht. Paps hatte die Hände verworfen und weder ja noch nein gesagt; rechtlich sei die Situation klar, Iris und Sabine seien ehelich geboren und also seine Töchter; sie würden dereinst von ihm erben, was es zu erben gab. Mams hatte ähnlich reagiert; es ist, wie es ist, sagte sie, ändern kann man es nun auch nicht mehr.

5

Was noch? Von grausamen Machtkämpfen im Südsudan hatten sie im Radio gesprochen, ohne Angaben von Toten oder Verletzten, und der ehemalige Autorennfahrer Michael Schumacher lag nach einem Skiunfall im Spital von Grenoble im Koma. Das weitere Schicksal dieses einen Menschen würde sich länger halten in den hiesigen Nachrichten, dachte Jacques, auch in seinem eigenen Kopf, und die meisten Menschen, die in Deutschland lebten, in Österreich oder in der Schweiz, würden auch heute in einem Jahr, am 30. Dezember 2014, noch wissen, ob dieser Schumacher, dessen Gesicht er vage erinnerte, länglich und schmal, überlebt hatte oder nicht; ob sein Gehirn nur noch Matsch war; ob er nach seiner allfälligen Genesung weiterhin das Risiko suchte, den Rausch der Geschwindigkeit, der einen eins werden ließ mit dem, was man tat, der keine Kopffluchten erlaubte, keinen winzigen Moment der Unachtsamkeit, dem prompt eine kleine Gewichtsverlagerung folgte auf den Ski, die einfach weiterrasten und einen wegkatapultierten von der ins Auge gefassten Route – so viel also oder so wenig war übrig geblieben in seinem Gehirn von den Neun-Uhr-Nachrichten, die Jacques an diesem Morgen auf Radio

France International gehört hatte. Er wechselte ab zwischen in- und ausländischen Sendern, und manchmal übersetzte er, was ihm in Erinnerung geblieben war, ins Lateinische, damit er in Übung blieb und weil die Herausforderung ihn reizte; wie übersetzte man Selbstmordattentäterin?, obwohl ihn schon seit Jahren niemand mehr fragte, ob er noch immer lateinische Hexameter produzieren konnte aus dem Stegreif. Genaugenommen, sagte er sich, hatte nie jemand danach gefragt, außer Helena vielleicht, deren Schönheit er so oft in lateinische Verse gefasst hatte, dass sie seine Bewunderung, die mit der Angst einherging, ihr und ihren Ansprüchen niemals genügen zu können, mit Liebe verwechseln musste. Und ihr eigenes, übergroßes Bedürfnis damals nach Anerkennung mit dem Bedürfnis, geliebt zu werden. Tatsächlich hatte er beinahe nie das Gefühl gehabt, dass sie ihn wirklich brauchte; außer in ihren letzten Lebensjahren vielleicht, aber genau in dieser Zeit war er nur noch beschränkt verfügbar gewesen für Helena und ihre Bedürfnisse, weil auch Friederike ihn brauchte, die nach neun Jahren der Trennung, so empfand er es, ein Anrecht hatte auf seine uneingeschränkte Loyalität.

Einzig im Herbst 1978, als Miriam in Zürich in der Klinik war, hatte Helena ihn um Unterstützung und Hilfe gebeten; aber ausgerechnet in der wohl schwierigsten Zeit ihres Lebens, im ersten Jahr nach Miriams Tod am 13. Februar 1979, hatte Helena sich von ihm abgewandt; sie rief ihn nicht mehr an im Büro und erschien auch nicht zu den lange im Voraus festgelegten Treffen; dass sie damals nicht nur trauerte um ihre Tochter, sondern sich auf eine Weise vor ihm schämte, die es ihr komplett unmöglich machte, ihre Trauer mit ihm zu teilen, verstand er erst später.

Beinahe zehn Jahre war es jetzt her, dass Jacques zu Friederike und nach Saanau zurückgekehrt war. Von Zeit zu Zeit besuchte er Helenas Grab mit Blick auf den Vierwaldstättersee; der kleine Friedhof lag idyllisch in einen Südhang gebettet, der zum Seeufer hin sanft abfiel, abrupt unterbrochen von der stark befahrenen Straße. Helena hatte den Grabplatz gekauft, bevor sie krank wurde; nicht nur für sich allein, sondern für sie beide. Ohne wirkliche Überzeugung hatte er Helenas Wunsch nachgegeben damals; wie dankbar war sie gewesen, und wie schwer war es ihm gefallen, sein Einverständnis wieder zurückzunehmen.

Längst hatten Iris und Sabine den Bungalow verkauft, in dem Helena und Jacques neun Jahre zusammengelebt hatten, in einer der Nachbargemeinden, zehn Kilometer vom Grabplatz entfernt, steuergünstig und ruhig, wo zu Beginn kein Mensch sie kannte oder mehr von ihnen wissen wollte, als sie auf den ersten Blick von sich preisgaben; ein vorzeigbares Paar in den späten Sechzigern, das zur wachsenden Schar kaufkräftiger Junggebliebener gehörte, die den größten Teil ihrer Renten und Vermögenserträge in drei Bereiche investierten: Immobilien, Reisen und den Erhalt des eigenen Körpers, den sie drei- bis viermal täglich mit ausschließlich hochwertigen Nährstoffen versorgten, ergänzt durch Ginseng-, Grünalgen-, Omega 3- und andere Wunderkapseln, die sich auf ihren Designer-Nachttischen einträchtig zu den ärztlich verordneten Medikamenten gesellten. Sie montierten Schrittzähler und Pulsmesser, die es ihnen erlaubten, ihre Fitnessprogramme sorglos und effektiv zu absolvieren; zwischendurch gönnten sie sich eine dreiwöchige Ayurveda-Kur oder zumindest ein paar Massagen, je nach Gusto auch Botox- und Fettwegspritzen oder gar ein Lifting; Verjüngungstechniken, die sie mit regelmäßigen medizinischen Check-ups ergänzten, die ihnen in der Regel bestätigten, dass ihre Investitionen sich lohnten, ja sich doppelt und dreifach auszahlten; Gesundheit, Attraktivität und Vitalität bis ins hohe Alter als selbstverständliche Dividende ihres umsichtig verwalteten Wohlstands.

Jacques war zunächst nicht unglücklich gewesen, im Gegenteil, er genoss die gemeinsamen sportlichen Aktivitäten, die er in der Ehe mit Friederike vermisst hatte; und Friederike hatte ihm auch nicht eigentlich gefehlt; sie fehlte ihm jetzt manchmal, ihre innere Anwesenheit, die stille Aufmerksamkeit, die sie nicht nur den Kindern entgegengebracht hatte, sondern auch ihm. Helena und Jacques verband vieles; mehr vielleicht als ihn je verbunden hatte mit Friederike; ähnliche Interessen, vor allem aber Erinnerungen an die gemeinsame Studienzeit, die sie nun ausgiebig miteinander teilten. Jacques war pensioniert, hatte aber nach dreißig Jahren sein Anwaltspatent wiedererlangt und übernahm nebenher für ein paar kleinere Betriebe einzelne Mandate, die man ihm gerne übertrug; in seiner Zeit als Verwaltungsjurist hatte er viele Kontakte geknüpft, die ihm jetzt zugutekamen. Obwohl zuweilen schmerzhaft, waren es dennoch Erinnerungen, die Jacques und Helena als Paar belebten, weil sie weder abgegriffen waren noch kontaminiert mit allzu unterschiedlichen Wahrnehmungen; eher war es umgekehrt; sie schüttelten beide den Kopf über ihre furchtbaren Streitereien, die ihnen im Rückblick furchtbar unnötig erschienen, auch wenn sie durchaus nachvollziehen konnten, wie es dazu gekommen war. Und selbst über den genau drei Jahrzehnten, in denen sie fast gänzlich voneinander getrennt gelebt hatten, lag kein undurchdringlicher Schatten; immerhin war ihr Verhältnis in dieser langen Zeit stes klar definiert gewesen: weder Briefe noch Anrufe, außer in Notfällen, und daran hatten sie sich beide auch mehr oder weniger gehalten. Jacques hatte in Zürich-Höngg eine kleine Einliegerwohnung gemietet, in der sie sich (mit einigen Ausnahmen) von 1965 bis 1995 an jedem ersten Montag des Monats trafen; pünktlich um 18 Uhr, bis gegen Mitternacht der letzte Zug nach Saanau fuhr und Helena frisch geduscht in ihren cognacfarbenen Opel Ascona stieg. Eine gute Stunde später traten sie beide über die Schwellen ihrer Einfamilienhäuser und zogen die Haustüren hinter sich ins Schloss; vorsichtig und mit Bedacht, so leise wie möglich, damit sie niemanden aufweckten, mitten in der Nacht.

1995, in ihrem ersten gemeinsamen Sommer nach achtunddreißig Jahren, fuhren Helena und Jacques mit einem Deluxe-Mobilhome fünf Wochen durch Lappland bis ans windumtoste Nordkap; sie machten Städtereisen, nach Moskau, Rom, Florenz, Madrid oder Prag; sie bestaunten das winterlich verschneite Istanbul im Januar und nahmen drei Monate später an einer geführten Rundreise teil durch Armenien und den Iran; sie genossen fünfmal den Vorfrühling auf Mallorca, wo sie gerne wanderten, und meistens machten sie auch einen Abstecher nach Valldemossa, ins ehemalige Kartäuserkloster, in dem George Sand und Frédéric Chopin 1838/39 einen schwierigen Winter verbracht hatten; nicht nur aus gesundheitlichen Gründen und weil es kälter war als erhofft, sondern auch weil die katholische Bevölkerung das unverheiratete Künstlerpaar schikanierte; sie besuchten Sabine in Albuquerque, und einmal überraschten sie Iris und die Kinder auf ihrer sogenannten Farm.

Jacques und Friederike hatten ihre Familienferien grundsätzlich in den Schweizer Bergen verbracht, im Wallis oder im Bündnerland; zwei Wochen Wandern im Sommer, zwei Wochen Skifahren im Winter. Einmal waren Friederike und er allein mit dem Rheinschiff von Basel nach Rotterdam gefahren, und einmal waren sie mit den Kindern zehn Tage in Paris gewesen.

Auch wenn sie zu Hause in ihrem Bungalow waren, unternahmen Helena und Jacques kleinere Radtouren und Ausflüge; sie besuchten Kunstausstellungen, Hodler und Segantini, Giacometti und Picasso, Rembrandt und Vermeer; sie lasen beide die NZZ, tauschten sich aus über Bücher und das Weltgeschehen; frisches Gemüse kauften sie auf dem Markt, und während Helena kochte, mähte Jacques den Rasen; sie lachten, stritten und schliefen miteinander – und doch wuchs in ihm ein Unbehagen, das sich, paradox genug, nährte aus der furchtbaren Behaglichkeit ihrer Existenz, die ihm jeden inneren Raum nahm.

Von Anfang an, seit er sie zum ersten Mal gesehen hatte, im Oktober 1950, im großen Hörsaal der juristischen Fakultät der Uni Basel, hatte Helena Brand mit ihrer aparten, knabenhaften Erscheinung, der angeborenen Eleganz, hinter der sich der Reichtum einer Industriellenfamilie offenbarte, das Unerreichbare für ihn verkörpert, jene fraglose Zugehörigkeit zur politischen, geistigen und wirtschaftlichen Elite des Landes; eine Welt, die ihm, so dachte er damals, naturgemäß verschlossen war und nach der er sich ebenso sehr sehnte, wie sie ihm Angst einjagte.

Friederike hatte ihn angenommen wie ein falsch adressiertes Paket, das nach einigen Umwegen zum Absender zurückgeschickt wurde, ohne jedes Tamtam. Jacques wusste noch nicht einmal, ob sie dabei so etwas wie Genugtuung oder gar Triumph verspürt hatte, Erleichterung oder Dankbarkeit; als er am 1. April 2004 gegen halb ein Uhr mittags in Saanau mit dem Umzugswagen vorfuhr – Friederike war allein im Einfamilienhaus zurückgeblieben –, stand das Essen schon auf dem Küchentisch. Friederike hatte für sie beide gekocht, eine leichte Gemüsequiche und dazu Feldsalat, wie er ihn am liebsten mochte, ohne Ei, aber mit Baumnüssen und viel Zwiebeln. Ein einziger Satz am Telefon hatte genügt; Jacques erinnerte sich nicht, ob er ihn vorbereitet hatte oder ob er ihm spontan eingefallen war: was hältst du davon, wenn ich zurückkomme nach Saanau (nicht etwa: zu dir); ich weiß, ich habe dir unrecht getan. Nach einem kurzen, endlos langen Moment der Stille hatte Friederike gesagt; ja, das hast du wohl; und sofort fiel ihr Helena ein; und sie, was sagt Helena dazu?, doch bevor er hätte antworten müssen, fuhr Friederike fort, ach so, sie weiß es noch gar nicht, natürlich. Und dann fragte sie ihn, ob er schon wisse, wann er denn umziehe.

Dass er Friederike nicht anlügen musste, dass er ihr nicht sagen musste: ich liebe dich, ich vermisse dich, mit Helena ist es die Hölle; du hattest recht, sie ist eine Hexe, gefühlskalt und egoistisch, war eine solche Erleichterung, dass er versucht war, ihr genau diese Dinge zu sagen. Aber Friederike kam ihm auch da zuvor; es tut mir leid für sie, sagte sie; Emil wird sie nicht zurückhaben wollen.

Diese Frage stellte sich tatsächlich nicht; Emil Seitz hatte sich in der Zwischenzeit eine neue Lebensperspektive aufgebaut mit einer deutlich jüngeren Frau aus Südamerika, Brasilien vielleicht oder Bolivien, und damit alle überrascht, obwohl niemand es ihm ernsthaft übelnehmen konnte – was am Anfang trotzdem alle taten; Iris und Sabine zeigten sich zumindest irritiert, dass ihr strenger Paps sich im fortgeschrittenen Alter plötzlich als liebesbedürftiges, ja vielleicht sogar liebesfähiges Wesen entpuppte; und Helena war geradezu außer sich, als sie es erfuhr; in meinem Haus!, tobte sie; in unserem Haus, das wir mit dem Geld meines Vaters erbaut haben; in diesem Haus, in dem ich meine Kinder großgezogen habe, das besetzt ist von Miriams Lachen und von ihrem Tod; da mitten hinein pflanzt er ein südamerikanisches Flittchen!

Es war ihm ein Rätsel, wie sie es geschafft hatte, aber Jacques spürte es deutlich: Friederike hatte ihm verziehen, was sie verzeihen musste, um ihn weiterhin lieben und mit ihm leben zu können.

Über die neun Jahre mit Helena, die zwischen ihnen lagen wie die Löwen und Drachen auf den Landkarten jenseits der Grenzen des Römischen Reiches, sprachen sie nur das Notwendigste; natürlich hatten Jacques und Friederike den Kontakt zueinander gehalten, schon aus organisatorischen Gründen; Johannes, Sebastian und endlich auch Kathrin hatten alle in der Zwischenzeit geheiratet, und sie mussten irgendwie aneinander vorbeikommen. Jacques und Helena auf der Hochzeit eines ihrer Kinder zu sehen wäre über Friederikes Kräfte gegangen, während es für Helena wiederum undenkbar war, dass Jacques ohne sie zu einem so wichtigen Lebensereignis ging; also hatten sie sich aufgeteilt; auf Standesamt (Helena und Jacques) und Kirche (Friederike) bei Johannes, auf Nachmittags- (Helena und Jacques) und Abendprogramm (Friederike) bei Sebastian und Kathrin, die es beide vorzogen, ihre Ehen nur standesamtlich zu besiegeln. Kleinere Reparaturen am Haus mussten besprochen und jedes Jahr musste die gemeinsame Steuererklärung ausgefüllt werden; als Friederike zweimal mit Wasser auf der Lunge notfallmäßig ins Spital eingeliefert wurde, hatte Jacques sie noch am gleichen Tag besucht, und als sie eine neue Herzklappe bekam, wartete er gemeinsam mit Johannes unten in der Cafeteria, bis der Chirurg zufrieden lächelnd aus dem OP kam; zum Glück hatte sie sich recht schnell wieder erholt.

Nein, er hatte Helena nicht verlassen, weil sie krank wurde, wie Iris und Sabine ihm vorwarfen – vor allem Iris war darüber erbittert gewesen bis weit über Helenas Tod hinaus; ihre Krankheit war erst später ausgebrochen, auch wenn es, von heute aus gesehen, womöglich erste Anzeichen gegeben hatte, das Zittern der Hände, die Bewegungen, die ihr entgleisten.

Helena und Emil kannten sich erst wenige Wochen, als sie im April 1958 den Hochzeitstermin auf Ende Juni des laufenden Jahres festlegten und Helena Brand Jacques Brunold vor vollendete Tatsachen stellte.

Sie hatte ihn in eines der besten Restaurants der Stadt eingeladen und einen schönen Tisch reserviert, direkt am Fenster zum lauschigen Innenhof, wo schon die Kastanien blühten. Helena hatte sich besonders sorgfältig zurechtgemacht; sie trug ein lachsfarbenes Seidenkostüm mit Blumenmuster, das neu war und ihre Weiblichkeit betonte, der Stoff ein wenig zu dünn vielleicht für den kühlen Maiabend. Sie waren für einmal beide entspannt und gutgelaunt, so hatte Jacques es in Erinnerung; und dafür gab es auch einen Grund: zwei Monate nach Jacques hatte endlich auch Helena ihre Doktorprüfung bestanden; nicht mit summa, aber doch immerhin mit magna cum laude, und somit stand der Griechenlandreise nichts mehr im Weg, die sie für den Sommer schon länger geplant hatten. Die Akropolis, Epidauros, Korinth und Mykene natürlich, aber auch Delphi standen auf dem Programm; Jacques hatte bereits ein wenig Neugriechisch gelernt, und begeistert malte er Helena aus, wie sie ihm, von den Dämpfen betäubt, die dort aus einer Erdspalte stiegen, in Delphi das Orakel verkünden würde; Glück oder Verderben, Glanz oder Untergang; als würdige Nachfolgerin der weissagenden Priesterin Pythia, deren Verkündungen man allerdings stets auf hintersinnige Bedeutungen abklopfen musste; nicht nur Laios, dem König von Theben und Ödipus' Vater, geriet das Orakel zum Verhängnis, sondern auch Krösus, dem die Pythia weissagte, wenn er den Halys überschreite, werde er ein großes Reich zerstören. Tatsächlich war es aber nicht das Perserreich, sondern sein eigenes.

Helena, plötzlich nervös geworden, bat um die Rechnung. Und im Beisein des Kellners, mit dem sie über irgendetwas scherzte, überreichte sie Jacques einen halbzerknitterten Briefumschlag, den sie zusammen mit dem Portemonnaie aus ihrem roten Lacklederstäschchen geklaubt hatte.

Es war die Einladung zu ihrer Hochzeit.

Unsere Griechenlandreise im Sommer fällt leider ins Wasser, sagte sie endlich; es ist nun einmal so.

Emil Seitz, sagte Jacques.

Du musst nicht kommen, wenn es dir zu viel ist, sagte Helena, wir machen es im kleinen Rahmen, Emil und ich.

Ausgerechnet Emil, hörte Jacques sich sagen – er war Emil Seitz ein paar Jahre zuvor bei zwei, drei Anlässen der Studentenverbindung begegnet, und sie waren ins Gespräch gekommen über *Stiller*, den Roman von Max Frisch, den sie beide gelesen hatten, beide widerstrebend, aber dennoch in Bann gezogen von den Lügengeschichten dieses vermeintlichen Versagers, der eher an seinem indirekten Selbstbezichtungswahn zugrunde gehe als an seinem menschlichen Unvermögen, wie Jacques meinte, und dabei seine ganze Umgebung mitreiße; ein Gespräch, in dessen Verlauf Emil Seitz sich sichtlich zunehmend unwohler fühlte; er sei eben nicht so redegewandt, sagte er entschuldigend, wie all die Juristen und Geisteswissenschaftler; das war wohl auch der Grund, weshalb er dann doch nicht eingetreten war in die Verbindung.

Ich möchte ein Kind, sagte Helena.

Ich verstehe, sagte Jacques, und tatsächlich glaubte er in diesem Moment, Helena zu verstehen; Emil war blond und athletisch, bestimmt zwanzig Zentimeter größer als Jacques, und Helena hatte womöglich ganz einfach die hübscheren Kinder vor Augen, die sie mit Emil haben würde; eine Vorstellung, die Jacques durchaus nachvollziehen konnte und die ihn weit weniger kränkte als viel später die Einsicht, dass er Helenas plötzlichem Umschwenken nie auf den Grund kommen würde – Selbstbestrafung?, Rache an den eigenen Eltern oder an ihm, seiner Unschlüssigkeit?, die vermeintlich größere Stabilität und Sicherheit, die Emil ihr bot als braver Apotheker? –, dass es auch im Nachhinein keine einzige glaubwürdige Geschichte dazu gab, keine Erzählung, die ihm den gewaltsamen Bruch wenigstens halbwegs verständlich gemacht hätte, den auch Helenas Eltern, wie er bald erfuhr, überaus bedauerten, ja missbilligten; nach einigen gegenseitigen Anlaufschwierigkeiten galt ihnen Jacques längst als idealer Schwiegersohn, der als Jurist ins väterliche Unternehmen einsteigen sollte, für das er bereits einige schwierige Mandate übernommen hatte, und das ziemlich erfolgreich.

Helena und Jacques waren damals seit gut sieben Jahren mehr oder weniger zusammen. Nach außen hin galten sie vielen als Traumpaar, und das innere Hin und Her war keiner Lauheit der Gefühle geschuldet, im Gegenteil; heftigen Streitereien folgte eine ebenso heftige Versöhnung, aus der prompt die nächsten Meinungsverschiedenheiten erwuchsen und damit auch die nächste Trennung; endgültig diesmal, weil es einfach nicht ging, und sie beim besten Willen nicht zusammenpassten; Jacques war protestantisch und Helena katholisch; Jacques war stets knapp bei Kasse und Helena stinkreich; er hatte jeden einzelnen Rappen selber verdient, und sie hatte noch nie für Geld gearbeitet; er war als Scheidungskind früh schon ein Außenseiter gewesen und sie vom ersten Babylächeln an ein Liebling der Basler Gesellschaft; er war als Junge notgedrungen oft sich selber überlassen und sie als Nesthäkchen bis heute überbehütet; er war brillant und sie mittelmäßig begabt; er war von tausend Ängsten besetzt und sie voll naiver Glückserwartung; er war unansehnlich und sie strahlend schön; er war charakterschwach und sie willensstark; er war rechthaberisch und sie entsetzlich starrsinnig; er war nachgiebig und sie herrschsüchtig; er war sexuell verklemmt und sie von ihm enttäuscht; er war maßlos ehrgeizig und sie erfolgsverwöhnt; er war ein Eigenbrötler und sie eine Egozentrikerin, wie sie einander in rasantem Wortwechsel an den Kopf warfen, wahllos sich selber und das Gegenüber bezichtigend, bis sie beide innehielten, zornrot im Gesicht, weil sie einfach nicht mehr konnten. Nach einer kurzen Verschnaufpause sahen sie sich an, noch immer zornrot im Gesicht, holten tief Luft und gaben sich erneut ihrem überschäumenden Temperament hin, bis es endlich über die Mauern schwappte, die ihre jeweilige Herkunft und Erziehung um sie errichtet hatten, und sie wie zwei geschlagene Kämpfer aufeinander zutorkelten, bevor sie sich in die Arme fielen, unfähig, einen anderen Ausweg zu finden aus ihren Dilemmata.

Längst hatte Jacques sich damit abgefunden, dass er Helena nicht entkam, und Helena bestätigte ihn darin; was du auch tust und wohin du auch fliehst, ich bin immer schon da, sagte sie, und deshalb war es eigentlich klar, dass sie heiraten und eine Familie gründen würden; Jacques wusste nur noch nicht, wann und wie er das bewerkstelligen sollte.

Denn dazu musste er erst die Situation mit seiner Mutter regeln, die er nicht einfach im Stich lassen konnte, nachdem Charlotte Brunold ihre vier Kinder unter so vielen persönlichen Opfern großgezogen hatte. Seine beiden Brüder und die Schwester führten mittlerweile ihr eigenes Leben; Jacques indessen, als jüngster Sohn, wohnte noch immer mit der Mutter zusammen, und diese hatte ihre Meinung über Helena schon nach dem ersten Treffen für immer gemacht: Helena war eine Prinzessin auf der Erbse, die ihr Leben lang nie einen Finger krümmen würde; diese Helena mochte Jacques zwar intellektuell nicht ganz gewachsen sein, aber in allen anderen Bereichen war sie ihm haushoch überlegen, und sie würde nicht aufhören, den charakterschwachen Jacques nach Belieben zu dirigieren und herumzukommandieren, bis es ihr eines Tages gelang, aus ihm doch noch den Mann ihrer Träume zu formen; deshalb würde Charlotte Brunold nie das Einverständnis geben zu dieser Verbindung, und Helena gegen den Willen seiner Mutter zu heiraten schien Jacques damals ein Ding der Unmöglichkeit.

Charlotte Brunold, geborene Geyer, wie sie sich überall vorstellte, war eine ungemein stolze, kämpferische Frau, die zwar aus einer gutbürgerlichen Familie stammte, aber mit der Scheidung von ihrem gewalttätigen Ehemann auf einen Schlag alles verlor: Haus, Wohlstand und Ansehen. Charlotte Geyer war 1889 in Dresden geboren und 1910 von ihrem Vater, der eine Schuhmanufaktur besaß, mit einem Schweizer Schuhmacher verheiratet worden, August Brunold, der mit einem von Charlottes Brüdern in Wermelskirchen auf derselben Fachschule gewesen war. Charlotte tobte und schrie; sie wollte weder heiraten noch weg von Dresden; aber nichts half, weder die Gedichte, die sie schrieb, über die notwendige Gleichberechtigung von Mann und Frau, noch ihr unziemliches Benehmen, mit dem sie auch den dreizehnten Bewerber zu vertreiben hoffte, der ihr weder besser noch weniger gut gefiel als die zwölf Bewerber zuvor; aber Vaters Geduld war endgültig erschöpft; drei weitere Töchter mussten verheiratet werden, und auch Charlotte wusste, dass ihr ein vierzehnter oder fünfzehnter Bewerber genauso wenig zusagen würde wie dieser hartnäckige August.

August und Charlotte Brunold richteten sich in Biel ein, einer mittelgroßen zweisprachigen Schweizer Stadt, in der August aufgewachsen war und früh schon als Tunichtgut gegolten hatte; ein Gerücht, das leider nicht bis nach Dresden vorgedrungen war. 1932 setzte Charlotte schweren Herzens die Scheidung durch, nachdem August das dritte

Kind in ihrem Leib totgetreten hatte, aus Wut und Verzweiflung über ihre unverschämte Fruchtbarkeit. Schweren Herzens deshalb, weil sie ungefähr wusste, was auf sie zukam, und damit auch auf ihre Kinder. Jacques war gerade mal fünf Jahre alt, als Charlotte mit ihren drei jüngeren Kindern zum ältesten, eben erwachsenen Sohn ins fremde Toggenburg zog und fortan die Familie allein durchbrachte, indem sie vorgeschnittene Stoffe in Heimarbeit zu Kleidungsstücken zusammennähte; einen richtigen Beruf hatte sie ja nicht gelernt. Alle zwei Jahre ungefähr zogen sie um, wenn Charlotte die Wohnungsmiete nicht mehr bezahlen konnte; vom Toggenburg nach Olten, von Olten nach Aarburg, von Aarburg nach Langenbruck, von Langenbruck nach Liestal, von Liestal schließlich nach Basel.

Ein einziges Mal in ihrem Leben verliebte sie sich; 1937, mit achtundvierzig, in einen etwas jüngeren Anwalt, gescheit, aber kühl, wie Jacques den Mann viel später beschrieb; und Charlotte verfasste ein paar ekstatische Gedichte, die sie allerdings nicht dem Anwalt zu lesen gab, sondern dem zehnjährigen Jacques. Ich habe den Himmel gesehen, so begann eines dieser Gedichte, wie Jacques ihr am Vormittag des 12. März 2015 erzählte, als Kathrin mit ihrem Vater an Friederikes Sterbebett saß im Kantonsspital Saanau; Friederikes Augen waren praktisch geschlossen, und sie hatte schon aufgehört zu sprechen; aber manchmal streckte sie noch suchend die Arme nach ihnen aus, und dann legte Kathrin sich vorsichtig hinein, den Kopf auf Friederikes Brust, und spürte, wie Mutters kühle Hände ihn umfassten; ihre

Körpertemperatur war bereits stark gesunken, und jeder einzelne Atemzug, den sie noch machte, bedeutete offensichtliche Arbeit, wobei es unklar war, ob die Arbeit darin bestand, ihren Körper noch ein Weilchen am Leben zu erhalten, oder darin, dieses Leben Stück für Stück aus ihrem Körper zu entlassen.

Ich weiß nicht, ob es eine erfüllte Liebe war, sagte der Vater, aber ich muss es bezweifeln, sonst hätte sie mir wahrscheinlich ein positiveres Bild von der Sexualität vermittelt; jedenfalls schämte sie sich vor dem Anwalt für ihre Tränensäcke, das Einzige, was ihr nicht gefiel an ihrem Gesicht. Ich habe sie übrigens von ihr geerbt, sagte Jacques und schaute sie an; er hatte sich noch nicht rasiert an diesem Morgen, als der Anruf kam aus dem Spital, Friederike sei nicht mehr ansprechbar; ich auch; fiel Kathrin ein; aber bei dir sind sie lange nicht so ausgeprägt, wandte der Vater ein und fuhr fort mit seiner Erzählung; ein paar Monate lang sparte meine Mutter noch mehr als sonst und nähte doppelt so viele Kleider zusammen. Mit dem erarbeiteten Geld fuhr Charlotte nach Zürich und ließ sich die Tränensäcke operieren, 1937 oder 38 muss das gewesen sein; ob es ihr geholfen hat, den Anwalt für sich zu gewinnen, das weiß ich nicht, wie gesagt, aber für die feinen Narben unterhalb der Augen erfand sie irgendeine verrückte Geschichte, wie sie überhaupt für alles immer Geschichten erfand.

Danach schwiegen sie wieder, und später rief Kathrin Daniel an; Johannes und Sebastian kamen kurz nach dem Mittagessen, das Kathrin an Friederikes Stelle aß; eine schön geformte Halbkugel Kartoffelstock mit Pilzrahmsauce, Lauchrahmsuppe und ein kleines Schälchen Panna cotta mit Himbeeren; Jacques holte sich währenddessen etwas in der Cafeteria. Noel, Johannes' elfjähriger Sohn, wollte erst nicht zuschauen, wie seine Großmutter starb, aber später dann doch; Sebastian ging mit seinen drei Töchtern eine Weile auf den Spielplatz; es war sonniges Wetter, ein bisschen windig zwar, und Yasemine hustete, als sie ins Zimmer zurückkamen. Noel begann, am Tisch seine Schulaufgaben zu machen, und Yasemine bewarf ihre beiden jüngeren Schwestern mit Kaugummi. Dr. Bezgiav kam, um sich von Friederike zu verabschieden; Jacques hatte ihn informiert, und nachdem er eine Weile Friederikes Hand gehalten hatte, setzte Dr. Bezgiav sich ans Fenster und wartete mit ihnen, als gehörte er zur Familie dazu. Um 16 Uhr maß eine Pflegefachfrau nochmals Friederikes Temperatur und trug den Wert in die Tabelle ein; Puls und Blutdruck waren nicht mehr messbar. Erst in der letzten Viertelstunde wurde es ruhig; alle waren um Friederikes Bett versammelt; auch Daniel und Raissa hatten es gerade noch rechtzeitig geschafft, mit ihrer drei Monate alten Tochter Pérégrine dabei zu sein; Remo war da, Mara und Frédéric; einzig Olga fehlte; sie hatte keine Lust gehabt, wie sie später sagte.

Wie fürchterlich, wie furchtbar folgenreich Helena sich im April 1958 geirrt hatte, mit ihrer Entscheidung, Emil Seitz zu heiraten – oder waren es einfach die Unwägbarkeiten des Lebens selbst, die sich mit der Zeit offenbarten?; war es der unaufhaltsame Lauf der Dinge, den niemand hatte vorhersehen können?; nicht, dass eine Ehe zwischen Helena und ihm unbedingt glücklicher verlaufen wäre; wohl kaum, sagte sich Jacques, aber mit einiger Sicherheit hätten sie sich alle vier, Helena, Emil und Jacques – und später auch Friederike –, jede und jeder für sich, in gar manchen Situationen anders entschieden, wenn sie die Konsequenzen ihres Handelns hätten ermessen können, den langen Schatten des Schweigens und unendlich komplizierter Lügen, der sich über sie selbst und jedes einzelne ihrer sechs Kinder legte, Miriam, Iris, Sabine, Kathrin, Johannes und Sebastian, die sie in den folgenden acht Jahren aus so unterschiedlichen Gründen und in verschiedenen Konstellationen miteinander gezeugt hatten, eigentümlich blind und voller Vertrauen, dass sie es schon irgendwie hinkriegen würden.

Und Friederike, die im Spätherbst 1963 als Letzte eingetreten war in ihren Bund, noch ohne zu wissen, wie verstrickt sie alle miteinander waren; dass wenig später nicht nur sie selbst, sondern auch Helena schwanger wäre von Jacques; auch Friederike, die sich einst von Vater und Mutter so sehr verraten gefühlt hatte, unterzeichnete, ohne zu zögern, den Pakt des lebenslangen Schweigens, sobald Jacques es ihr gestanden hatte, kurz vor Kathrins Geburt, wie auch Helena im Frühsommer 1964 und hochschwanger Emil alles erzählte und ihn vor die Wahl stellte, sich scheiden zu lassen oder bei ihr zu bleiben. Eine Scheidung kommt nicht in Frage, sagte Emil, ohne sich zu fragen, ob er in der Lage war, auch seine Kuckuckskinder anzunehmen; und so entwarfen sie zu viert ihren Pakt, zum Schutz ihrer Kinder, die in intakten Familien aufwachsen sollten, in denen alles seine Richtigkeit hatte, vor Gott und der Welt und den Nachbarn.

Es hätte auch gutgehen können, sagte sich Jacques, aber es war eben nicht gutgegangen; nicht restlos zumindest; Miriam war tot, und womöglich war sie auch deshalb gestorben, weil sie den Weg freimachen wollte für Helena und Jacques.

Zwanzig nach elf, sagte Jacques vor sich hin und erschrak, 11:31 zeigte die Uhr; höchste Zeit, das Gemüse zu rüsten für die Suppe. Er machte fast alles, was früher Friederike gemacht hatte; er kaufte ein und deckte den Tisch; er stellte das Geschirr in die Spülmaschine und räumte sie wieder aus; er trug die Wäsche in den Keller, wusch sie und hängte sie auf, er legte sie zusammen und verstaute sie später im Schrank, er putzte das Bad und hantierte mit Besen und Staubsauger, er entsorgte den Abfall; einzig das Kochen war Friederikes Domäne geblieben, trotz ihrer Finger, die kaum noch als Finger taugten, absurd verformt von der Gicht und so schmerzempfindlich, dass sie leise aufschrie, wenn sie sich an der Tischkante stieß.

Er öffnete den rechten Flügel des dreiteiligen, raumhohen Fensters und ging an Friederike vorbei auf den Balkon, um ein paar Kartoffeln zu holen. Vorne links standen mehrere leere, ineinandergestapelte Blumentöpfe; seit Friederike sich nicht mehr richtig kümmern konnte um die Pflanzen, waren sie fast alle eingegangen. Auf der rechten Seite standen die beiden Kartonkisten, halbvoll mit Kartoffeln und Äpfeln, und in der Mitte der Wäscheständer, an dem die Bettwäsche hing und Friederikes Nachthemd, ihr weißer Baumwollslip – er war doch nicht ganz sauber geworden, fiel Jacques auf; er würde ihn später im Lavabo einweichen, einen Spritzer Javelwasser beigeben und ihn von Hand nochmals richtig auswaschen.

Ab jetzt kaufe ich keine neuen Kleider mehr, hatte Friederike an ihrem achtzigsten Geburtstag verkündet; in den dreieinhalb Jahren seither hatte sie einundzwanzig Kilo verloren, so dass sämtliche Pullover an ihr schlotterten und Jacques den Gummizug der Trainingshosen, die sie meistens trug, mit Hilfe einer Sicherheitsnadel ständig enger machen musste. Alle Untersuchungen waren ergebnislos geblieben. Friederike hatte sich erst dagegen gewehrt, sie wolle nicht wissen, warum sie wenig Appetit hatte und es ihr oft schlecht war, und irgendwann die Magen- und Darmspiegelungen doch über sich ergehen lassen. Da ihr Körper zu wenig Blut produzierte – warum das so war, fanden die Ärzte nicht heraus, aber es war immerhin ein eindeutiger Befund –, hatte sie ein paar Transfusionen bekommen; eine mühsame Prozedur, nach der sie jedes Mal furchtbar erbrechen musste, aber tatsächlich fühlte sie sich in den Wochen danach weniger müde.

Jacques war morgens um fünf in die Waschküche gegangen, hatte das verpisste Zeug in die Maschine geworfen und die nassen Klumpen wieder herausgezerrt, bevor es draußen hell wurde. Friederike hatte es nicht mehr rechtzeitig aufs Klo geschafft, auch das kam vor bisweilen, aber er würde das alles in Ordnung bringen, die Unterhosen picobello weiß, bevor Kathrin zu Besuch kam; um fünfzehn Uhr ungefähr, hatte sie gesagt, zu Kaffee und Kuchen – meistens verspätete sie sich sowieso um mindestens eine halbe Stunde –, aber bitte keine Umstände, und den Kuchen bringe sie selber mit; nein, er würde ihr keinen Grund geben, wieder mit der Pro Senectute anzufangen, die sie ohne seine Zustimmung bereits kontaktiert hatte, bloß wegen ein paar Fruchtfliegen und Lebensmittelmotten, die sie in einem Pack Reis gefunden hatte. Dass jemand in ihrem Alter Hilfe benötige, sei normal und keine Schande, meinte Kathrin; er mache es wunderbar, aber gegen eine kleine Entlastung könne er doch nicht ernsthaft etwas einwenden. Sogar einen ersten Besuchstermin mit einer Mitarbeiterin der Pro Senectute hatte Kathrin auf eigene Faust vereinbart, kurz vor Weihnachten, den Jacques zum Glück im letzten Moment abgesagt hatte. Wenn du dir nach einem Besuch in unserer Wohnung die Schuhe abputzen musst, damit sie die Straße nicht verschmutzen, kannst du meinetwegen eine Haushaltshilfe bestellen – er war nicht stolz auf diesen Satz, sagte er sich, oder vielleicht doch; allein die Vorstellung, eine fremde Person könnte sich in der Wohnung zu schaffen machen, war ihm unerträglich; Friederike brauchte Ruhe, keine Putzfrau, die sie aus ihrer Versunkenheit aufscheuchte.

Wie gern hätte er ihr gesagt, dass er sie begehrte – was stimmte, aber unwichtig geworden war und ihm falsch vorgekommen wäre, wie das nachträgliche Eingeständnis eines Verrats, den er an ihr begangen hatte, als sie jung war; obwohl ihre Haare strähnig waren und sie es kaum mehr schaffte, sie so gründlich zu waschen, dass sie wieder schlohweiß wurden wie früher, ohne jeden Stich ins Gelbe; Friederike war mit fünfundvierzig schon praktisch weiß gewesen. Nicht einmal mit seiner Hilfe gelang es ihr, stets war das Wasser zu kalt oder zu heiß, und sie bat ihn, aufzuhören. Trotzdem, ihr Gesicht war knochig und klar, die Augen wie alterslos, noch immer von einem schier unglaubwürdigen, leuchtenden Blau: nie war sie ihm schöner erschienen als ausgerechnet jetzt, wo sie sich aus dem Leben zurückzog, unmerklich und mit Schwankungen, aber doch unübersehbar in der Summe ihrer Tage. Kathrin hatte dasselbe gesagt; wie schön sie ist!; vielleicht hatte gar sie ihn darauf gebracht, Friederike mit anderen Augen zu sehen als mit denjenigen eines Krankenpflegers. Mit neunundvierzig schien Kathrin ihre Mutter plötzlich und zum ersten Mal in ihrem Leben zu bewundern, während sie sie als kleines Kind schon mit einer Grausamkeit und Heftigkeit abgelehnt hatte, die Jacques mehr erschüttert hatte als Friederike – und das wahrscheinlich zu Recht, sagte er sich. Warum nur ist meine Mutter so unglaublich hässlich, so dick und dumm, hatte sie ihm als Sechsjährige an den Kopf geworfen, als mache sie ihn dafür verantwortlich; und auch später, als Jugendliche und als längst erwachsene Frau, hatte sie ihm gegenüber stets beinahe verächtlich von Friederike gesprochen und in fast allen Lebensbereichen einen radikalen Gegenentwurf zur Existenz ihrer Mutter gesucht, als drohe ihr sonst dasselbe Schicksal; verraten und betrogen zu werden von einem Mann, der eigentlich eine andere liebte. Mit fünfzehn hatte Kathrin kaum noch eine Nacht zu Hause verbracht, und Friederike war fast verrückt geworden vor Sorge; Jacques erinnerte sich, wie eines Tages die Nachbarin geklingelt hatte, Heidi Schifferli, verlegen, aufgeregt; ob sie nicht wüssten, dass Kathrin rauche und ganze Nachmittage lang in der Stadt herumlungere, für jedermann sichtbar stehe sie draußen vor der Migros und warte, bis irgendwelche Typen sie ansprächen, mit denen sie gleich vor Ort – ob sie wenigstens die Pille nehme? Einmal hatte er es selber gesehen, an einem Samstag war es, als Kathrin unten vor dem Garageneingang zum Haus am Boden kauerte – er hatte das Bild noch heute vor Augen, dabei hatte er sie erst gar nicht erkannt; vor ihr stand ein ungepflegt wirkender, großer, übergewichtiger Mann, rotes Trinkergesicht, lange, fettige Haare, Mitte fünfzig, schätzte Jacques, und ließ sich offensichtlich von Kathrin bedienen; immerhin trug sie einen weiten, schweren Mantel, den der Mann an den Enden hochgehoben und wie ein Zelt um das Spektakel gebreitet hatte, so dass man nur ihre dunkelblonden Locken sah, die rhythmisch auf- und abflogen. Jacques war an den beiden vorbeigeschlichen wie ein Dieb, der in sein eigenes Haus einbrach. Kathrin musste wissen, dass er um diese Zeit nach Hause kam; meistens zog er kurz vor Ladenschluss los, weil dann Milch und Brot und sonst noch ein paar leichtverderbliche Lebensmittel um die Hälfte verbilligt waren – worauf er damals längst nicht mehr angewiesen war, aber es war wie ein Zwang, dem er nicht widerstehen konnte; noch heute kaufte er viel zu viel ein, vor allem herabgesetzte Esswaren kurz vor dem Verfallsdatum, als müsste er sie retten vor dem Weggeworfenwerden, als warteten zu Hause noch immer die Mutter und die hungrigen Geschwister auf ihn und die schmale Ausbeute an Pilzen, Beeren und Brennholz, die er im Wald für sie zusammengesucht hatte.

Jacques öffnete die Dose mit der Gemüsebouillon; schon wieder flog eine Lebensmittelmotte auf, und noch eine; sie hatten offenbar einen neuen Brutplatz gefunden; kein Grund, die ganze Dose wegzuwerfen, sagte er sich, auch wenn Kathrin sich in ihrem plötzlichen Eifer, sich um sie kümmern zu wollen, bestätigt sähe; aber er würde nicht zulassen, dass sie alles durcheinanderbrachte; aus lauter schlechtem Gewissen, weil ihre Liebe zur Mutter zu spät kam, genauso wie seine eigene; Friederike brauchte sie beide nicht mehr, obwohl sie in den fast fünfzig Jahren ihrer schwierigen Ehe so oft unter seiner Abwesenheit gelitten hatte und in ihrer jetzigen Verfassung wohl keine drei Tage ohne ihn überleben würde; aber auch das würde sie hinnehmen, ohne aufzubegehren; sie schien auf nichts mehr zu warten, weder darauf, dass das Leben noch einmal zu ihr zurückkehrte, noch auf den Tod; sie war einfach da, solange ihr Herz schlug.

Jacques? – er schreckte auf, Friederike schaute ihn an, ein wenig verwundert vielleicht, und sie lächelte; wie spät ist es, ich komme gleich, bestimmt ist es Zeit für mich, zu kochen.